# *Le Coeur*

# DU CIEL

## LES MÉDECINS DE L'OUTBACK 2

-⋀- *Romance médicale* -⋀-

## FIONA MCARTHUR

FionaMcArthurAuthor.com

# TABLE DES MATIÈRES

# DÉDICACE

*Aux femmes et aux hommes courageux, déterminés à se rétablir après un diagnostic de cancer du sein, ainsi qu'à ceux qui les soutiennent.*

# PROLOGUE

## Tess

### Coffs Harbour, Nouvelle-Galles du Sud

LA BRISE DE MER de treize heures a fait claquer les feuilles de palmier devant la fenêtre de Tess Daley, et elle a tendu machinalement la main vers les bouts de papier soulevés par la brise. Le crépitement sec des phalanges nues contre le bois lui a fait lever la tête. Tess reconnaissait à peine la blonde qui lui souriait depuis l'encadrement de la porte de son bureau. Elle a laissé tomber son stylo dans un cliquetis et s'est levée. — Sissy Garling ?

Tess s'est presque arrachée à son bureau en bondissant, rejoignant Sissy à mi-chemin de la pièce ; elles se sont heurtées dans une étreinte chaleureuse, en riant. Tess a fait un pas en arrière, secouant la tête, stupéfaite. — Tu as une mine d'enfer ! Et c'était vrai. La dernière fois que Tess avait vu Sissy, elle avait les traits tirés, était amaigrie, et sa magnifique masse de cheveux avait disparu sous le turban blanc qu'elle portait. Elle avait pourtant le même sourire. Cette pensée a fait naître chez Tess un rayon de pur bonheur et, avec un pincement, elle a réalisé qu'elle n'avait pas ressenti cela depuis longtemps.

— Je sors tout juste de Beauty and Tresses. Sissy a tourné sur elle-même et a rejeté la vague de cheveux sculptés de son front hâlé.

— Après un an à voyager en camping-car, il me fallait une bonne révision complète pour fêter mon retour.

Pas tout à fait un an. Le cœur gelé de Tess a fait un bond quand elle s'est souvenue que Sissy appartenait à son ancienne vie. Sissy lui avait fait signe au revoir en partant pour son voyage de convalescence avec son mari dans leur Winnebago après sa dernière visite chez Tess. Le jour que Tess n'oublierait jamais.

Sissy a sorti comme par magie un cadeau de son sac et l'a posé d'une tape nonchalante sur le bureau. — Je t'ai apporté un calendrier. Notre dernier grand arrêt, c'était Broken Hill. J'adore cet endroit. On y retourne. Toi et ton mari, vous devriez y aller.

Tess a fixé sans voir la photo brillante de l'avion blanc du Flying Doctor Service (FDS) sur fond de paddock rouge. Elle n'a pas vu le patient sur la civière. Elle n'a senti que la fissure dans le mur derrière lequel elle s'était si vaillamment retranchée tout ce temps et s'est demandé si elle n'allait pas réellement s'écrouler. Elle a tendu la main pour s'appuyer au bureau et a avalé sa salive. Pour la première fois, elle s'est demandé si cette comédie consistant à faire semblant d'être en vie fonctionnait vraiment.

Alors elle a entendu sa propre voix. Comme si de rien n'était. Elle sentait même sa bouche se tendre en ce sourire derrière lequel elle se cachait chaque jour. — Magnifique. Merci. Et comment va Stan ? La vie en camping-car, ça s'est passée comment pour vous deux ?

Sissy s'est montrée enthousiaste et a ri, et Tess l'a entendue comme si elle se trouvait au bout d'un long tunnel. Finalement, Sissy a interrompu le flot de mots, puis elle a fait un signe de la main et est partie, et Tess a eu l'impression de devoir fendre de la gelée en se dirigeant vers la porte, qu'elle a poussée pour la fermer.

C'était un vendredi, là aussi.

Le vendredi, Victor ramenait des pizzas gastronomiques et une bouteille de rouge de Margaret River, et ils se régalaient puis regardaient peut-être un épisode de cette série historique écossaise. Vic la charriait en disant qu'elle craquait pour le héros, alors qu'ils savaient tous les deux qu'elle craquait pour Vic. Ensuite, elle se blottissait dans les draps luxueux auxquels Vic tenait, tandis qu'il la laissait corriger ses copies pour l'université et promettait de fermer les stores avant de revenir se coucher.

Si elle fermait les yeux, elle voyait encore la voiture de police garée devant sa maison et l'agent réticent en descendre, ce fameux vendredi il y a dix mois, trois semaines et quatre jours. Derrière la porte close de son bureau, son cœur s'est mis à cogner fort dans sa poitrine. Ses jambes tremblaient et il lui a fallu toute sa force pour continuer de rester debout plutôt que de s'effondrer sur le sol. Soudain, elle a su. Elle ne pouvait pas affronter le premier anniversaire dans cette ville côtière où chaque recoin, chaque personne, chaque respiration semblait porter un souvenir d'elle et de Vic. Elle devait partir.

# CHAPITRE UN

## *Tess*

L'APPAREIL ROUGE ET BLANC du Mica Ridge Flying Doctor Service roula au sol devant la fenêtre de son nouveau bureau et Tess Daley reconnut avec gratitude le petit frémissement d'excitation dans sa poitrine.

Guidée plus loin dans la pièce par la jeune employée de bureau au pas vif, Tess pouvait voir, par-delà l'appareil, le tarmac miroitant et, au loin, les collines rouges et escarpées qui se découpaient en crêtes raboteuses.

De l'autre côté de la route, le soleil du matin faisait briller les salt-bush et le sol rocailleux couleur cuivre derrière les cacatoès rosalbins qui dodelinaient sur la clôture en fil de fer. Si différent de la verdure luxuriante de chez elle.

La couleur du ciel dans l'extrême ouest de la Nouvelle-Galles du Sud — bon sang ! Elle n'en revenait pas de ce bleu primaire, comme un dessin d'enfant barbouillé de couleur pure. Elle pourrait s'y per-dre.

C'était le plan. Elle avait conduit pendant la majeure partie des heures de jour le jour même de l'anniversaire de la mort de Vic, et à présent qu'elle était arrivée, la tension accumulée depuis douze mois, logée dans ses épaules, ne s'était pas évaporée comme par mir-acle, mais elle s'était allégée. Même son cœur s'était soulevé, comme l'avait fait soudain l'escadron de cacatoès roses qu'elle observait par la fenêtre, parce qu'un autre appareil rouge et blanc venait de s'engager sur l'aire.

Peut-être que tout pourrait recommencer. Après tout, elle avait fait la grande boucle de Sydney à Mica Ridge via Adélaïde, toute seule. Par le passé, c'était toujours Vic qui conduisait pendant qu'elle somnolait. Elle chassa cette pensée.

Cela valait l'effort de prendre contact avec les hôpitaux sur lesquels ses patientes compteraient pour leurs soins. Le moindre interstice laissé dans sa voiture bourrée jusqu'au toit d'affaires avait été comblé par la country dans laquelle elle avait décidé de se plonger — en zappant les chansons tristes. Il faut se préparer quand on part s'installer dans l'outback.

Elle eut une pensée pour les nouveaux propriétaires dans leur belle maison d'un faubourg en bord de plage. Elle leur souhaita bon vent tandis qu'ils se laissaient porter par les vagues, mais elle avait été heureuse de partir pour les douze prochains mois.

Elle serait ici, dans l'extrême ouest de la Nouvelle-Galles du Sud, et se construirait lentement une nouvelle vie, à la manière d'une poule couveuse. Mais avec moins de couvade, espérons-le. Le travail aidait. Le travail et les autres, dans lesquels elle pouvait se perdre. Et un changement de décor. Elle jeta un nouveau coup d'œil au paysage clairsemé. Pas une idylle bucolique — plutôt une aube couleur d'ocre sur douze mois d'ajustement.

Ramenée au présent, son regard sautilla, avec un intérêt qu'elle n'avait plus ressenti depuis trop longtemps, sur le bureau neuf, les chaises lilas et les étagères vides.

Elle surprit le haussement d'épaules de la réceptionniste. — J'espère que ça ne te dérange pas que j'aie laissé les cartons fermés. Je me suis dit que tu préférerais ranger les étagères toi-même.

— Non, c'est parfait. Merci. Parfait. Elle ferma la bouche. Se dit, *Tu jacasses, Tess.*

Activité. But. Vocation. Elle avait hâte. Des cartons pâles remplis de brochures, de fournitures de bureau et de documents de référence pour les femmes — et, de temps à autre, pour un homme — étaient empilés proprement près de la fenêtre. De l'autre côté de la pièce, une autre fenêtre donnait, à l'intérieur, sur le hangar où des mécaniciens industrieux entretenaient les appareils du FDS.

La jeune femme — Tess fouilla sa mémoire et retrouva Soretta — dit — La vitre est sans tain, donc tu peux regarder l'activité de l'atelier de maintenance pendant tes temps morts, tout en garantissant à tes patientes leur intimité par rapport aux mécaniciens. Soretta arqua ses épais sourcils. — Il y en a deux ou trois pas mal, mais je viens juste de commencer ici deux jours par semaine, alors je ne sais pas encore qui est qui.

Cette fille ne se rendait visiblement pas compte que Tess était veuve. Ni que l'intérêt de Tess allait davantage aux avions qu'aux hommes qui les entretenaient. Elle volerait au-dessus de fermes isolées et de lits de ruisseaux rouges dans des appareils comme ceux-là. Des paysages semblables à ceux qu'elle avait vus dans le calendrier que Sissy lui avait offert. Des paysages qui l'avaient tentée parce qu'ils étaient à l'exact opposé de ce qu'elle venait de quitter.

— Je n'aurai pas le temps pour les hommes. Pas avant longtemps, en tout cas. L'idée qu'elle puisse remplacer Vic lui paraissait complètement inconcevable — jamais.

Soretta n'eut pas l'air de trouver cela étrange. Ce qui était déjà bien en soi. Tess avait atteint son point de saturation à force d'être prise en pitié, ménagée et contournée, comme si le deuil et la perte étaient contagieux.

— Je me dis toujours qu'il faut que je me trouve du temps pour un petit ami, mais je n'y arrive jamais. Soretta désigna la carafe. — Il y a une nouvelle bouilloire électrique et quelques mugs blancs tout simples. Daphne a dit que tu en aurais besoin pour les centaines de tasses de thé apaisant que tu préparerais dans les mois à venir.

Tess se rappela Daphne, l'infirmière de vol manifestement enceinte qu'elle avait rencontrée à l'étage, dans la salle de contrôle. — Je le ferai toute l'année, dit Tess en regardant autour d'elle. Oui, une année loin de tout ce qui lui rappelait son absence. Ensuite, elle rentrerait et essaierait de repartir à zéro.

Cette pièce pouvait être rendue plus accueillante. Ses doigts la démangeaient à l'idée de réorganiser les chaises et d'ajouter des touches chaleureuses — pour renforcer le côté rassurant. Des souvenirs assoupis remontèrent, ceux de ces magazines de décoration et de jardinage qu'elle adorait et qu'elle n'avait plus ouverts depuis...

Tess décida qu'un joli service à thé et une nappe s'imposaient pour marquer le coup. Quitter le passé et accepter ce contrat lui avait demandé un effort colossal. Le fait que ce soit un essai d'un an pour la région pesait sur elle, car il y avait plus en jeu que sa seule personne. On se battait pour un service destiné aux familles isolées et elle se jura de donner le meilleur d'elle-même pour qu'un suivi en sénologie, au plus près du terrain, soit instauré durablement. Bien sûr, un successeur devrait prendre le relais.

Dans la salle de contrôle au-dessus de sa tête, Daphne s'était extasiée sur la ferme d'accueil où elle avait logé avant son mariage. À l'évidence, le médecin de la base, que Tess n'avait pas encore rencontré, y était hébergé lui aussi avec sa fille. Daphne lui avait dit de demander à Soretta.

Tess n'était pas sûre, car elle vivait seule depuis...

Mais chacun avait son espace et, si elle avait bien compris, on pouvait sortir directement sur la véranda qui ceinturait la maison depuis sa chambre. L'idée de trajets au petit matin vers le travail à travers un paysage rugueux lui parut soudain plus séduisante. Et puis, elle maîtrisait presque les mélodies des ballades country en voiture.

— Tu connais l'endroit où Daphne vivait avant son mariage ?

Les yeux de Soretta pétillaient et Tess se dit que les hommes du coin devaient être un peu lents à la détente s'ils ne couraient pas après cette jeune femme.

— Je connais très bien. Sa voix résonnait d'une ironie sèche. — C'est l'exploitation de mon grand-père. Pourquoi ? Tu penses t'installer hors de la ville ?

Tess hésita. Était-ce le cas ? — Daphne en a parlé et m'a dit de te demander.

La queue-de-cheval de Soretta se balança tandis qu'elle secouait la tête. — C'est un amour. Elle nous manque là-bas à Blue Hills.

Blue Hills. Même le nom évoquait la paix. Tess décida sur-le-champ que c'était exactement là qu'elle voulait vivre. — Il faut combien de temps pour aller en ville en voiture ? J'ai regardé les appartements de la FDS — il y a tellement de béton et de grillages en acier, et je ne vois pas les grands espaces. Elle jeta de nouveau un coup d'œil à la large étendue qui s'évasait depuis l'aéroport excentré. À quoi bon vivre dans la brousse si, au réveil, on ne voyait que des maisons ?

— Il faut environ dix minutes pour y aller, et la base est la première chose que tu vois en entrant en ville.

Parfait. Tess acquiesça. À présent, par la fenêtre du petit bureau, l'insigne du Flying Doctor Service sur l'avion le plus proche lui faisait comme un clin d'œil sous le grand soleil, et elle sentait son sourire percer.

— Oui, ça me plairait. Je peux passer après le travail cet après-midi et jeter un œil ?

— Bien sûr. Soretta lui lança un regard approbateur. — Installe-toi ici et je viendrai te retrouver à la fin de la journée. Elle se leva. — Il vaut mieux que j'y retourne. C'est le jour des commandes de ravitaille-ment, mais dis-moi si tu as besoin de quoi que ce soit. Je m'habitue encore à travailler pour un patron. Puis elle disparut.

Tess pensa au patron. Morgan Fraser, médecin sénior et respons-able de la base du Flying Doctor Service de Mica Ridge. On aurait dit qu'ils embauchaient à tour de bras. Tess avait été recrutée comme première infirmière référente pour le cancer du sein, auprès de pa-tientes et patients en traitement ou en convalescence. La toute nou-velle recrue, Soretta, faisait aussi l'assistante de bureau, et un pilote FDS supplémentaire devait arriver demain pour rejoindre Hector, l'homme discret aux yeux doux, et le mari de Daphne, Rex, à l'étage.

L'endroit paraissait chaleureux et accueillant. La FDS avait dû obtenir de nouveaux financements. À moins que Morgan ne soit en train de remplacer des gens, mais elle en doutait. Morgan semblait juste. Et Tess savait qu'elle n'était ni incompétente ni démotivée, donc elle ne craignait pas que la hache du licenciement s'abatte. Pas encore. Elle avait un an.

C'était son premier poste hors de l'hôpital et, même si elle s'occuperait aussi de la communauté en ville, Tess savait que c'était l'idée de faire une vraie différence pour les malades du cancer vivant dans des propriétés très éloignées des services qui avait éveillé son intérêt.

Son poste, tout juste créé, réduirait le nombre de fois où les patients isolés devraient entreprendre le long trajet jusqu'en ville, voire plus loin encore.

Sa fiche de poste précisait qu'elle serait le point de contact des patients à qui l'on diagnostiquait un cancer du sein. Sa mission consistait à répondre aux centaines de questions nécessitant des informations fiables et à trouver des solutions aux préoccupations entre deux visites chez le médecin.

Elle allait devoir faire preuve d'ingéniosité pour trouver des idées facilitant la vie des patients installés dans des fermes isolées, afin qu'ils puissent se reposer et se rétablir chez eux. Hormis l'éloignement des services, elle n'avait pas encore la moindre idée des défis qui l'attendaient. Mais elle apprendrait.

Sa belle-sœur, Beth, s'était inquiétée quand elle avait lu à voix haute l'annonce pour ce poste à Mica Ridge. — La chaleur. Tu n'y survivrais jamais. Il n'y a pas de plages — il n'y a même pas de rivière ! Tu vas être malheureuse dans la brousse.

En réalité, ce qu'elle voulait dire, c'est que Tess serait malheureuse sans les rappels de Victor.

Contrairement à Victor, son frère, Beth avait compris ce qui poussait Tess à travailler comme infirmière en oncologie auprès de personnes diagnostiquées, en rémission et parfois en phase terminale. Tess n'avait aucun doute sur sa vocation. Elle avait eu envie de se spécialiser dans le cancer du sein deux ans plus tôt, après que Beth elle-même avait reçu un diagnostic et que Tess avait vu le programme d'accompagnement global dont Beth avait bénéficié. Elle s'était sentie en phase, s'était sentie inspirée et s'était donné les moyens d'atteindre son objectif en obtenant les qualifications nécessaires pour opérer ce virage.

Curieux : plus elle approfondissait ce dont avaient besoin celles et ceux engagés sur le chemin de la guérison d'un cancer du sein, plus elle avait eu l'impression de trouver sa vraie place — et cet appel avait été là après la mort de Victor, lui donnant un sens auquel elle s'était accrochée. Par moments, elle avait eu du mal à se sentir inspirée par quoi que ce soit, mais elle avait tenu bon, et s'éloigner maintenant de tout ce qu'ils avaient partagé lui semblait juste.

Elle contempla par la fenêtre le tarmac qui miroitait sous la chaleur et murmura — Mica Ridge, je te promets que je donnerai le meilleur de moi-même.

# Chapitre Deux

## Soretta

Les chiens aboyèrent et Soretta Byrnes reposa la botte gauche dont elle avait recollé la semelle qui pendouillait, puis jeta un coup d'œil en direction de la maison. Elle tendit l'oreille, secoua la tête, écouta de nouveau et n'entendit rien. Elle reprit la botte.

Travailler en ville deux jours par semaine rendait sûrement les cinq autres plus chargés sur l'exploitation, mais l'argent valait le coup. Son esprit vagabonda brièvement vers la façon dont leur nouvelle pensionnaire, Tess, vivait sa deuxième journée, quand les chiens aboyèrent de nouveau. Qu'est-ce que c'était ? Elle n'avait pas entendu de voiture.

Elle soupira, sortit du hangar en se baissant et s'éloigna de l'arbre d'un pas décidé, encadrée par les kelpies noir et feu, tandis qu'elle se dirigeait vers la maison.

Au bas de la colline, un mouton flânait à travers les enclos poussiéreux. Un autre petit groupe de moutons, tachés de poussière, se tassait sous un arbre rabougri et solitaire, mais rien d'autre ne semblait respirer, si ce n'est une bouffée d'air brûlant qui soulevait la poussière de l'allée. Elle distinguait encore le miroitement de l'eau dans le ruisseau au loin, les deux barrages étaient pleins au tiers, et les moutons avaient retrouvé un état corporel correct. Ils valaient dix fois mieux que les loqueteux émaciés qu'ils étaient quelques mois plus tôt.

Même si l'année serait bonne, elle ne serait pas exceptionnelle à cause de l'hypothèque contractée suite à des ennuis passés qui la rongeaient encore. Et la dernière sécheresse. Mais elle maintiendrait l'endroit à flot.

Avec l'argent des pensionnaires qui entrait, ils honoreraient les échéances avec un supplément, de quoi permettre à elle et à Grand-père de souffler. Cependant, l'exploitation n'était pas sauvée. Juste un sursis. Il lui fallait de l'argent. Beaucoup d'argent si elle voulait se prémunir contre la menace de Grand-père de vendre encore. Elle ne faisait pas confiance à ce genre de menace — elle reviendrait, elle en était sûre — et elle se jura que, cette fois, elle serait prête.

Les chiens aboyèrent et elle aperçut alors le 4x4 utilitaire garé sous l'arbre là-bas.

Un grand inconnu se tenait, patient, en haut des marches de la véranda, et elle repoussa sa frange de devant les yeux pour bien le voir. Sa chemise tendait sur sa large carrure comme sur un pilier de rugby, un grand gaillard, mais l'idée ne l'inquiéta pas. Peu de choses l'inquiétaient ; elle avait de bons instincts avec les gens.

Aucun signal d'alarme ne clignotait sur son radar, même si elle admettait être un peu plus consciente de sa virilité qu'elle ne l'était d'ordinaire avec les hommes.

À mesure qu'elle approchait, elle le vit se tourner pour l'évaluer. Ses yeux gris-vert semblaient briller d'une intelligence nonchalante et d'humour, et elle nota mentalement de ne pas le sous-estimer. Il avait environ cinq ans de plus qu'elle, et quelque chose en lui lui paraissait vaguement familier, mais elle n'arrivait pas à le replacer sur le moment.

— Puis-je vous aider ?

— J'espère bien. Charlie Fennes, pilote intérimaire. Morgan a dit qu'il avait parlé à M. Byrnes de loger ici ?

Soretta monta les marches d'un bond, s'essuya les doigts sur la jambe de son jean et lui tendit la main. — Soretta Byrnes. Il avait dit intérimaire. Qu'est-ce que ça voulait dire ? Les pensées tournaient derrière ses yeux. — Nous nous sommes déjà rencontrés ?

Il la regarda fixement avant que leurs doigts ne se touchent. — Non.

— D'accord. Elle serra une fois, fermement, et nota que ses mains n'étaient pas aussi calleuses que les siennes. Sa poigne était plus forte que ce à quoi elle s'attendait — elle aimait ça — et elle lâcha ses doigts sans gêne. — Mon grand-père n'en a pas parlé, mais il a beaucoup en tête.

Elle hésita, sans être bien sûre de ce que Grand-père avait en tête — ni de ce qu'il avait promis. Un pensionnaire homme dans la maison ? Vraiment ? — Morgan a parlé des quartiers du personnel ou de la maison ?

— Simplement que quelqu'un était parti récemment et qu'il y avait une chambre libre.

Les quartiers avaient des couchettes, pas des chambres. — La maison, alors. Si Morgan vous a recommandé à Grand-père, c'est qu'il vous apprécie. Vu que sa petite amie vit ici parfois, je ne pense pas que Morgan verrait d'un bon œil que quelqu'un empiète sur sa relation avec Billie.

À cette image, elle ne put s'empêcher d'afficher un large sourire. Cela surprit visiblement le nouveau, car il la fixa et lui rendit lentement son sourire.

Du calme. Elle effaça la niaiserie de son visage et fit glisser ses bottes à soufflet avant de pousser la porte en bois. — La porte n'est pas fermée à clé ; juste tirée pour garder la maison fraîche. Entrez.

Il marqua une pause avant de la suivre, envoyant valser une botte de travail près de l'entrée. Au moins, il avait le sens des convenances, nota-t-elle distraitement, et elle s'arrêta à côté du téléphone, sur le guéridon du couloir, pendant qu'il s'occupait de la botte gauche. Soretta ramassa une enveloppe déchirée.

La porte moustiquaire grinça quand il entra. — Grand-père a laissé un mot disant que vous arriviez. Tess, la nouvelle infirmière, a emménagé hier. Elle releva la tête. — Vous l'avez déjà rencontrée ?

— L'infirmière en sénologie ? Ce matin. Sympa.

— Oui. Voilà donc. Un autre homme, en dehors de Grand-père, dans le poulailler. Ça allait changer la dynamique.

Peut-être que Mia, qui à dix-sept ans était la plus jeune pensionnaire de la maison, tomberait amoureuse de lui.

*Qu'elle n'y pense même pas !* Sans raison claire, cette idée ne plaisait pas à Soretta. Cet homme était trop vieux pour Mia. Plus probable, la nouvelle, Tess, se mettrait à le désirer, et puis ils s'en iraient, eux aussi. Comme d'habitude.

L'inconvénient à prendre des pensionnaires pour renflouer les caisses d'une exploitation en difficulté, c'était qu'on s'attachait à ces résidents de passage. Puis ils poursuivaient leur vie et s'en allaient.

Soretta chassa cette pensée d'un froncement de sourcils. — Il y a trois autres pensionnaires. Trois femmes. Cela veut dire que vous devrez partager la salle de bains, même si je pourrais en parler à Grand-père. Tout dépend de votre côté soigneux.

Elle vit sa bouche tressaillir. Qu'est-ce qu'il y avait de drôle là-dedans ?

Il dit : — Ma grand-mère m'a bien formé. Je rabats toujours la lunette après.

Sa *grand-mère* l'avait formé ? Comme la *sienne* l'avait formée ? Elle détourna le regard pour cacher le choc que ça lui a fait. À la place, elle fixa ses chaussettes et le trou qui laissait dépasser un long orteil viril. Peut-être que sa grand-mère ne cousait pas. Lui, manifestement, non.

Lorna, la pensionnaire la plus ancienne, piquerait une crise. Elle détourna la tête et se mordit la lèvre. — Je vous prends au mot.

Ses émotions de nouveau sous contrôle, elle croisa son regard. — Ici, chacun fait sa part, alors nous ne ferons pas votre ménage.

— Oui, madame. Il lui rit au nez, et la moindre indulgence qu'elle avait ressentie pour lui à cause de ce possible point commun d'orphelins s'évapora. On ne se moquait pas d'elle.

Puis elle se ressaisit et balaya l'inquiétude de savoir ce qu'il pensait. Ce n'était pas son problème. Il savait à quoi s'en tenir, désormais. Elle s'engagea dans le couloir. — Vous venez d'où ?

— Un peu de partout. À l'origine, d'Adélaïde. Sa voix était grave mais très claire, comme celle d'un homme habitué à se faire entendre sans ambiguïté.

Elle s'arrêta et se tourna vers lui. Un gars de la ville ! Elle paria que ça se voyait dans ses yeux, même si elle ne le disait pas. Cela dit, il n'avait pas l'air citadin.

Là encore, ce n'était pas son problème. L'argent du logement aiderait à maintenir l'exploitation à flot. — Normalement, Lorna serait là pour vous faire visiter. Elle a quatre-vingts ans et tient la maison la journée pendant que je suis dehors dans les enclos — ou au travail, ajouta-t-elle en se souvenant de son nouvel emploi — mais elle et Grandad sont partis en ville faire les courses aujourd'hui.

Elle s'arrêta dans le couloir devant une porte en bois ouverte. — C'était la chambre de Daphne. Vous avez dû rencontrer Rex si vous volez pour eux — c'est le chef pilote. Ils se sont mariés il y a quelques mois.

Elle désigna une autre pièce d'un geste. — La chambre de Tess est à côté de la vôtre. Sa bouche semblait se mettre à parler toute seule, sans qu'elle sache pourquoi.

Il devait attendre une pause dans le commentaire, car il remplit le bref silence avec — Croisé Rex. Un gars bien.

Un homme de peu de mots, comme elle l'était d'ordinaire. Qu'est-ce qui n'allait pas chez elle aujourd'hui ? — Le meilleur. Au moins avait-elle réussi à faire court, cette fois.

Elle lui indiqua qu'il pouvait poser son sac sur le sol de la chambre et se tourna, avant de balayer la main vers une porte de l'autre côté. — Ici, tout est en libre-service. On fonctionne à l'eau de citerne, alors si vous voulez rester sous la douche à vous tremper... Elle marqua une pause, lui lançant un regard pour être sûre qu'il avait compris. — Dans ce cas, réservez une chambre au pub une fois par semaine. Voilà le problème avec les gens de la ville : ils n'ont aucune idée de ce que signifie vraiment une sécheresse ni de l'effet que ça a sur la vie de tous les jours.

Elle repartit vers la cuisine, en passant devant deux salons. — Ici, c'est le salon de Lorna, même si, techniquement, c'est le vôtre aussi. Billie est une autre médecin à la base, l'avez-vous rencontrée ?

Il secoua la tête, le visage curieusement impassible. — J'ai hâte. Elle crut percevoir quelque chose d'étrange dans sa voix quand il parla de Billie, puis se dit qu'elle avait dû rêver.

— Vous la verrez. Quand elle est ici, cette pièce est la sienne et celle de Mia. Mia est sa fille, donc c'est ici que Mia fait ses devoirs. Elle eut un nouveau geste de la main. — On mange tous ensemble dans la cuisine, à moins que vous ne préfériez faire autrement.

Ils passèrent dans la grande cuisine à l'ancienne, avec au milieu une vieille table en bois décapé qui avait vu des générations de sa famille réunies autour d'elle, partageant leurs vies. Soretta se sentait toujours ancrée dans cette pièce.

Machinalement, elle fit glisser sa main le long du bord marqué du bois et savoura la fraîcheur sous ses doigts, sans savoir pourquoi elle avait besoin d'être rassurée. — On se relaie pour préparer le dîner de tout le monde, et les jours de courses, c'est à emporter. Donc, ce soir. Je cuisine simple et Grandad se débrouille. Elle le regarda par-dessous sa frange. — Vous sauriez utiliser une mijoteuse ?

Sa bouche refit ce petit pli et cela la mit mal à l'aise. Nerveuse. Elle jeta un coup d'œil par la fenêtre de la cuisine pour se recentrer. Un agneau égaré bêla et Soretta chercha du regard jusqu'à trouver sa mère. Elle se sentit se détendre.

Elle l'entendit dire — À merveille, en fait.

Trop beau pour être vrai, pensa-t-elle, et elle fit semblant de le croire. — Alléluia. Billie et Lorna essaient, mais elles ne sont pas Daphne.

Quand elle se retourna, il la regardait, presque comme s'il attendait un sourire pour accompagner sa remarque ; il ne vint pas. Soretta venait de se rappeler que, lorsque Billie et Mia partiraient officiellement, il ne resterait plus que Lorna, ce type, peut-être la nouvelle Tess si elle restait, et Grandad avec qui partager la maison.

Elle le jaugea du regard. — Vous pensez que ça peut marcher ? Vous pouvez changer d'avis, je ne m'en offusquerai pas.

Il sembla hésiter, même si c'était peut-être son imagination. N'empêche, elle n'arrivait pas à se défaire de l'impression qu'il ne lui disait pas tout.

— Et si on essayait et qu'on décidait tous les deux dans une semaine ? Il lui adressa un sourire sans effet ; elle n'avait pas envie de sourire, là, maintenant.

Le mot « temporaire » lui revint. — Ça me paraît juste, dit-elle.
— Vous pouvez garer votre voiture dans le hangar à matériel derrière la maison. Il y a beaucoup de place. Ça évite le givre sur les vitres si on vous appelle la nuit, même si on n'en a pas eu depuis un moment. Et faites attention aux chiens. Ne les écrasez pas. Ils sont une demi-douzaine. Certains sont des chiots et ne sont pas encore très futés. C'est Mia qui s'en occupe.

Son visage sembla redevenir impassible et elle ignorait pourquoi. Il se contenta de lâcher — Maison animée.

De nouveau, elle eut l'impression qu'il commençait à douter de sa présence dans une maison pleine de femmes.

— Je me suis habituée à ce que ça bouge. Elle lui jeta un coup d'œil.
— Même si ça me fera bizarre d'avoir un autre homme à la maison. Grandad pourrait être content.

Un sourcil châtain clair se haussa. — Pourrait ?

Elle pensa à son grand-père, vaquant tranquillement à ses affaires.
— Il n'a aucune patience pour les imbéciles.

— Comme sa petite-fille ? Il lui a souri.

Elle s'est arrêtée à la porte principale par laquelle ils étaient entrés. Pour une raison ou une autre, elle ressentait le besoin de le dire. Lui faire comprendre qu'on avait déjà abusé de leur confiance. — Des imbéciles, je peux les supporter. Les menteurs et les tricheurs, je ne les supporte pas. Les mots sont tombés entre eux comme un mur.

Avait-elle été insultante ? Elle a haussé les épaules intérieurement. Si ce monsieur était susceptible, c'était son problème. Elle a fait un geste vers la maison. — C'est à vous. J'ai des choses à faire.

Elle a poussé la porte et l'a laissé dans l'entrée comme si elle avait un endroit où elle devait se rendre. Sauf que, fait rare, elle ne se rappelait plus très bien lequel.

Soretta a enfilé ses bottes rapidement et a dévalé les marches au milieu d'une agitation de queues de chiens qui remuaient, en faisant semblant d'avoir besoin d'y être en vitesse. Pourtant, une fois de retour dans le hangar, elle s'est sentie étrangement perdue.

Charlie Fennes. De grands bras, des épaules larges. D'Adelaide. Un gars de la ville qui avait l'air de savoir se défendre — sa chemise, tendue sur sa large carrure comme si elle peinait à contenir des muscles durs, en témoignait. Elle a ricané d'elle-même. Ce n'était pas un gamin et ses yeux disaient qu'il en avait vu, des choses. Elle en avait déjà rencontré, des types comme lui, ces durs qui montaient des chevaux sauvages et des taureaux sur le circuit, ceux qui l'avaient fait partout dans le monde, qui savaient ce que peuvent infliger des sabots ou des cornes et qui grimpaient quand même en selle pour l'adrénaline et les primes.

N'empêche, quelque chose chez lui la chiffonnait, et elle a fouillé son instinct à la recherche d'un indice. Rien ne sonnait faux — juste des signaux contradictoires. Elle a haussé les épaules, fataliste. On verrait bien.

Puis elle s'est souvenue de ce qu'il avait dit : sa grand-mère l'avait formé. Elle avait réussi à ne pas lâcher une bêtise du genre, *Vos parents sont morts, eux aussi ?* Heureusement. À la place, elle avait jeté un coup d'œil à son gros orteil nu, dont elle se souvenait beaucoup trop bien. Comment un orteil pouvait-il vous faire un drôle d'effet au ventre ?

Ce dont elle se souvenait surtout, c'était de la façon dont ses yeux gris-vert débordaient d'une intelligence qui ne laissait rien passer et d'une lueur amusée, et de l'avertissement qu'elle s'était adressé de ne pas le sous-estimer. Si seulement elle pouvait mettre le doigt sur ce qu'il avait de si familier.

Dans l'intimité du hangar, elle a de nouveau secoué la tête. Elle n'allait pas gaspiller trop d'énergie à s'inquiéter de lui. Il comptait surtout comme une source de revenus de plus pour aider à payer les factures.

Si on avait dit à Soretta il y a un an que transformer la maison principale en pension changerait sa vie, ou que Lorna, la veuve du médecin de la ville, en prendrait les rênes comme maîtresse de maison, elle ne l'aurait pas cru. Et elle n'aurait certainement pas imaginé à quel point vivre avec Daphne avait réchauffé tout le monde. Mais Daphne était partie, maintenant. Et bientôt, Dr Billie et Mia partiraient, elles aussi.

Mia n'était pas seulement l'une des pensionnaires de la maison principale. Elle était devenue comme la petite sœur que Soretta n'avait jamais eue. Mia avait fait ses preuves, même si elle n'avait pas grandi à lutter avec des moutons et, à l'occasion, un veau comme Soretta ; mais elle savait se débrouiller.

C'était fou comme elle avait appris à connaître ces femmes si différentes, combien de rires et de larmes elles avaient partagés et à quel point la camaraderie avait été profonde. À présent, il y avait Tess qui s'ajoutait au mélange, et cet homme — pour peut-être tout gâcher.

Elle espérait qu'il n'allait pas se révéler comme le dernier homme qui avait été ici, celui qui avait logé avec Klaus dans les quartiers. Il s'était avéré être le père dont Mia n'avait pas soupçonné l'existence. Et avant lui, celui qui avait laissé tomber son grand-père.

Soretta a senti la lente brûlure d'une colère qu'elle n'avait pas lâchée et a décidé qu'un détour par les hangars de tonte pourrait être une bonne idée. Elle avait besoin de chasser ses idées noires. En enfourchant le quad, elle a attendu que les deux chiens les plus âgés montent, puis elle est sortie du hangar en accélérant un peu plus qu'à l'habitude.

Elle a jeté un coup d'œil vers la barrière suivante. Klaus était en train de refixer la charnière et ce serait bien plus facile si elle était là pour aider à soulever la barrière afin d'en évaluer l'angle. Elle avait trouvé l'endroit parfait où se tenir pendant que Charlie Fennes s'installait.

# CHAPITRE TROIS

## *Tess*

AGNES WILSON ARRIVA COMME dernier rendez-vous de la journée pour Tess. Tess avait lu, sur l'heure du déjeuner, les notes médicales reçues par e-mail, accompagnées de la suggestion qu'Agnes rencontre régulièrement la nouvelle infirmière spécialisée en sénologie. Une dernière mention disait : « bien qu'Agnes risque de se montrer réticente ».

Le chirurgien et la radiothérapeute d'Agnes craignaient visiblement qu'elle ne se repose pas assez, alors Tess ajouta Agnes à la liste des visites à domicile qu'elle effectuerait lorsqu'elle commencerait ses vols de tournée la semaine suivante. La visite d'aujourd'hui tombait à pic, car elle avait encore besoin d'une invitation officielle d'Agnes pour atterrir.

— Enchantée de vous rencontrer, Agnes. Elle tendit la main et, après une brève hésitation, Agnes effleura les doigts de Tess, puis laissa retomber sa main.

Tess se retourna pour fermer la porte et fit mine de ne pas remarquer la froideur de l'accueil. Quand elle revint vers elle, elle sourit. — Voulez-vous une tasse de thé ?

On sentait vibrer l'impatience chez la petite Agnes, sèche et nerveuse, la soixantaine bien entamée, avec une tignasse blanche coupée court, tandis qu'elle s'asseyait à contrecœur, raide comme un piquet, sur la chaise.

Tess ne fut pas surprise quand elle dit — Non —, puis adoucit à peine d'un — Non, merci — lancé d'une voix grave.

Agnes entrouvrit la bouche, puis la referma et pinça les lèvres. Cela arrivait souvent avec les patientes, et Tess s'efforçait de repérer les signes de questions restées sans réponse.

Tess leva la main dans un geste instinctif de dites-moi tout. — Vous aviez l'air sur le point de dire quelque chose puis vous vous êtes ravisée ?

Ses yeux plissés et ses lèvres pincées disaient qu'elle l'avait été, mais qu'elle ne devrait pas. Puis Agnes grogna : — Je me dis que rencontrer ici une jeune citadine pour « répondre aux questions et aider à rendre les choses plus faciles », c'est une pure perte de temps. Mais le Dr Billie a dit qu'il fallait que je vienne.

Tess acquiesça. Elle s'était doutée que ce serait quelque chose comme ça. — Eh bien, restez au moins un instant, je vous en prie. Tess tenta un autre sourire. Même si ce n'était pas sa première réception pour le moins tiède, elle ne pouvait s'en prendre qu'à elle-même d'avoir cru qu'on l'accueillerait à bras ouverts.

— Vous n'êtes pas obligée de venir me voir si vous préférez éviter, Agnes. C'est juste que, parfois, l'infirmière spécialisée en sénologie peut aider à organiser des choses, ou trouver des moyens d'alléger le quotidien pendant votre convalescence. Et j'ai les informations les plus récentes sur tous les traitements que vous avez déjà reçus.

— Voilà. J'ai eu tout ça et c'est terminé. Les sourcils argentés se haussèrent tandis qu'Agnes détaillait la coupe citadine et soignée de Tess, son regard glissant vers son pantalon impeccablement repassé et ses escarpins, avant de remonter à son visage. — Je ne veux plus rien en savoir. Sans vouloir vous vexer, je doute que vous connaissiez grand-chose aux réalités de la station qui pourraient me faciliter la vie, ma petite.

Tess cligna des yeux, prise de court. À vrai dire, elle n'avait aucune idée de la vie d'Agnes chez elle, et certainement pas sur une station isolée. Elle n'en avait même jamais vu une, si ce n'est sur ce calendrier qui avait tout déclenché.

C'était une petite piqûre de rappel. — Très bien, dit Tess. — Peut-être puis-je organiser de voler dans l'un des avions la semaine prochaine pour m'assurer que vous ne vous épuisez pas trop ? Avec votre accord, bien sûr. Je pourrais aussi vérifier l'état de votre peau après le traitement. Parfois, une sécheresse excessive peut poser problème. Et l'épuisement est un facteur majeur après une radiothérapie.

Agnes détourna le regard, puis revint vers Tess. Ses yeux n'étaient pas méchants, juste déterminés. — Non. C'est une perte de temps pour le service. Tess entendait bien qu'à ses yeux c'était aussi une énorme perte de temps pour Agnes. — Ces pilotes n'ont pas à faire un détour chez moi alors qu'ils pourraient être utiles ailleurs. Quant à ma peau, j'en ai déjà montré assez aux gens, merci bien.

Tess aurait très bien pu se lever et ouvrir la porte pour congédier Agnes, et la dame âgée voulait manifestement qu'elle fasse exactement cela. Aucun doute sur sa trempe, sans parler de son impatience face au traitement qu'elle avait subi, et elle semblait amère devant cette fragilité inhabituelle et indésirable. D'après son dossier, Tess avait compris qu'Agnes vivait en veuve de longue date, habituée à faire tourner une station quasiment seule. Mais Tess devait voir au-delà de la façade bravache d'Agnes, car elle devait trouver un moyen d'aider sa patiente.

Plus doucement, elle dit : — Vous savez que vous allez devoir vous reposer davantage que d'ordinaire, j'imagine. D'après ce que j'ai compris, le médecin a suggéré une convalescence dans un endroit plus peuplé avant de retourner à la station après la radiothérapie.

— Je n'ai pas le temps de paresser. Agnes agita ses mains veinées avec dégoût. — Je suis d'ici depuis toujours, et j'ai bien l'intention de devenir un peu de ce sable rouge et d'en faire vraiment partie un jour, souffla-t-elle. — L'endroit où ils ont enlevé le sein est en grande partie cicatrisé. J'ai perdu cinq semaines à Adélaïde pour ce « traitement ». Agnes retroussa la lèvre. — C'en est assez. Il est temps de reprendre la vie à bras-le-corps et je n'ai pas le temps d'attendre que les forces reviennent. Ça ira ! Je n'ai besoin de l'aide de personne.

*Surtout pas de moi*, pensa Tess avec amertume.

Tess tenta une dernière fois. — Laissez-moi au moins venir vous voir en avion la semaine prochaine pour vérifier que tout va bien.

— Pas nécessaire, répondit-elle du tac au tac. Occupez-vous des jeunes qui doivent passer par là.

Tess n'arrivait pas à faire taire ses inquiétudes. Elle soupçonnait fortement que la fatigue due au traitement d'Agnes n'avait pas encore pleinement frappé. — Y aura-t-il quelqu'un à la station quand vous y arriverez ?

L'assistante sociale à Adélaïde avait noté qu'Agnes comptait sur de l'aide de passage quand elle en avait besoin, quelque routard ou vagabond venu travailler contre gîte et couvert.

— Je vais bien. La bonne personne se présente toujours au bon moment, dit Agnes.

Tess se demanda si elle pouvait se permettre de dire que cette bonne personne, arrivée au bon moment, c'était peut-être elle, mais Agnes ne laissa pas assez de temps pour le suggérer.

— J'ai peut-être dû m'appuyer davantage sur celui qui est là en ce moment, dit-elle à contrecœur, mais pour l'instant, ça se passe bien. — Tous les animaux sont encore en vie et la maison était intacte quand je suis rentrée d'Adélaïde. Exactement comme je m'y attendais. On ne peut pas en demander davantage.

Tess avait des consignes précises du Dr Scarf pour surveiller Agnes de près. — Votre spécialiste craint que vous ne vous épuisiez.

Agnes renifla. — Je l'ai bien entendu. Il a dit que je tomberais comme un sac de pommes de terre si je n'y prenais pas garde. Elle haussa les épaules. — Non. Je rentre chez moi et j'y reste.

—Et si vous m'appeliez si quelque chose vous inquiète ? Tess sentit son cœur se serrer devant le hochement de tête véhément d'Agnes.

—Pas besoin, dit-elle obstinément.

—Je pourrais vous appeler juste une fois ? Dans une semaine ? Comme ça, je ne m'inquiéterai pas en pensant que vous serez trop faible pour appeler ? Tess dut se contenter qu'Agnes accepte ce seul coup de fil et qu'elle pourrait passer au bureau de Tess lors de sa prochaine visite en ville pour faire des provisions si elle changeait d'avis.

Après un nouveau tour de négociations, Tess arracha à Agnes la promesse de la laisser venir si elle avait besoin d'elle, mais Tess savait qu'elle ne pouvait pas imposer son aide à cette femme si celle-ci n'en voulait pas. Une partie d'elle se demandait dans quelle mesure l'attitude d'Agnes tenait au fait que Tess n'était pas née et élevée ici. Peut-être lui fallait-il une alliée du cru pour l'accompagner en visite. Peut-être que quelqu'un du coin pourrait se former pour être prêt quand Tess partirait l'année prochaine ?

Elle ignorait beaucoup de choses sur les distances, la sécheresse et la vie sur une exploitation, mais ce qu'elle savait, c'est qu'elle apprendrait aussi vite que possible.

Après le travail, cet après-midi-là, Tess s'assit sur la longue véranda ombragée de Blue Hills Station et but son thé à petites gorgées, goûtant la subtile impression de soulagement d'être chez elle, dans son nouveau foyer. Elle avait décidé d'emménager à Blue Hills au moment même où elle avait remonté l'allée hier et aperçu la longue bâtisse basse, posée sur la butte, où elle devait se dresser depuis cent ans.

Lorna, pensionnaire octogénaire aux cheveux violets — et, soupçonnait Tess, un brin excentrique —, qui semblait aussi faire office de maîtresse de maison, était allée répondre au téléphone de la maison. Tess attendait encore de faire la connaissance de Mia, la fille du Dr Billie, et apparemment le nouveau pilote avait emménagé aujourd'hui pendant qu'elle était au travail.

Tess parcourut du regard les pâtures desséchées, se demandant ce que les moutons pouvaient bien trouver à brouter dans ce paysage aride. À l'issue de son deuxième jour de travail, la tête de Tess lui paraissait plus claire qu'elle ne l'avait été depuis un an.

Ici, c'était si calme. Elle tendit l'oreille et finit par entendre des chiens aboyer au loin et le bêlement d'un mouton. Elle n'était pas encore montée jusqu'aux parcs à moutons, alors elle n'était pas sûre de la provenance du bruit, d'autant que, pour l'instant, il n'y avait pas de moutons dans la pâture qu'elle voyait.

En quelques minutes qu'elle était restée assise ici, une voiture était passée sur la route en contrebas, mais ce bruit s'était approché puis évanoui en quelques secondes. En rentrant ce soir, elle n'avait croisé que deux autres véhicules, et elle essayait d'imaginer combien de voitures elle voyait d'ordinaire en une journée à Coffs Harbour. Étrange de penser que l'océan, là-bas à Coffs, se trouvait à plus de 1 000 km.

Elle se sentait bien ici. Quel plaisir de s'asseoir sur la large véranda, de siroter son thé sans se presser à la table en osier. La nuit dernière, après avoir installé ses affaires dans la chambre en bois verni et envoyé, comme chaque soir, son amour à Vic, elle avait passé sa première nuit complète depuis un an.

Oui, Blue Hills était exactement l'endroit où elle avait besoin d'être en ce moment. La maison principale collait à ce sentiment d'aventure grandissante qu'elle éprouvait dans ce poste novateur. Rencontrer des personnes différentes, s'envoler vers des stations d'élevage lointaines et démêler la logistique de la mise en place d'un service nouveau, et tellement nécessaire. Bien sûr, elle pourrait changer d'avis quant au fait de vivre vraiment à la campagne, façon rustique, quand la chaleur tomberait à plomb et que l'absence de climatisation se ferait sentir, mais peut-être pas.

Elle pensa aux deux patientes qu'elle avait reçues à son cabinet aujourd'hui. Agnes, pour laquelle elle s'était beaucoup inquiétée cet après-midi, et, à l'autre bout du spectre, Jill, une mère de 32 ans avec deux jeunes enfants, désemparée par le sort, car, avec son mari, ils avaient 60 000 hectares de terres arides d'élevage ovin à gérer et elle avait toujours été en bonne santé.

Et oui, c'était vrai, Tess ne savait pas ce qu'impliquait la gestion d'une station sans expérience sur laquelle s'appuyer, mais elle comprenait qu'une boule de la taille d'un pois, découverte sous la douche, représentait la dernière chose dont Jill avait besoin. Surtout maintenant qu'une biopsie à l'aiguille avait confirmé qu'elle avait un cancer du sein.

Jill avait repéré la boule tôt, mais Tess avait sorti deux fois ses nouvelles tasses en porcelaine, et elles avaient parlé de la ponction à l'aiguille fine que Jill avait subie et des scénarios possibles à venir.

Jill avait choisi un chirurgien à Adélaïde pour son traitement, parce que sa mère y vivait et qu'elle pouvait offrir à Jill le soutien dont elle avait besoin. Cela n'atténuait toutefois pas sa peur, une peur qu'elle ne pouvait pas partager avec son mari, parce que l'idée qu'elle puisse laisser ses enfants sans mère trop tôt le bouleversait trop.

Tess avait suivi une semaine d'intégration avant de venir à Mica Ridge, dans le même établissement où Jill allait se rendre, en assistant aux réunions de l'équipe pluridisciplinaire (MDT) dédiées au cancer du sein dans le grand hôpital de référence ; elle avait donc pu partager des informations sur le lieu avec Jill. Elle avait rencontré les spécialistes et les infirmières d'oncologie, visité les salles de radiothérapie et pris contact avec les assistantes sociales auxquelles Jill aurait accès, afin de pouvoir la préparer un peu depuis 500 km. Surtout, Tess avait pu partager avec Jill les excellents résultats qu'ils obtenaient.

Elle avait pu répondre à de nombreuses questions et en poser quelques-unes à Jill, pour qu'elle y réfléchisse avant d'avoir à prendre ses décisions de traitement après la tenue de la MDT. Néanmoins, cela n'avait en rien diminué le sentiment de persécution de Jill, comme si elle était la victime d'une mauvaise plaisanterie cruelle.

Tess comprenait. Dans son propre cas, devenir soudain une jeune veuve, c'était exactement ça. Mais il ne s'agissait pas d'elle. Heureusement. Il s'agissait de se concentrer sur d'autres personnes comme Jill et Agnes, et, malgré le refus obstiné d'Agnes d'accepter cette aide, et malgré les choses qu'elle ne pouvait pas changer pour Jill, elle ferait tout son possible pour être utile.

Demain, Tess et le Dr Green — ou le Dr Billie, comme la plupart semblaient l'appeler — allaient assister à la réunion de la MDT sans la patiente, pour examiner les images d'échographie, de mammographie et de scanner, et écouter l'anatomopathologiste identifier le type de cellules cancéreuses. Ensuite, devant le collège d'experts — chirurgien sénologue, oncologue radiothérapeute, oncologue médical, anatomopathologiste et infirmière spécialisée en sénologie à Adélaïde, qui accompagnerait Jill pendant qu'elle serait éloignée des soins de Tess —, ses options seraient présentées.

Après cela, une autre réunion serait programmée, et un plan conforme aux meilleures pratiques serait proposé à Jill et à son mari lorsqu'elle rencontrerait son chirurgien lors d'une autre visioconférence. Tess devrait clarifier tout point qui leur échapperait pendant cette discussion et être une oreille attentive pour sa patiente ensuite. C'était sa première grande réunion de plan de traitement et elle voulait s'assurer de ne rien laisser passer. Prendre des notes serait impératif.

Tess frotta le pli entre ses sourcils et se ramena au présent.

Tout cela, ce serait pour demain. Elle inspirait lentement l'air tiède, laissant la paix reléguer doucement les pensées de la journée au fond de son esprit et relâchant consciemment sa tension dans les grands espaces. Elle savourait encore le bleu vibrant de la toile du ciel, qui semblait s'étirer à l'infini comme un manteau posé sur ce nouveau monde où elle se trouvait.

Lorna est revenue d'un pas affairé. — Vous avez l'air déjà plus détendue. Et si je vous resservais du thé ?

Tess a murmuré ses remerciements et a commencé à mesurer la chance qu'elle avait eue d'avoir choisi de se joindre aux pensionnaires de Blue Hills. Elle avait le sentiment que ce nouvel emploi puiserait dans ses réserves d'énergie et qu'ici, dans la maison du domaine, l'attendaient une chaleur discrète et un soutien auxquels elle ne s'attendait pas.

Puis elle a entendu les chiens aboyer et un petit utilitaire rouge a remonté l'allée dans un nuage de poussière.

# CHAPITRE QUATRE

## *Mia*

MIA GREEN A REMONTÉ l'allée et a garé sa Brumby dans le hangar à machines. Elle a coupé le moteur, faisant taire la musique, et a froncé les sourcils devant l'étrange véhicule de transport de troupes gris garé à côté de la sienne. Et, à l'opposé total, un petit cabriolet VW jaune garé encore à côté.

Un bruit sourd et rythmique suintait derrière le haut mur du hangar et elle a tiré son sac d'école et son sac pour la nuit jusqu'au siège conducteur avant de descendre.

Une ribambelle de jeunes chiens s'est pressée autour de ses chevilles et a commencé à sauter et à lécher, alors elle a gratté des oreilles, ébouriffé des têtes et s'est fait copieusement lécher au passage, avant de les pousser affectueusement. — Assis, vous autres. Vous m'avez manqué hier. Je vais me faire gronder si vous n'oubliez pas les bonnes manières que je vous ai apprises.

Sa voix les apaisa et ils s'assirent en une file désordonnée, avant de se relever pour trotter joyeusement derrière elle, tandis que Mia jetait son sac sur son épaule et se mettait en route vers la maison. Peut-être qu'elle pourrait emmener un chiot quand elle dormirait chez Morgan avec sa mère. Elle a soupiré. Peu probable.

Elle a fait une grimace en jetant un regard à sa voiture. Elle avait encore perdu une plaque P de conductrice en période probatoire sur la route. Heureusement, Lorna en avait ramené un paquet la dernière fois qu'elle était allée en ville. Voilà le problème quand on vit dans un petit coin. Tout le monde connaissait tout le monde, ou au moins en avait entendu parler. Le sergent Davies savait qu'elle devait afficher ses plaques de conductrice probatoire et il l'arrêterait si elle ne le faisait pas.

Rien que de penser au policier lui refit monter ce nœud au ventre. Huit semaines s'étaient écoulées depuis l'accident de voiture qui avait tué ce père qu'elle n'avait pas vraiment eu le temps de connaître, et elle se retrouvait à nouveau à moitié orpheline.

Sa mère ne lui disait rien, et cela la bouleversait visiblement quand Mia posait des questions, mais bon sang. Sa mère n'avait peut-être pas envie de parler de lui, mais Mia ne pouvait rien contre la frustration d'avoir été si près d'enfin en savoir plus sur le père qu'elle n'avait jamais connu, pour se faire arracher cette chance sous le nez. Même un père mort valait mieux que l'absence de père qu'elle avait connue pendant les dix-sept premières années de sa vie.

*Crac. Crac.* Le bruit intrusa de nouveau dans ses pensées, plus net à présent. Elle a contourné le hangar par le côté jusqu'à l'arrière.

*Crac, crac*, et une autre bûche épaisse a éclaté, reléguant ses pensées mélancoliques au second plan.

Un homme, torse nu, fendait du bois. Il avait des cheveux châtains clairs, décolorés par le soleil, et des muscles cordés qui ondulaient et se contractaient à chaque mouvement de la hache. Des perles de sueur roulaient de son front tandis qu'il abattait la lame avec régularité.

Elle estima que Soretta n'aurait pas besoin de refendre du bois pendant deux hivers au rythme où il allait. Le tas à côté de lui, qui avait grandi jusqu'à former une énorme pyramide de bûches, faisait la moitié de sa taille.

Mia a cligné des yeux. Même si elle était très heureuse d'être la petite amie de Trent, ça ne l'empêchait pas d'apprécier un spectacle qu'on ne voyait pas tous les jours à Blue Hills Station. Et ce gars avait de quoi impressionner.

Il s'est arrêté. S'est appuyé sur la hache à long manche. Ses bras avaient de grosses veines bleues, comme si elles devaient nourrir ces muscles bombés. Elle se dit que oui. Mazette. Son regard la scruta sans être inconfortable. Presque comme s'il s'attendait à la voir. — Tu dois être Mia ?

— Salut. Elle sentait la chaleur lui monter aux joues. Il connaissait son prénom. — Et toi, tu es ?

— Charlie Fennes. Nouveau pensionnaire. Pilote pour le Flying Doctor Service.

Eh ben. Charlie. Il paraissait trop jeune pour être pilote, mais le seul autre pilote qu'elle connaissait, c'était Rex, et lui, il était vieux, presque quarante ans. Ce type ne devait pas avoir plus de trente ans. Ses mots firent tilt. — Tu es pensionnaire ? Dans la maison ?

— Ouais. Et Tess aussi. Tess est la nouvelle infirmière spécialisée dans le cancer du sein. Elle est à la maison avec Lorna.

Sa mère lui avait dit que Tess avait emménagé hier. Mais deux nouveaux pensionnaires ? Waouh. Elle ne savait pas trop ce qu'elle en pensait, même si la maison paraissait bien trop silencieuse depuis que Daphne avait épousé Rex et était partie.

Bon, il savait où il mettait les pieds, aucun doute là-dessus. — D'accord. Ravie de te rencontrer, Charlie. À plus tard. Mia a souri et levé la main en se détournant. Mais elle s'est de nouveau arrêtée et s'est retournée. — Euh, il y a une tronçonneuse dans le hangar, pour couper le bois.

Il a souri de toutes ses dents. — J'aime fendre. Ça m'aide à réfléchir.

— D'accord. Elle l'a regardé un moment, parce que quelque chose la titillait. — Tu as besoin d'eau ?

Il lui adressa un sourire, et l'éclair de ses dents blanches lui fit rougir les joues à nouveau. Il n'était pas beau comme une star de cinéma, plutôt fort et coriace, genre militaire, avec ses cheveux presque blonds et ses grands yeux gris-vert. Sans parler des muscles lisses et en sueur et des bras gonflés. Elle préférait les hommes minces et nerveux comme Trent, mais elle savait que certaines filles du lycée allaient devenir folles de lui. Elle se demanda ce que Soretta pensait de lui et avait hâte de le lui demander. Il semblait presque assez dur pour Soretta. Mia retint un sourire.

Il secoua la tête. — Non, merci. J'ai presque terminé. Je voulais juste faire un peu d'exercice avant de me doucher. Autant rentabiliser l'eau que je vais gaspiller.

Mia a souri. Donc il avait eu droit au sermon de Soretta sur l'eau. Elle n'avait rien d'autre à faire ici qu'à le regarder, et mieux valait éviter d'en rajouter. Elle agita encore la main et les chiens la suivirent jusqu'à la maison. Ils s'affalèrent sur l'allée pendant qu'elle montait les marches en trottinant.

Lorna l'attendait sur la véranda avec une grande femme, blonde miel, en chemise rayée violette, et une théière entre elles. La femme s'est levée. Elle avait un visage avenant, même si ses yeux semblaient tristes. Mia rectifia. Quand elle souriait, ses yeux verts s'illuminaient et la gentillesse qui s'y lisait vous donnait envie de sourire en retour. On dirait qu'elles avaient fait une belle pioche avec les nouveaux pensionnaires.

— Salut, Mia. Lorna lui adressa ce sourire du genre je-suis-si-contente-de-te-voir qui avait toujours fait se sentir Mia spéciale quand elle rentrait du lycée. Pendant de nombreuses années, elle rentrait dans une maison vide, sa mère travaillant comme médecin, souvent en remplacements pour accumuler de l'expérience afin de décrocher un jour ce poste de rêve au FDS. Mia savourait cette chaleur maintenant. Ça la rendait encore moins enthousiaste à l'idée de quitter Blue Hills, mais elle savait que sa mère était presque prête à s'installer définitivement chez Morgan et qu'elle voulait que Mia les rejoigne.

Elle a embrassé la joue de Lorna, douce et ridée, et a tendu la main à la nouvelle pensionnaire.

Lorna a dit — Mia, voici Tess Daley. Tess, Mia.

Mia a de nouveau souri à la présentation à l'ancienne de Lorna.

— Salut, Tess. Ravie de te rencontrer. Elles se sont serré la main brièvement et Tess s'est rassise.

Lorna a continué. — Tess va rester chez nous un petit moment, avec Charlie. Tu l'as rencontré ?

— Ouais. Elle a senti son sourire s'élargir. — Il est plutôt canon torse nu, Lorna. Tu devrais faire un tour pour jeter un coup d'œil avant qu'il ne s'habille. Il a une pile de bûches fendues d'environ un mètre de haut.

Lorna a tapoté ses cheveux fins, d'un violet éclatant, et a reniflé. — J'y ai longuement réfléchi. J'ai décidé que trop d'émotions, ce n'était pas bon pour moi. Rien que d'imaginer tous ces muscles masculins, ça me donne des bouffées de chaleur. Elle a levé vers Tess des sourcils interrogateurs. — Je pourrais t'envoyer lui demander s'il veut du thé, si tu veux aller voir, Tess ?

— J'imagine bien. Tess a esquissé un léger sourire et a secoué la tête. — Je me concentre sur ma carrière.

— Et quelle belle carrière, d'ailleurs, a dit Lorna avec chaleur. — Je trouve que le fait que tu sois l'infirmière en sénologie est une chose magnifique pour la région. Je suis une grande fan du Flying Doctor Service. Mia et moi avons une page Facebook, un truc, qui marche très bien pour eux. Lorna a regardé Mia. — Enfin, c'est Mia qui s'occupe de tout ce bazar sur internet, mais mes photos d'infirmière d'il y a longtemps semblent obtenir... Elle s'est arrêtée et a de nouveau regardé Mia, l'air de poser une question. — Des clics ?

Mia a ri. — Tu vas faire le buzz avant même que tu t'en rendes compte, Lorna.

Lorna a hoché la tête, comprenant à peine et sans se soucier le moins du monde de ne pas comprendre. — Oui, enfin, Mia pourrait te créer une page, Tess, et peut-être récolter des fonds pour ton service. Les aider à maintenir le service après la fin de l'année.

La vieille dame a plissé les yeux en réfléchissant à son idée. — Et l'idée de ces seins tricotés me plaît. Je pourrais tricoter ces seins en laine tout doux pour que les femmes les portent sous leur chemise quand elles ont eu les seins enlevés. Puis elle a jeté un coup d'œil à Mia. — Tu veux du thé, ma chérie ?

Mia a cligné des yeux et a essayé d'imaginer un sein tricoté. Avec un mamelon ? Trop bizarre. — Non, merci. Trent va passer et on emmène les chiots à leur cours d'éducation cet après-midi. Elle a adressé à Tess un signe de tête satisfait. — Tu vas te plaire ici, Tess. C'est bien mieux que de vivre en ville.

Tess a reposé sa tasse. — Je viens de Coffs Harbour, sur la côte. C'est une petite ville, alors j'apprécie d'avoir un peu d'espace autour de moi.

Tess avait une voix chaleureuse et agréable, mais, de nouveau, Mia s'est dit qu'il avait peut-être dû lui arriver quelque chose de triste. Elle poserait la question à Lorna plus tard. Lorna savait tout.

La nouvelle pensionnaire s'est penchée au bord de la véranda pour regarder les pâturages en contrebas de la maison et a ajouté — Même si ici, ça tire plus sur le brun que sur le vert.

Mia a suivi son regard. Elle a aperçu l'un de ses jeunes béliers préférés, celui à qui elle avait noué un ruban autour du cou pour pouvoir le repérer, et il avait l'air costaud, bien planté. — Ce n'est pas aussi sec qu'il y a quelques mois. Mais le printemps ne fait que commencer. Il y a pas mal de verdure inattendue dans les ravines et les moutons sont plutôt contents. Elle commençait à parler comme Soretta. C'était drôle. — À plus tard. Mia a secoué la tête et a fait un signe de la main en rentrant dans la maison pour se changer. Trent ne tarderait pas.

# CHAPITRE CINQ

*Tess*

PARTAGER LE DÎNER à Blue Hills Station avec une bande d'inconnus n'était pas aussi gênant qu'il aurait pu l'être, grâce à Lorna Lamerton. Tess s'est dit que la dame d'un certain âge n'aimait rien tant que d'avoir de nouvelles têtes — surtout de nouveaux hommes — à sa table.

Tess observait Lorna qui flirtait malicieusement avec le grand-père de Soretta, Lachlan, un gentleman de la terre, sec mais droit, aux manières courtoises et au regard qui portait loin. Tout aussi espiègle, Lorna flirtait un peu avec Charlie, le nouveau pilote, en essayant de le faire parler.

En jetant un coup d'œil autour d'elle, Tess a remarqué qu'elle n'était pas la seule à s'amuser des espiègleries de la vieille dame. La jeune Mia passait beaucoup de temps à sourire dans son assiette.

Il manquait tout de même une personne à la maisonnée, la mère de Mia assistant à un dîner de levée de fonds pour le Flying Doctor Service avec Morgan.

Dr Billie, deuxième médecin de la base et petite amie de Morgan, avait beaucoup plu à Tess. Billie entretenait un lien fort et empathique avec leur patiente commune Jill et, pour le plus grand dépit de Tess, elle en avait même un avec Agnes, aussi sèche que le désert. Tess soupçonnait que travailler avec Billie serait un plaisir.

Soretta, la maîtresse des lieux de la ménagerie et bien plus vigoureuse sur son terrain qu'à l'accueil au travail, était du genre queue-de-cheval et jean une fois sortie de l'uniforme du FDS. Elle dégageait une autonomie tranquille et une efficacité redoutable pour tout ce qui était manuel, mais Tess pensait la comprendre. Elle l'aimait bien, d'ailleurs, même si elle semblait l'exact opposé de toutes les amies que Tess avait eues jusqu'ici.

Lorna avait raconté comment Soretta portait la station sur ses épaules pendant que son grand-père se remettait d'un grave accident à la ferme et comment elle cherchait sans cesse des moyens de maintenir la station à flot. Elle en était même devenue obsédée. D'où le nouveau boulot à temps partiel.

Tess ne pouvait qu'admirer l'assurance discrète de Soretta et ses évidentes qualités de fille de la brousse — une fille du genre à faire le boulot, point. Tess l'applaudissait. Elle apprenait encore à compter sur elle-même et à provoquer les choses. Ça avait été un démarrage lent après l'accident de Victor. Il faudrait qu'elle demande à Soretta de lui transmettre quelques-uns de ses talents de bricoleuse. Ça pourrait même être amusant.

À bien des égards, Soretta, avec les innombrables tâches de ferme avec lesquelles elle jonglait, pouvait impressionner, alors même qu'elle avait bien cinq ans de moins que Tess. Après son deuxième jour de travail, Tess avait décidé que les femmes de la terre, ici, étaient incroyablement débrouillardes et n'avaient pas de patience pour les imbéciles — surtout parce qu'elles n'avaient pas le temps.

Aujourd'hui, elle avait commencé à appeler les femmes des stations isolées qu'elle devait rencontrer au cours des prochaines semaines, celles qui étaient à différents stades de diagnostic et de traitement pour leur cancer du sein. Si la plupart avaient bien accueilli son appel, la majorité paraissait plus préoccupée par les autres — au foyer et à la station — que par elles-mêmes et leur maladie. Ce qui n'était pas forcément une mauvaise chose, même si cela changeait de ce dont elle avait l'habitude. Elle avait d'ailleurs l'impression qu'en ville, l'offre d'aide se lançait plus facilement.

La voix de Lorna l'a ramenée au présent.

— Fennes, c'est un nom intéressant, a dit Lorna, commençant à le cuisiner sérieusement maintenant qu'elle l'avait à sa merci.

— Ça remonte loin, mais je n'ai jamais rencontré d'autres parents irlandais. Charlie se concentra sur son poulet.

— Adélaïde est une jolie ville, a dit Lorna d'un ton malicieux. — De quel quartier venez-vous, Charlie ?

Charlie a souri et a levé l'index en mâchant sa bouchée. De bonnes manières. Tess a dissimulé son sourire tandis que Lorna acquiesçait d'un air approbateur, et tous ont attendu. Tess avait fait l'expérience de son inquisition la veille au dîner.

Il a avalé. Sa gorge puissante s'est contractée, puis il a dit — Désolé. Il a marqué une nouvelle pause, comme pour rassembler ses idées. — Adélaïde, en soi, c'est super. Même si je n'y ai pas passé beaucoup de temps récemment. Je viens des collines au-dessus de la ville.

Ce n'était de loin pas assez d'informations pour sa nouvelle amie, en a déduit Tess, car les yeux bleus délavés de Lorna restaient fixés sur Charlie. Tess s'émerveillait en refoulant un autre sourire et s'est dit qu'il était drôle qu'elle ait l'impression de connaître cette indompt-able dame depuis bien plus de deux jours. La regarder à l'œuvre pouvait l'amuser pendant des heures.

Lorna a souri avec douceur. — Alors, qu'est-ce qui vous a poussé à accepter un poste ici, Charlie ?

Cette fois, il ne s'est pas montré assez imprudent pour reprendre une bouchée et, la question arrivant si habilement dans la foulée, il a posé son couteau et sa fourchette comme si dîner n'avait plus aucune importance. Tess avait vu ses yeux balayer les plats. Elle aurait parié qu'il mourait de faim. Il fallait bien nourrir tous ces muscles, après tout. Elle a jeté un coup d'œil à Mia, qui avait dit quelque chose de similaire plus tôt, et a regretté de ne pas pouvoir partager la blague.

— Cette affectation ne dure que trois mois, a dit Charlie. — C'est une excellente occasion de gagner en expérience et de piloter pour le FDS. Il y avait quelque chose d'un peu étrange dans sa façon de le dire et Tess a remarqué que Soretta lui jetait un coup d'œil, mais Charlie a saisi son verre d'eau et en a bu une gorgée.

Tess a noté la profonde ride du front de Soretta et a senti la légère tension dans la pièce. Il y avait de curieux sous-courants. Est-ce qu'il se passait quelque chose qui lui avait échappé ?

La réponse a semblé satisfaire Lorna. — Si j'étais plus jeune, je m'y mettrais moi-même. À apprendre à piloter, je veux dire.

Peut-être que Mia avait, elle aussi, remarqué la tension. Les mots lui ont échappé presque comme si elle devait combler le petit silence. — Sauf que, à votre époque, vous passiez plus de temps à chevaucher jusqu'aux urgences sur un cheval. J'adore les histoires de Lorna.

Tess le croyait volontiers. Elle la connaissait à peine et adorait déjà les histoires de Lorna.

—Lorna a été infirmière de district, dit Mia à Charlie. —On lui avait donné une vieille Holden, mais la plupart du temps elle devait aller à cheval parce que les routes, plus loin de la ville, étaient tellement mauvaises qu'elles n'étaient que poussière de brousse ou alors tellement boueuses qu'on ne pouvait pas y rouler.

Mia avait confié à Tess cet après-midi que la moitié du temps Lorna la mettait dans l'embarras et l'autre moitié elle la faisait mourir de rire. Mais tout le temps, Mia éprouvait une immense fierté pour elle. Et Lorna avait l'air toute contente.

Le moment de tension autour de la table était passé et Lorna soupira en pensant aux temps révolus. —Je me suis bien amusée. C'est au tour de Charlie, maintenant. —Vous avez dit où vous travailliez auparavant ?

Donc Lorna ne lâchait pas Charlie. *Heureusement que ce n'est pas moi*, pensa Tess, et elle savoura son dîner tant qu'il était encore chaud.

Charlie s'était adossé, détendu, et elle devina, d'après une remarque qu'il avait faite plus tôt, qu'il avait l'habitude des dames d'un certain âge. Certains hommes ne se seraient pas montrés aussi arrangeants.

—Un peu partout. Afrique. Nouvelle-Guinée. Pour des compagnies pétrolières. Avions à voilure fixe et hélicos. J'ai passé l'an dernier à voler pour une nouvelle compagnie aérienne africaine de passagers. Charlie parvenait toujours à donner des réponses plus courtes que ne l'aurait voulu Lorna, mais Tess avait l'impression que la dame finirait par obtenir gain de cause et tout apprendre. Lorna adorait tout savoir des gens.

Lorna posa enfin la question qui lui tenait le plus à cœur. —Et votre femme ?

Tess faillit avaler de travers le morceau de poulet qu'elle avait en bouche. Charlie jeta à Lorna un regard innocent. —Oh, elle est... Il laissa sa réponse en suspens, et Lorna tenta, sans y parvenir, de ne pas avoir l'air déçue, ses projets d'entremetteuse tombant à l'eau à l'idée que Charlie était marié, pendant que les autres convives trouvaient soudain autre chose à regarder.

Il haussa les épaules. —... pour plus tard. Il rit. —Vous me faites penser à ma grand-mère, Lorna. Aussi subtile qu'un coup de pioche entre les yeux. Non, je ne suis ni marié ni en couple. Et je ne cherche pas à le devenir.

Tess réussit enfin à avaler sans encombre et esquissa un sourire en regardant son assiette. Bien joué, Charlie. Le grand-père de Soretta, Lachlan, éclata de rire et Lorna le regarda, ravie.

Mia prit la parole, sa voix jeune couinant comme si elle était nerveuse. Elle avait dû décider de laisser un peu de répit à Charlie, car elle détourna la conversation en s'adressant à Soretta. Un peu voyant, mais touchant. —Vous avez réparé le portail qui mène au parc du fond, aujourd'hui, Soretta ?

La mentore de Mia leva les yeux de son assiette, à laquelle elle semblait accorder beaucoup d'attention, même si Tess remarqua que sa fourchette ne bougeait pas beaucoup. —Klaus l'a remis sur ses gonds aujourd'hui. On fait celui de derrière demain pour que je puisse déplacer le troupeau. Ils mangent trop vite le fourrage autour de l'abreuvoir du bas.

—Et la situation de l'eau ? demanda Charlie, et Soretta tourna la tête vers lui. Il y avait quelque chose de figé dans l'expression de Soretta qui fit se demander à Tess si sa logeuse n'aimait pas Charlie ou peut-être, plus intéressant, le contraire.

—Notre dernière vraie pluie, avec du ruissellement, remonte à janvier. Le ruissellement est nécessaire pour réalimenter la nappe phréatique sur laquelle on compte en période de sécheresse. Depuis, on a eu quelques averses : ça retape les citernes et ça fait pousser le fourrage, mais ça ne tient pas dans la durée.

Charlie acquiesça. —Alors, dans combien de temps ça devient un problème ?

Soretta se renversa un peu et le regarda. —Ça dépend des averses.

—J'en ai pris une courte, lança Charlie, l'air malicieux. Lachlan émit un bruit d'étouffement. Tess vit Mia ravaler un rire. Tess se rappela le conseil qu'elle-même avait reçu à propos des douches courtes et jeta un coup d'œil discret à Soretta pour voir sa réaction. Elle avait le sentiment que Soretta n'apprécierait pas trop qu'on la taquine.

À sa surprise, Soretta sourit. —Je parlais des averses. Les abreuvoirs du bétail sont tous alimentés par forage. Tant qu'il y a de l'eau qui stagne, la faune sauvage s'en contente, mais quand c'est sec, tous les animaux viennent boire aux abreuvoirs, donc il nous faut une nappe phréatique suffisante pour pomper.

Charlie se renfonça dans sa chaise, délaissant son assiette. —Vous avez des barrages ?

—Deux. On en avait prévu d'autres, mais... Elle s'interrompit.

—Les barrages, ça coûte de l'argent, intervint Lachlan. Lorna lui avait dit que c'était un homme de peu de mots, mais Tess ne l'avait pas remarqué. Peut-être avait-il eu besoin d'un autre homme à la table pour réussir à en placer une avec Lorna là.

—J'ai un bulldozer, poursuivit Lachlan. —Je peux maintenir les pistes praticables, mais construire une retenue qui ne fuit pas, c'est un travail de spécialiste. Il nous faudrait une dizaine de grands barrages pour maximiser la résistance à la sécheresse des parcs, et on n'a pas les liquidités pour ça.

Charlie ouvrit la bouche puis la referma. Il hocha la tête vers Lachlan. —Merci pour les explications. Je n'ai jamais vécu à la campagne, même si Adélaïde a aussi des problèmes d'eau pendant la sécheresse. Parler d'eau était plutôt ennuyeux ; elle ne pouvait pas jouer sur le mot sec ; mais Tess se dit qu'elle ne s'était pas autant amusée à observer les gens depuis des lustres.

—Pas comme ici, dit Soretta, étonnamment sans insister. Elle ajouta même : —Je te ferai faire le tour pendant tes jours de repos, si tu veux, si j'ai le temps. Soretta semblait sans cesse prise par une activité ou une réparation à la ferme. Peut-être qu'elle l'aimait bien ? se demanda Tess.

—Ou quelqu'un d'autre pourrait le faire, dit Soretta en détournant le regard. Finalement, peut-être pas, si elle regrettait sa proposition.

Il y eut un petit silence et Lorna combla la brèche, comme d'habitude. —Et Tess aussi.

Tess lui sourit. —Avec plaisir pour une visite, quand tu veux. Lorna était un amour.

—Tu disais que tu viens d'une ville côtière près de Coffs Harbour, Tess. Tu avais aussi de l'eau de citerne ?

Tess reposa ses couverts et capta l'étincelle dans le regard de Charlie posé sur elle, tandis qu'il reprenait sa fourchette et son couteau.

— Mon mari et moi vivions en ville, près de l'hôpital. Il était maître de conférences à l'université. Sa voix s'était voilée sur le mot *était*. Elle s'éclaircit la gorge. — Nous avons des restrictions d'eau en ville quand les barrages de captage sont bas.

Les yeux de Lorna étaient doux et compatissants, et ceux de Soretta lui envoyaient littéralement de la force. Le soutien de ces femmes lui faisait du bien plutôt que de l'étouffer. Sans doute parce qu'il n'y avait pas de pitié, seulement l'acceptation que, parfois, la vie est dure.

Tess balaya les visages du regard. Ils trahissaient un réel intérêt et lui rappelaient à quel point ils étaient tous de belles personnes. Le nœud dans sa gorge se desserra. Elle avait bien fait de venir ici. — Je travaille en oncologie, dit-elle pour changer de sujet. — C'est un domaine de la santé très particulier, et j'adore être là pour les gens quand ils affrontent des moments difficiles.

— Ma femme, Rose, est morte d'un cancer du sein, dit Lachlan d'une voix bourrue. Elle vit le regard plein de compassion que Lorna lui adressa.

— Je suis désolée pour votre perte, dit Tess.

— C'était une femme adorable et, bien sûr, il n'y avait pas d'infirmières spécialisées en sénologie à l'époque, poursuivit Lorna. — J'ai adoré ta passion quand tu parlais des nouveaux services désormais accessibles aux femmes.

Tess acquiesça. C'était vrai, elle se sentait très concernée, et c'était une bénédiction de retrouver le sentiment que quelque chose comptait. — Arrêtez-moi si ce n'est pas un sujet pour la table, mais il est facile d'être passionnée par ce en quoi on croit. Elle repensa à ce qui l'avait inspirée à commencer cette carrière.

— Le cancer du sein touche au cœur même des femmes. Il influe sur la perception qu'elles ont du regard du monde sur elles. Il touche à l'identité qu'elles se reconnaissent. Même si j'en connaissais déjà les aspects médicaux, je ne mesurais pas la moitié des effets psychologiques qui touchaient ce groupe particulier de patientes.

Elle s'interrompit. Lachlan hocha la tête et Soretta regardait son assiette. Elle eut le sentiment d'avoir, sans le vouloir, ramené de la tristesse à table et le regretta. Elle se promit de trouver un moment pour aborder Lachlan et l'écouter s'il voulait parler de sa femme. Elle demanderait peut-être à Soretta s'il y avait quelque chose qu'elle ne comprenait pas dans la perte de sa grand-mère. Lorna avait confié que Rose avait été la mère que Soretta n'avait jamais eue. Pour l'instant, elle tenta d'expliquer pourquoi ce nouveau mode d'accompagnement était une bonne chose.

— Joanne, la formatrice de l'institut de prise en charge mammaire, expliquait tout avec une grande simplicité. Je voyais la différence que faisaient les autres infirmières pour les patientes, présentes de la chirurgie à la radiothérapie puis à la chimio. J'espère pouvoir partager ce que j'ai appris depuis que j'ai validé des cours et des stages supplémentaires, et ce que j'ai appris grâce à Jo.

— Une amie de Daphne aide une femme près de Boorenji, dit Soretta. Elle est sur le point de commencer ses cinq mois de traitement à Adélaïde.

Tess hocha la tête. — Oui. Daphne me l'a dit aussi. Je rencontrerai ces dames quand nous volerons vers elles. D'autres, je les verrai d'abord dans mon propre bureau qui, comme Soretta et Charlie le savent, est dans le hangar de la base. Ce bureau offre aussi aux femmes de la ville un endroit où venir me voir. Je coordonnerai le bus de dépistage, sans y travailler directement, et je parlerai aux femmes rappelées pour une anomalie suspecte. Et puis il y aura les tournées, ce que j'attends vraiment avec impatience.

— On dirait que tu vas être bien occupée, dit Lorna.

Tess espérait être extrêmement occupée — plus ce serait chargé, mieux ce serait. Elle voulait simplement que les patientes s'emparent du service. Les choses avançaient très lentement et n'auraient prob-ablement pas avancé du tout si Billie ne poussait pas des patientes comme Agnes. Elle devait rendre le service pérenne, même si elle ne serait pas là pour le voir. Cette pensée la rendait déjà un peu triste.

— Je pense que l'activité va augmenter. Les oncologues veulent que je poursuive les perfusions d'Herceptin dont les femmes ont souvent besoin pendant les douze mois qui suivent la chimio, soit en ville, soit dans des cliniques itinérantes, voire à domicile si nous pouvons nous y poser.

— J'ai lu ça, dit Soretta. — Comme ça, les femmes n'ont pas à s'éloigner de leur famille pour aller dans un grand centre recevoir le traitement ?

— C'est ça, répondit-elle en jetant un coup d'œil à Charlie. Le pilote peut simplement me déposer pour deux heures toutes les trois semaines ; je peux faire la perfusion, vérifier leur bien-être émotion-nel, puis être reconduite par les airs. Ensuite, on revoit la situation si et quand c'est nécessaire.

Elle sentait ce défi qui semblait se renforcer de jour en jour. Elle entendait la conviction dans sa propre voix. Elle les rendait proba-blement fous à force de parler de son travail et se força à se calmer un peu. — Ce sera un service formidable, conclut-elle d'une voix plus douce.

— Ce sera un service merveilleux, répondit Lorna, les yeux pétil-lants. — Et tu survoleras des terres bien différentes de ce dont tu as l'habitude.

— Pas une plage à l'horizon. Mais ce poste s'est présenté et il m'a beaucoup plu. Ça sonnait mieux, pensa-t-elle avec un pincement de culpabilité, que d'avouer qu'elle l'avait vu dans un calendrier et que ça semblait l'endroit le plus éloigné possible de chez elle, mais plus elle découvrait Mica Ridge, plus elle se disait que c'était vraiment écrit.

— Tu as vu Daphne aujourd'hui ? Mia la regardait avec une impatience qui trahissait combien la compagnie de l'infirmière de vol lui manquait.

Tess acquiesça et la pensée de Daphne lui arracha un sourire. — Oui, les deux jours. Tu sais que c'est elle qui m'a proposé de m'installer ici ?

Elle regarda Charlie et il hocha la tête. — Moi aussi. Ensuite, Morgan a appelé Lachlan et lui a recommandé que je vienne voir l'endroit.

Tess soupçonnait que Daphne, comme Lorna, n'était pas opposée à soutenir la cause de Soretta : aider la propriété à se relever après la dernière sécheresse.

Elle se souvenait du sourire accueillant qui l'avait accueillie lorsqu'elle était arrivée à la base. — Daphne est adorable. Je passe du temps avec elle avant qu'elle ne parte pour un long congé maternité, je rencontre les femmes, je m'habitue à l'avion au cas où il y aurait une urgence pendant que j'y suis, même si je ne serai pas infirmière de vol à proprement parler. D'ici quelques mois, je serai suffisamment rodée pour aller dans les cliniques itinérantes, faire des bilans et un peu d'éducation auprès des femmes autochtones des communautés aussi.

Lorna poussa un soupir. — Je me souviens d'avoir visité les communautés à mon époque, même si ce n'était jamais aussi simple que de monter dans un avion pour les trouver. D'habitude, c'étaient elles qui me trouvaient. Puis elle changea de sujet et revint à l'infirmière de vol. — Daphne mérite du repos. Rex veut qu'elle ait le temps de prendre plaisir à installer la chambre du bébé avant qu'elle ne devienne trop encombrée. Je crois qu'il aime pouvoir la gâter, et qu'elle s'habitue à être à la maison avant que tout devienne très animé avec deux bébés.

Les yeux de Mia s'écarquillèrent tandis qu'elle secouait la tête. — Je n'arrive pas à imaginer porter des jumeaux. Elle regarda Tess. — Je l'ai vue la semaine dernière. Je l'ai trouvée déjà très ronde.

Tess était d'accord : la petite infirmière de vol paraissait énorme. — Elle en est à vingt-deux semaines. Apparemment, son ventre a beaucoup poussé la semaine dernière, mais elle reste très agile. Difficile de passer derrière elle. Il va falloir que je reste au top pour avoir l'air aussi bien qu'elle en grimpant dans l'avion et en en redescendant.

— Elle est incroyable, dit Soretta en jetant un coup d'œil à son grand-père. Son visage s'adoucit. — Elle a sauvé Grand-père.

Tess vit la tête de Charlie se relever, intéressé, mais il ne demanda pas comment. Le silence s'éternisa et, malgré la curiosité naturelle de Tess, elle non plus ne posa pas la question.

Finalement, Lachlan a fini par dire — Depuis, on m'oblige à conduire le pick-up de la ferme. Quad interdit, de peur que je m'en fasse éjecter à nouveau. Il attrapa le dernier pilon du poulet à emporter. — Alors je mérite bien ce dernier morceau de volaille.

Sujet clos. Tess pouvait deviner ce qui s'était passé.

Plus tard ce soir-là, quand la mère de Mia est rentrée après le dîner, Lorna posait une théière sur la table pour elle et Tess.

— Billie. Juste à temps pour un petit thé. Elle se tourna et attrapa une autre tasse avec sa soucoupe. — Tu connais Tess. C'était comment, la collecte de fonds et ta conférence ? Tu as raté toute l'animation, ici.

Tess leva la main pour saluer et posa le lait sur la table. Billie déposa son sac et tira une chaise. Elle sourit à Tess. — Salut, Tess. Oui pour un thé, s'il te plaît. La conférence s'est bien passée. Et vous avez fait quoi de beau ?

Tess observait discrètement et vit Billie laisser échapper son souffle en s'affaissant sur la chaise et en fermant les yeux une seconde. Un peu comme Tess l'avait fait elle-même aujourd'hui. Elle avait commencé à apprécier à quel point le thé de Lorna pouvait être spécial.

Billie pencha la tête de gauche à droite pour détendre sa nuque. — J'ai mal aux épaules. Je déteste parler en public, même si Morgan a assuré la majeure partie. Elle redressa le menton et ferma les yeux une seconde. Tess l'entendit expirer dans un soupir. — Je peux me détendre, maintenant. Elle rouvrit les yeux et jeta un regard alentour. — L'endroit paraît inhabituellement désert.

Lorna versa l'Earl Grey et le poussa vers Billie. — Les autres sont montés dans leurs chambres.

Billie but une gorgée, soupira de nouveau et regarda Tess. — J'ai raté le nouveau pilote au boulot aujourd'hui. Morgan m'avait organisé une rencontre avec les médecins de la ville lors d'un séminaire. Au moins, Tess et moi avons pu nous voir.

Tess pensa à l'imposant Morgan à la base, sa taille et ses larges épaules. Charlie pouvait rivaliser avec lui, ça c'est sûr, mais elle n'aurait voulu croiser ni l'un ni l'autre dans une ruelle sombre. Le patron la faisait se sentir gauche, tandis que Charlie paraissait profond, réservé, et absolument pas son genre.

Billie reprit une gorgée, puis fixa l'horloge comtoise qui tictaquait dans le coin. — Ces trois-là sont au lit drôlement tôt ?

— Partis dans leurs chambres, sages comme des images. Lorna gloussa. — On a mangé du poulet-frites acheté en ville. Soretta a proposé de faire la vaisselle parce que Mia avait des devoirs. Charlie s'est déjà mis à débarrasser la table, il est bien rodé à ça, élevé par sa grand-mère comme Soretta, tu sais.

Lorna fit danser ses sourcils et Tess réprima un sourire. On extirpait son sens de l'humour de la chambre froide où il avait séjourné cette dernière année, bon gré mal gré. Elle n'avait pas autant souri depuis longtemps.

Lorna continua son inventaire. — Tess m'a arraché le torchon et l'affaire était pliée. Du coup, les autres ont filé pour pouvoir se lever aux aurores.

Billie esquissa un sourire aux scènes décrites par Lorna. — Waouh. J'ai raté de l'animation. Et Lachlan ?

Lorna baissa la voix. — Il est allé se coucher, lui aussi. Si tu veux mon avis, il n'est pas tout à fait lui-même depuis le mariage de Daphne.

— Une idée du pourquoi ? demanda Billie en échangeant un regard avec Lorna. Tess comprit qu'il s'était passé quelque chose.

Billie reprit une gorgée. — Il va bien, Lorna ? Tu veux que j'examine Lachlan plus à fond la prochaine fois que je le vois ? Peut-être demander à Morgan de lui parler pour voir s'il va bien ou s'il a un problème d'homme dont il faut qu'un médecin s'occupe ?

Lorna secoua lentement la tête. — Je ne crois pas que ce soit sa santé. Je crois que c'est l'obsession de Soretta d'assurer la sécurité de l'exploitation. Lorna poussa un profond soupir.

Cela paraissait de mauvais augure. Billie jeta un coup d'œil à l'aînée et Tess se dit que Billie avait beaucoup de respect pour les intuitions de Lorna. Cependant, Lorna n'ajouta rien.

— Je te dirai quand j'aurai compris, dit enfin Lorna d'un ton mystérieux. Puis, à la grande amusement de Tess, elle souffla à mi-voix : — Et au fait, je pense que ce nouveau pilote serait parfait pour Soretta.

***

Le lendemain matin, Tess et Billie se tenaient à la fenêtre de la cuisine et regardaient le soleil étendre des doigts dorés sur les pâtures en buvant leur thé. Même si ce n'était que son troisième matin ici, Tess aimait déjà ce moment de la journée : ces quelques minutes avant que la plupart des autres ne bougent, les pépiements des oiseaux du matin et l'immobilité de la terre.

Une brebis broutait, suivie de ses agneaux jumeaux qui folâtraient. Tiens, pourquoi les brebis avaient-elles plus souvent des jumeaux ? Comme Daphne, qui allait avoir deux bébés. Elle essaya d'imaginer deux bébés remuants dans son propre ventre. Cette pensée lui serra le cœur. Elle n'aurait pas ses bébés rêvés avec Victor.

Elle est revenue à la réalité quand quelque chose a bougé près du portail et elle a réalisé qu'un homme remontait l'allée en courant. C'était Charlie — bien sûr qu'il faisait son jogging dès la première heure !

Elle jeta un coup d'œil à Billie. — Voilà l'Adonis. Les filles sont sous le charme.

Billie lui rendit son sourire et ses doigts se posèrent à la légère sur l'appui de fenêtre tandis qu'elle se penchait un peu pour le voir, jusqu'à ce que Tess entende son souffle se couper et voie ses doigts presque s'enfoncer dans le bois.

Inquiète, Tess demanda doucement — Ça va, Billie ?

Un bref éclair — qui ressemblait à de la peur — traversa le visage de Billie et Tess s'alarma. Billie secoua la tête. — Non. Enfin, si. C'est idiot. J'ai cru que Charlie était quelqu'un d'autre. Ce qui n'est pas possible, et ça m'a fichu un coup pendant une seconde.

Billie souffla deux rapides expirations et s'affaissa légèrement.

Tess a regardé de nouveau. — Ce n'est que Charlie. L'homme, en short et débardeur, ses chaussures de course effleurant le sol, traversa une nappe de lumière qui faisait ressortir l'or de ses cheveux. GI Joe.

Billie frissonna et se recula de la fenêtre et Tess posa la main sur son bras, inquiète. Billie sursauta, ce qui a fait sursauter Tess aussi.

— Désolée, dit Tess dans un frisson. Son cœur s'était accéléré en réponse à l'agitation de la femme à côté d'elle. — Je peux faire quelque chose ? Tu veux encore du thé ?

— Non. Billie a secoué la tête. — Je suis ridicule. C'est une coïncidence. Sa voix sonnait saccadée, comme si les mots n'arrivaient pas à suivre son cerveau. — C'est un pilote respecté. Morgan parle très bien de lui.

Billie lui a adressé un sourire vague, mais Tess soupçonnait que la femme ne la voyait pas vraiment. Comme quelqu'un à qui on venait d'annoncer une mauvaise nouvelle. — Mon ex venait d'Adélaïde et il paraît que Charlie aussi. Pendant une seconde... Je lui demanderai tout à l'heure.

Puis Billie s'excusa et quitta la pièce. Le regard de Tess l'a suivie avec inquiétude, mais Charlie est monté les marches de la véranda en trottinant et ce serait trop étrange qu'elles s'éclipsent toutes les deux à son entrée.

# CHAPITRE SIX

## *Tess*

TESS SE RENDAIT AU travail seule, jetant des coups d'œil aux voitures devant elle. Elle avait remis à plus tard l'étrange comportement de Billie.

Billie était partie peu de temps après qu'elle avait filé de la cuisine, mais à cet instant précis, trois voitures descendaient encore l'allée. Malgré l'inquiétude tenace que lui inspirait Billie, Tess ne pouvait s'empêcher de sourire en voyant le petit convoi quitter le ranch dans un nuage de poussière.

Mia partait tôt pour l'école afin d'aider à préparer la journée sportive des classes supérieures, et son pick-up rouge ouvrait la marche.

Le gros 4x4 de Charlie suivait de près Mia, talonné par la nouvelle VW jaune de Tess que, malgré ses protestations, ses amis l'avaient poussée à acheter quand la voiture de Victor était tombée en panne pour la troisième fois. Elle l'adorait désormais d'une manière ridicule, et s'y hisser lui arrachait toujours un sourire.

Ce matin, elle s'était réveillée avec les visioconférences de sa première patiente en tête et, après le départ de Billie, était partie marcher pour se vider la tête.

Les chiens avaient bondi à ses côtés et l'air pur s'était vite réchauffé dès que le soleil s'était levé. Elle s'était sentie suffisamment revigorée pour se préparer pour le travail.

Cela lui avait rappelé à quel point les enseignants de l'institut de soins mammaires insistaient toujours : il fallait commencer l'esprit clair, prendre soin de sa propre sérénité et de son bien-être émotionnel, car on ne sert à rien à ses patients si l'on s'épuise émotionnellement.

Cette autoprotection lui semblait la plus difficile. Mais Tess avait foi dans la résilience des personnes confrontées à des décisions ardues. Et elle avait ravivé un peu sa propre foi. Elle allait faire du bon travail.

Pour aujourd'hui, elle ferait de son mieux pour être là pour Jill et sa famille pendant la période épuisante qui s'annonçait et pour l'aider à affronter tout ce qui se présenterait.

***

À dix heures moins dix, leur patiente est arrivée. Jill n'avait pas l'air d'avoir beaucoup dormi, mais sa chemise à carreaux et son jean étaient impeccablement repassés. Son mari, Ron, un homme hâlé par le soleil, en short kaki et bottes, paraissait pire.

Billie, quoique maîtrisée, gardait encore quelque chose de la femme tourmentée qu'elle avait été au petit-déjeuner, tout en les faisant entrer.

Jill adressa à Tess un sourire crispé en choisissant sa chaise face à l'écran de visioconférence. Le sourire devint un peu plus sincère quand Tess inclina la tête vers la bouilloire et la possibilité de se faire un thé disponible dans la pièce.

— Plus de thé, Tess. S'il te plaît. Jill lui fit un signe de la main et esquissa presque un sourire. Puis, comme si elle se rappelait pourquoi elles étaient là, son sourire disparut. Tess eut envie de la serrer dans ses bras, mais se contenta de lui envoyer de la force en pensée.

Ron tordit ses grandes mains calleuses et se pencha en avant sur sa chaise. Il jeta un regard à Billie. — Alors, qu'est-ce qu'ils ont dit à la réunion de ce matin ?

Billie se redressa. — Je ne vais pas faire doublon avec ce dont le Dr Scarf va parler, mais l'équipe a discuté du type de cellules cancéreuses qu'ils ont identifiées à partir de l'échantillon de tissu prélevé, ce qui détermine le traitement. Ensuite, ils ont comparé les résultats de l'échographie, de la mammographie et du scanner, et le chirurgien va te parler de ce que l'équipe pense être la meilleure approche. Elle soutint le regard de Ron puis celui de Jill. — Après, la décision t'appartient, Jill. Tu te sens prête pour ça ?

Jill hocha la tête et Ron dit : — Le plus tôt sera le mieux. Ses mains se serrèrent entre ses genoux tachetés de rousseur.

Billie jeta un coup d'œil à sa montre. — Il est dix heures moins cinq. J'allume l'écran et on les attend.

Le grand écran, devant la table où ils étaient assis, s'alluma et une pièce presque vide apparut. Une jeune femme en chemise rose rassemblait des papiers sur le bureau, et deux chaises attendaient à ses côtés.

— Ils nous entendent ? demanda Ron.

Billie indiqua l'icône de mise en sourdine dans un coin de l'écran. — Pas encore. Si vous voulez poser une question sans qu'ils entendent, dites-le-moi. Je peux couper le son facilement — ils ont l'habitude.

Tess reconnut la femme à l'écran. — C'est Alina. Tous regardèrent la femme saluer deux hommes étonnamment jeunes qui venaient d'arriver. — C'est l'infirmière en sénologie à Adélaïde et elle sera ton infirmière référente, Jill, jusqu'à ton retour à la maison. L'homme à gauche est ton chirurgien et, à droite, ton oncologue.

— Purée, marmonna Ron. Tess le vit jeter un coup d'œil à l'icône de mise en sourdine pour vérifier qu'elle était activée. — Ils n'ont pas l'air assez âgés pour être médecins.

Elle s'était fait la même réflexion la première fois qu'elle avait rencontré le spécialiste. — Le Dr Scarf est le chirurgien du sein le plus en vue d'Australie-Méridionale et le Dr Hall a fait une présentation au congrès australien d'oncologie cette année. Il est en lice pour des prix prestigieux. Vous pouvez avoir confiance : ils savent ce qu'ils font.

Tess vit Billie poser les yeux sur elle et hocher la tête ; elle semblait impressionnée. Tess haussa les épaules, un peu gênée d'avoir coupé la parole, et expliqua : — J'ai passé une semaine à l'hôpital et je les ai tous rencontrés avant de venir ici.

Jill inspira, puis expira lentement, et Tess ferma brusquement la bouche. Jill n'avait pas besoin de son bavardage.

Les yeux de Jill étaient étrangement rouges, mais elle resta posée. — Je suis prête, dit-elle, et Ron posa sa grande main sur la sienne. Tess sentit l'émotion lui monter à la gorge et la repoussa au plus profond d'elle pour la verrouiller. La ranger à clé. Elle était devenue très douée pour ça.

Billie rétablit le son. Alina avait dû faire de même, car, soudain, on entendit racler des chaises tandis que les trois personnes à l'écran s'asseyaient et leur faisaient face.

Le plus jeune d'apparence sourit et se pencha en avant. — Bonjour. Il désigna l'infirmière. — Voici Alina, notre infirmière en sénologie. Il posa une main sur sa poitrine. — Je suis le Dr Scarf, votre chirurgien, dit-il, puis indiqua l'homme à sa gauche : — et voici mon collègue, le Dr Hall, l'oncologue du service. Et soit dit en passant, nous sommes bel et bien assez âgés pour être vos médecins.

Ron a lancé à Billie un regard accusateur et elle a remis le micro en sourdine en hâte. — Il était bien coupé.

Dr Scarf a surpris le regard et a ri. — Je vois, vous avez dû demander. Honnêtement, je n'ai rien entendu. Je commence toutes mes visites comme ça, ça évite aux gens de se poser des questions.

Tess s'est penchée vers Ron et a chuchoté — Il le fait.

Billie a réactivé le micro et s'est éclairci la gorge. — Ravie que ce soit réglé. Merci, Docteur. Voici Jill et Ron Parish, de Gumbala Station.

Dr Scarf a acquiescé et son visage s'est animé. — Jill. Ravi de vous rencontrer. Et vous aussi, Ron. Avant de commencer, je tiens à vous féliciter d'avoir repéré cette masse tôt. Nous devons faire encore quelques examens avant l'intervention, ce qui nous permettra de limiter l'opération au minimum, mais à ce stade, il semble qu'il s'agisse d'une lésion cancéreuse unique et nous devrions pouvoir tout retirer en une seule fois dès que nous aurons une date.

— C'est une bonne nouvelle, a dit Billie. Jill avait l'air soulagée.

Dr Scarf a poursuivi. — Donc ce matin, lors de la réunion précédente, l'anatomo-pathologiste nous a montré des lames de cellules provenant de votre biopsie. Il a laissé le temps que cela fasse son chemin avant de continuer. — Nous avons comparé la mammographie à l'échographie, revérifié toutes les images pour nous assurer que le compte rendu était correct, et nous avons également demandé un second avis afin de confirmer que tout le monde s'accorde sur les meilleures options de traitement.

Il s'est de nouveau interrompu et Jill a hoché la tête. Tess sentait sa propre tension lui tirer les épaules. Elle n'osait qu'imaginer ce que Jill et Ron ressentaient. Le visage de Billie s'était fermé.

— Donc, vos choix... Il était doué pour ces silences, s'est dit Tess, car ils laissaient à l'auditeur le temps de se redire ses mots dans la tête, si nécessaire, pour les clarifier.

— D'abord, une tumorectomie : on retire uniquement la masse ainsi qu'une petite quantité de tissu autour. C'est une intervention légère, vous conservez le sein sain, et après avoir enlevé la masse, nous vérifions minutieusement qu'il ne reste aucune marge susceptible de contenir des cellules cancéreuses.

Il s'est interrompu. Puis : — Pour ce qui est des ganglions sous l'aisselle du côté atteint, nous vous recommandons de venir à Adelaide un jour plus tôt pour un examen spécifique. Cela permet de vérifier qu'il n'y a pas d'atteinte ailleurs avant l'opération. S'il y en a une, nous pouvons alors cibler précisément la zone concernée à exciser. Comme nous les aurons repérés au colorant, nous ne retirerons, lors de l'intervention, que les ganglions atteints. Cela facilite l'usage du bras pendant la convalescence et réduit le gonflement appelé lymphœdème, qui peut survenir lorsque tous les ganglions sont retirés.

Jill s'est remuée et a lancé un regard à Tess, qui a noté sur son bloc qu'elle reverrait tout cela avec Jill ensuite.

Un nouveau silence. — Mais... Tess a senti Jill tressaillir à côté d'elle à ce mot. Dr Scarf a dû le voir, lui aussi, car il l'a répété.

— Mais, en raison du caractère agressif de votre type de cancer, nous vous encouragerons fortement à faire cinq mois de chimiothérapie en complément. Une journée à Adelaide toutes les trois semaines. Et cinq semaines de radiothérapie ensuite.

Jill s'est renfoncée dans son siège, le visage pâle. Tess pouvait presque entendre ses pensées : cela faisait beaucoup de kilomètres et beaucoup de temps pour une si petite masse.

La voix de Dr Scarf a baissé d'un ton, comme pour rendre la suite moins brutale. — Ou bien on peut retirer tout le sein : une mastectomie.

Ce silence, encore. — Avec cette option, quatre semaines plus tard, il faudra revenir pour cinq semaines de radiothérapie, cinq jours par semaine. Mais pas de chimiothérapie à ce stade.

Un autre silence. — Si vous choisissez la mastectomie avec reconstruction mammaire, cela implique la mise en place d'un expandeur tissulaire dans l'espace où se trouvait le sein, que l'on gonfle jusqu'au volume normal avant la radiothérapie ; puis, après la radiothérapie, il faudra revoir le chirurgien du sein pour poser la prothèse définitive.

— On ne pourrait pas s'en occuper après la radiothérapie ? a demandé Jill.

— Vous pourriez, mais il est difficile de faire une reconstruction mammaire après une radiothérapie sur les tissus concernés.

Jill devait avoir assimilé l'essentiel, car elle a enchaîné. — Vous avez parlé de vérifier les ganglions sous mon bras. Si des ganglions sont atteints, quel est le traitement, alors ?

Dr Scarf a acquiescé et Tess a cru voir une lueur d'admiration pour la clarté d'esprit de Jill. — Une chimiothérapie différente serait nécessaire dans ce cas, ainsi qu'un traitement hormonal — ou anti-hormonal — au long cours, mais c'est une discussion pour plus tard et cela peut prêter à confusion tant que nous ne savons pas précisément avec quoi nous travaillons.

Le visage de Jill s'est crispé. — Y a-t-il un choix préférable ? L'une des deux a-t-elle de meilleures chances de... Elle a hésité sur le mot juste. — ... réussite ?

Dr Scarf a secoué la tête. — Les deux options de traitement ont d'excellents taux de réussite.

— De quel ordre ? a demandé Ron pour la première fois.

— Bien meilleur qu'autrefois. On est maintenant à environ 85 % de guérison à cinq ans.

Un petit silence est tombé pendant que chacun absorbait les faits tus : que 15 % des femmes n'obtiennent pas de guérison. Et qu'arrive-t-il après cinq ans ?

— Et quand envisagiez-vous de faire l'opération que Jill choisira ? a repris Ron.

— Dès que vous pourrez organiser votre venue à Adelaide.

— Et si on partait demain ? a demandé Ron et Jill l'a regardé.

— Si vous partiez demain, nous vous verrions après-demain pour l'examen et l'injection de colorant dans les ganglions, et nous programmerions l'opération pour le lendemain.

Dr Scarf s'est adossé à son siège. — Mais prenez un jour ou plus pour en parler. Vous pourriez partir dimanche et nous ferions la même chose la semaine prochaine en commençant lundi, si vous avez besoin de plus de temps.

Jill a pris la parole, et sa voix était étonnamment stable. — Combien de temps serais-je absente ?

— Pour les examens et la tumorectomie, deux nuits à l'hôpital. Les points sur la plaie sont des fils résorbables, et vous aurez peut-être un drain, ainsi qu'un pansement sur la plaie. Ensuite, vous pourrez rentrer chez vous. Tess pourra vous aider à retirer le drain sur votre exploitation. Ou la Dr Green si vous étiez à Mica Ridge.

— Donc je n'aurais pas à rester à Adelaide ? demanda Jill.

— D'ordinaire, nous vous reverrions pour un contrôle chirurgical au septième jour postopératoire, mais en raison de la distance je peux me coordonner avec la Dr Green et elle pourra examiner votre plaie. En revanche, il vous faudra revenir dans quatre semaines pour parler à l'oncologue et commencer la chimiothérapie.

— Est-ce que je dois faire toute la chimio à Adelaide ?

Il y a eu un silence. — Peut-être pas. Mais nous en saurons plus après l'opération. Il y a aussi beaucoup de choses à discuter au sujet de la chimio.

Il s'est renfoncé dans son siège et Jill a fixé Ron. Tess voyait bien qu'ils réfléchissaient à ce qui impliquerait le moins de kilomètres. Cela lui a rappelé encore une fois que ce facteur majeur dans la vie de Jill et Ron — devoir s'absenter de chez eux pendant de longues périodes — n'aurait pas compté du tout s'ils avaient vécu en ville. C'était là que vivre dans un endroit isolé faisait vraiment la différence. Jill parlait d'être loin de chez elle pendant de nombreuses semaines. Ron ne pouvait pas passer toutes ces semaines avec elle à cause de l'exploitation et, pourtant, c'était à ce moment-là qu'elle avait le plus besoin de lui.

Finalement, Jill a dit — Je penche pour la mastectomie. Ils voyaient tous que c'était une décision difficile.

Dr Scarf a acquiescé. — Vous avez demandé la durée d'hospitalisation. Si vous optez pour la mastectomie, le séjour est d'environ quatre jours, avec un temps de récupération plus long — au moins quelques semaines après l'intervention.

Jill a jeté un coup d'œil à Tess et Tess a dit d'une voix rassurante — Je note tout.

Jill s'est détendue un peu et a articulé — Bien.

Dr Scarf a poursuivi. — Vous rentreriez quand vous vous sentiriez apte à voyager, en général le quatrième jour, avec un retour en deux étapes. Au septième jour, Tess viendrait jusqu'à votre exploitation et retirerait probablement le drain qui empêche l'accumulation de liquide autour de la plaie. Puis, quatre semaines plus tard, vous auriez six semaines de radiothérapie, et il faudrait encore quelques mois pour commencer à retrouver votre énergie après cela.

Personne n'a parlé pendant quelques instants.

— Donc, au total, quatre mois pendant lesquels je serai hors service si je fais la mastectomie, et au moins sept mois si je fais la tumorectomie et la chimio — sans compter la convalescence. Jill a regardé le médecin droit dans les yeux. — Et si les ganglions sont atteints, j'ai droit à tout.

— J'en ai bien peur.

Elle a regardé son mari. — On en parlera.

\*\*\*

Jill et Ron étaient rentrés chez eux avec les notes de Tess pour discuter de ses options, et Tess se sentait émotionnellement essorée. Billie avait mauvaise mine.

— Ça va, Billie ? Elle a consulté sa montre. Presque l'heure du déjeuner. — Tu veux venir voir mon bureau ? J'ai de nouvelles tasses à thé que je pourrais partager ?

Billie s'est arrêtée pour la dévisager. Un silence s'est installé et Tess s'est demandé si elle n'avait pas dépassé les bornes. C'était juste que la médecin avait l'air si tendue et pâle.

Les épaules de Billie se sont affaissées. — En fait, ça me ferait du bien. Merci. Tu as du paracétamol pour aller avec le thé ?

— Bien sûr. Deux téléconférences, ça épuise, dit Tess. *Et en plus, tu as eu une sorte de choc ce matin que tu ne mentionnes pas*, a-t-elle ajouté en silence.

Billie l'a suivie dans l'escalier jusqu'à son bureau et Tess l'a installée sur une chaise.

Elle a tiré un tiroir. — D'abord le paracétamol. Elle a tendu à Billie deux comprimés et une bouteille d'eau de source. — J'aime avoir de l'eau pour les patients. Et la pièce a son propre frigo, comme ça je peux les garder au frais. C'est quelque chose qu'ils faisaient à l'hôpital d'Adelaide et l'idée m'a plu. Ensuite, ils emportent le reste de la bouteille en partant.

— Les gens ne boivent jamais assez d'eau. Billie a bu une longue gorgée, s'est adossée sur la chaise et a jeté un coup d'œil autour de la pièce. — Waouh. C'est chouette chez toi. Des nappes et des coussins. Même des plantes.

Tess adorait les cyclamens qui agitaient leurs fleurs roses dès que le ventilateur était allumé. — Bonnes promos au supermarché. J'espère que les plantes vont survivre. Je voulais que l'endroit soit rassurant et stimulant.

Billie a siroté son thé, songeuse. — Ça l'est. Je me sens déjà mieux.

Tess a ressenti le compliment comme une chaleureuse étreinte et a adressé à Billie un sourire reconnaissant. Il y avait chez la médecin quelque chose qui disait à Tess qu'elle ne s'ouvrait pas facilement aux autres. Sauf avec Daphne. Daphne parlait sans arrêt de Billie, de ce qu'elle avait fait par-ci, par-là.

Elle a pensé à la confiance évidente du mari de Jill envers Billie. — Tu connais bien Jill et Ron ?

Billie a soupiré. — Surtout via des consultations téléphoniques. Un jour, Ron a frôlé la catastrophe, il s'est électrocuté, et Jill a géré l'urgence pendant que je la guidais au téléphone. Elle a été incroyable jusqu'à l'arrivée de l'équipe. On s'est vues quelques fois depuis. Je leur parle au téléphone quand les enfants sont malades. Et elle m'a appelée tout de suite quand elle a trouvé la grosseur. Maintenant, ils me voient au cabinet ici, ou pour tout autre truc médical quand ils viennent en ville.

— C'est bien. La continuité du médecin de famille, par téléphone.

— C'est une bonne façon de faire. Elle a souri. — J'adore mon boulot. Billie a reposé sa tasse et son visage avait déjà un peu repris des couleurs. — Lorna a dit que tu es veuve ? Ça fait longtemps ?

Trois cent soixante-quinze nuits solitaires. — Un peu plus d'un an. Accident de voiture. Les mots n'en disaient pas l'horreur. — Il n'est pas rentré. La police est venue.

— C'est terrible.

— On peut dire ça.

— Tu t'en sors bien avec Jill. Billie a changé de sujet et Tess s'est rendu compte qu'elles avaient navigué presque sans douleur sur cette mer d'explications et de chagrin d'ordinaire si traîtresse.

— Merci. Tess a eu un sourire en coin. — Moins bien avec Agnes.

Billie a ri. — Elle finira par se radoucir. Ne cède pas. Je pense que tu vas te plaire ici. Il y a quelque chose dans cet endroit et tu as décroché le gros lot en logeant à Blue Hills.

— Je commence à m'en rendre compte. Tess a aperçu un mouvement dans l'atelier en contrebas et a vu Charlie serrer la main à l'un des ingénieurs. Billie l'a vu aussi et s'est raidie à côté d'elle.

Billie s'est levée. — Merci pour le thé. Tout regain d'énergie que le thé avait apporté s'est retrouvé dans l'évier avec les dernières gouttes que Billie y a versées.

Tess a noté l'expression « défense d'entrer » sur le visage de Billie, alors elle a résisté à l'envie de demander ce que Charlie avait de si particulier pour mettre Billie sens dessus dessous.

— De rien, dit-elle, et elle a versé ses propres restes dans l'évier tandis que Billie partait brusquement. Elle a de nouveau jeté un coup d'œil à la fenêtre intérieure et a vu que Charlie avait disparu en bas. Qu'est-ce que ça pouvait être ? Puis elle s'est renfrognée contre elle-même. Ça ne la regardait pas.

Elle devait appeler la patiente qu'elle espérait voir demain. Résolue, Tess a traversé la pièce pour fermer la porte quand elle a entendu la voix de Billie remonter par la cage d'escalier. Elle avait dû descendre pour intercepter Charlie après qu'il avait quitté l'atelier. Probablement dans le petit vestibule devant le débarras où Soretta gardait les fournitures de bureau.

Tess a perçu la tension dans la voix de Billie et est restée en suspens, indécise. Peut-être avait-elle besoin de soutien ?

— Tu viens d'où à Adélaïde, Charlie ? demanda Billie.

La voix de Charlie paraissait calme, mais Tess avait l'impression qu'il pesait ses mots. Tess a froncé les sourcils. Peut-être y avait-il quelque chose dont Billie devait se méfier ? Elle a hésité entre fermer la porte par égard pour la vie privée de Billie ou la laisser ouverte au cas où Billie aurait besoin d'elle.

La voix de Charlie a grondé avant qu'elle se décide. — Un endroit qui s'appelle Mount Lofty. Dans les collines.

— Je vois très bien où c'est. La voix de Billie semblait venir de très loin et elle y entendit la tension sous-jacente. Cela l'a décidée. Elle a laissé la porte ouverte. Si Billie se mettait à pleurer, elle aurait un endroit pour se cacher le temps de se ressaisir. Elle est retournée à son bureau, s'est assise et a essayé de travailler. Nouveau dilemme. Elle entendait toujours la conversation. La cage d'escalier agissait comme un couloir sonore.

— Le père de Mia venait de là-bas. La voix de Billie.

Le père de Mia ? Personne n'avait parlé du père de Mia et, jusqu'à aujourd'hui, Tess avait supposé que Billie était divorcée ou veuve comme elle. Elle a essayé de ne pas écouter.

— Personne de sa famille n'est le bienvenu ici. C'était encore Billie. Donc elle était divorcée, alors. — Je me suis dit que tu avais quelque chose de Jock. Ah. Il ressemblait à l'ex. Pas étonnant que Billie ait été bouleversée ce matin quand elle l'avait vu remonter l'allée.

Charlie a répondu lentement. Sans agressivité, mais il y avait dans sa voix une pointe de finalité que même Tess percevait. — Je suis venu te trouver. Et demander des nouvelles de Mia pour ma grand-mère. Sa voix était sombre. — J'ai, moi aussi, un lien de parenté avec Mia. Ta fille est ma cousine germaine. Et ma grand-mère a déjà assez souffert à cause d'un fils dont elle ne méritait pas le comportement.

Il y a eu un silence, puis Billie dit : — Pourquoi n'as-tu pas mentionné ça à Morgan quand tu as postulé pour le poste ? C'est exactement le genre de manœuvre sournoise que Jock ferait. Pourquoi est-ce que je ne penserais pas que toi et lui êtes pareils ?

— Parce que je ne fais pas ça pour moi. Je le fais pour une femme de quatre-vingts ans qui est tout ce que j'ai au monde et qui a déjà assez souffert.

Il y a eu un long silence. Solide défense, se dit Tess. Pauvre Billie.

Puis Billie dit : — Il faut que je réfléchisse à tout ça.

— Prends ton temps. La voix de Charlie était douce. La confiance de Tess envers le pilote remonta en flèche.

— Je considère toujours que c'est sournois de n'avoir pas mentionné le lien quand tu as passé l'entretien pour ce poste, dit Billie, en insistant. Puis il y a eu une pause. — Ou quand tu as emménagé à Blue Hills.

— Je suis pilote. J'ai besoin d'un travail pendant que j'essaie d'aider ma grand-mère.

— Et aller t'installer à Blue Hills Station ? Billie était sarcastique.

Il y avait, dans la réponse de Charlie, un aveu penaud. — C'est Daphne qui l'a suggéré. J'admets qu'en arrivant j'ai d'abord pensé que c'était une idée stupide et que je ferais mieux de repartir en ville et de prendre une chambre au pub.

Billie dit, d'un ton sec : — Est-ce que Soretta est au courant ?

— Personne ne le sait à part toi. Il fallait que tu l'apprennes en premier.

Tess a entendu la satisfaction malveillante dans la réponse de Billie. — Tu peux dire à Soretta que tu nous as tous menti.

Tess percevait presque l'amusement ironique de Charlie. — Je sens déjà la catastrophe qui se profile.

— Je ne veux pas que tu le dises à Mia tant que je n'aurai pas réfléchi à tout ça.

La frustration transparaissait dans la voix de Charlie. Tess devait admettre qu'il était resté calme tout du long. — Plus j'attends, plus elle sera furieuse. Tess s'est demandé s'il parlait de Mia ou de Soretta.

Apparemment, Billie s'en moquait. — C'est ton problème, pas le mien.

Deux minutes plus tard, la tête de Billie est passée par l'entrebâille-ment de la porte de Tess. — Tu as tout entendu ?

Tess a eu une grimace d'excuse. — J'ai essayé de ne pas écouter, mais je voulais laisser la porte ouverte au cas où tu aurais besoin d'un refuge.

— J'en ai presque eu besoin. Merci. Elle a repoussé la porte plus grand ouverte et a rejeté ses cheveux en arrière, d'un geste las. — Tu es d'attaque pour m'écouter ?

Elle plaisantait ? — Absolument.

Billie a esquissé un sourire, même s'il n'avait rien de franchement joyeux. — Jock a été tué dans un accident il y a quelques mois. Hon-nêtement, j'ai passé tellement de temps à éviter le père de Mia que je n'ai jamais pensé aux parents de Jock comme à des grands-parents. Elle a secoué la tête et a pris la voix grave de Charlie : — « *Ta fille est ma cousine germaine.* » Elle a laissé échapper un soupir. — C'est un homme malin. Il a insisté sur le fait qu'elle était ma fille avant de faire valoir sa propre revendication. Il dit que c'est pour sa grand-mère. Je suppose que je devrais me sentir coupable.

— Chacun fait ce qu'il pense être juste, dit Tess.

Billie a hoché la tête. — Est-ce que je dois culpabiliser ? Elle a regardé Tess d'un air désemparé. — Je voulais juste tenir ma fille à l'écart d'un homme à qui je ne faisais pas confiance et avec qui je n'aurais jamais dû m'embarquer. C'était fini avant que je n'apprenne que j'étais enceinte. Elle a poussé un soupir. — Mais quand Charlie a mentionné sa grand-mère, j'ai pensé à Lorna. Lorna a quatre-vingts ans. Imagine si Lorna retrouvait un petit-enfant perdu de vue et à quel point elle serait folle de joie.

Avec le recul, c'est toujours facile. — Tu ne pouvais pas savoir. Je vois bien que tu as fait un travail formidable en élevant Mia.

— J'espère. Billie a relâché un souffle retenu, a laissé tomber les épaules et s'est rassise sur la chaise qu'elle occupait tout à l'heure. — Si sa grand-mère veut la voir, ce n'est pas à moi de dire non. Mia est une femme à part entière, un peu plus chaque jour. Elle a de nouveau soupiré et a regardé Tess. — Merde.

Tess s'est levée et a remis la bouilloire en route. — Alors, comment Charlie t'a trouvée ?

Billie a passé une main dans ses cheveux puis a dit lentement — Jock a dû en parler à sa mère quand il a trouvé Mia ici. Il a commencé un travail saisonnier à Blue Hills avant le mariage de Daphne. Je ne savais même pas qu'il était ici pendant deux semaines. Billie a paru soucieuse en se souvenant de la dernière fois où elle avait vu le père de Mia. — Charlie dit que Mia a une forte ressemblance de famille avec sa grand-mère.

— Je trouve qu'elle te ressemble, a dit Tess.

— Merci. Billie a esquissé un sourire amer. — J'ai l'impression de m'être fait rouler dessus par un camion. Elle a posé les mains sur les accoudoirs, prête à se lever. — Je vais y aller. Merci de m'avoir écoutée, Tess. Elle a jeté un coup d'œil à sa montre. — Morgan sera bientôt de retour. Elle s'est levée et a fermé les yeux une seconde. — Bon. Il faut que je fasse deux ou trois choses.

Tess l'a regardée partir et s'est dit que chacun avait son histoire à porter. Il n'y avait pas qu'elle.

# Chapitre Sept

## Soretta

CET APRÈS-MIDI-LÀ, LA LUMIÈRE déclinante avait commencé à peindre le sol rocailleux d'un or liquide qui annonçait un coucher de soleil magnifique là-haut, sur la crête. Le moment préféré de la journée pour Soretta. Elle avait promis à Tess une virée là-haut cet après-midi après le travail, et Lorna avait insisté pour préparer un panier spécial coucher de soleil.

Alors qu'elle se dirigeait vers la maison à grands pas, Soretta leva les yeux et aperçut Tess assise tranquillement sur la véranda, le regard perdu dans le vide. Leur nouvelle locataire avait souvent ce regard absent. Elle lança — Prête pour une petite virée jusqu'à la crête ? Le coucher de soleil va valoir la grimpette, maintenant.

— Avec plaisir. Tess se leva aussitôt, au grand soulagement de Soretta, et elle attrapa le panier de Lorna. Toutes deux se dirigèrent d'un bon pas vers l'utilitaire de la ferme. — Ça ne te dérange vraiment pas de m'y emmener ? Toi aussi tu as travaillé toute la journée.

Elles montèrent et Soretta mit le moteur en marche. Elle aurait dû partir un peu plus tôt. — Ça ne me dérange pas du tout. Ça me fait du bien d'en profiter. Parfois on est tellement pris qu'on en oublie de savourer les petits riens.

Tess rit, mais ce bref amusement avait une pointe de douleur. — J'essaie de rester occupée pour pouvoir oublier d'autres choses.

Soretta y réfléchit. Elle pensa à la tristesse quand Mamie était partie. Se rappela la peur quand son grand-père avait failli se vider de son
sang après l'accident de quad. Elle imagina Tess aimant un homme
au point de l'épouser puis le perdre, lui et tous ses rêves d'avenir, en
un après-midi. Elle aussi se serait tenue occupée. — Tu as déjà passé
l'anniversaire de ce jour-là ?

— Douze mois ? Tess poussa un grand soupir et Soretta grimaça.
Elle n'aurait peut-être pas dû poser la question.

Tess poursuivit. — L'anniversaire est tombé pendant le trajet
jusqu'ici. Je voulais m'éloigner. Le jour J, j'espérais être trop occupée
à conduire pour réfléchir. Je ne me souviens pas de grand-chose de ce
voyage, sauf que j'ai écouté beaucoup de country.

Ça avait l'air dur. Elle avait fait ça toute seule ? Où étaient sa famille
? Ses amis ? — C'est un plan, tant que tu vois encore à travers le
pare-brise.

Tess se tortilla sur le siège à côté d'elle. Finalement, elle dit — Je me
suis arrêtée sur le bas-côté plusieurs fois.

Soretta visualisa la scène et cela l'attrista d'imaginer Tess garée, en
sanglots, seule sur le bord de la route. Elle ne parvenait pas à concevoir
la profondeur de la perte de sa nouvelle amie. Mais elle, elle n'arrivait
pas à imaginer confier son bonheur à un homme.

— Je suis contente que tu aies réussi à venir jusqu'ici, Tess. Elles
s'arrêtèrent à la première barrière et Tess ne bougea pas. Soretta la
taquina gentiment. — Le coucher de soleil vaut l'effort mais, tu sais,
il faut ouvrir les barrières.

Tess eut un rire tremblé. — J'y vais. Elle sauta hors du véhicule.

Cette fois, Soretta entendit l'humour. Ça lui fit du bien de sentir
que Tess s'était un peu détendue avec elle. Elle passa la barrière et
attendit que Tess la rattrape et remonte.

Elles avancèrent en cahotant à travers les pâturages et traversèrent
le lit du ruisseau, où les troncs des eucalyptus riverains luisaient,
lisses et blancs, tranchant avec des couleurs franches partout ailleurs.
Lit de ruisseau sableux rouge, ciel bleu éclatant, feuilles vertes qui
frissonnaient. Soretta aimait tout.

— Ça a sa beauté bien à elle, non ? La voix de Tess interrompit ses pensées et Soretta la regarda, constatant qu'elle le pensait vraiment.

Ce n'étaient que les premiers jours, mais elle était contente que Tess se soit installée. — Oui. Et les couleurs changent au fil des saisons.

Alors qu'elles gravissaient la dernière pente raide et rocailleuse et s'avançaient sur le plateau, elle entendit Tess inspirer à côté d'elle. Il restait bien dix minutes avant que le soleil ne se couche, et les collines étaient dorées à perte de vue.

Lorsqu'elles furent descendues et qu'elles eurent débouché la bouteille que Lorna jugeait indispensable pour une virée à la crête au coucher du soleil, Soretta se posta au point le plus haut et contempla les 80 000 hectares de son patrimoine familial. Elle sirota le vin pétillant et expira. Elle aimait cette terre de tout son cœur.

Tess avança prudemment entre les rochers, émerveillée par les différents points de vue sur tout le relief rocailleux autour d'elles.

Soretta lui montra les limites, des chaînes jusqu'aux plaines, tandis que le soleil de fin d'après-midi glissait et disparaissait peu à peu. Lentement, le sol rocailleux patiné, piqueté d'atriplex, se teinta de rose sous la réflexion du ciel.

— Oh là là. Tess s'adossa au capot rouillé d'un vieux véhicule dont les grands-parents de Soretta s'étaient servis comme d'un banc. — Même une fois le soleil couché, les couleurs ne cessent d'évoluer. Le ciel devient d'un rose de plus en plus riche et profond.

— Oui. Ça, c'est un coucher de soleil. Soretta entendit la fierté dans ses mots et en rit. — Juste un petit quelque chose que je t'ai mijoté.

Tess lui rendit son sourire. — Ça, c'est sûr, c'est quelque chose. Elle leva son verre. — Santé.

Soretta fit tinter son gobelet en plastique contre celui de Tess. — Bienvenue à Blue Hills Station. Tandis qu'elles buvaient à petites gorgées, elle repensa à leur conversation plus tôt et au fait que Tess était seule. — Tu as de la famille ?

Elle secoua la tête. — Je suis enfant unique.

— Moi aussi. Et tes parents ?

— Ils ne sont plus là. Il ne me reste que ma belle-sœur, côté famille. Elle a survécu à un cancer. J'ai adoré le lien qu'elle avait avec son infirmière en sénologie. Je trouvais qu'elle offrait un accompagnement incroyable. Alors j'essaie de marcher dans ses pas.

— C'est pour ça que tu as choisi ta spécialité en soins infirmiers ?

— Ça fait partie des raisons.

Soretta sentit le vin lui picoter la gorge en passant. Elle sentait s'étirer sur son visage un sourire niais, peu approprié quand on parlait de parents morts et de malades du cancer, et décida de changer de sujet. — Émuler, c'est un bien grand mot.

Tess a esquissé un grand sourire. — Prends une autre gorgée et tu finiras peut-être par l'aimer.

Elles ont bu de grandes gorgées et ont ri. Les dernières lueurs ont décliné.

***

En redescendant de la crête, la lumière avait suffisamment baissé pour que Soretta allume les phares. Plus qu'un portail à ouvrir et elles seraient de retour. Elle sentait une douce chaleur d'un verre et demi de vin pétillant, alors elle a conduit prudemment à travers le paddock. Ça en avait valu la peine. Tess avait éclaté de rire à deux ou trois reprises, mais il faut dire qu'elle s'était servi, elle aussi, presque deux gobelets en plastique. Elles avaient laissé à Lorna de quoi prendre une gorgée avec son dîner.

Elles avaient mis en marche le vieux lecteur de cassettes dans la cabine et chantaient les chansons de Buddy Holly de Grandad — ou du moins les couplets qu'elles connaissaient — et Soretta s'était dit que ça avait été une heure étonnamment agréable.

Elles se sont arrêtées au portail à la fin de la chanson. Tess est descendue pour l'ouvrir et a attendu que Soretta passe avant de remonter dans la cabine.

— Qu'est-ce que tu penses du nouveau pilote ?

Soretta a senti ses mains se crisper sur le volant. Elle a senti son visage se figer un peu, mais elle avait assez de bulles dans le sang pour ne pas balayer aussitôt cette idée comme elle le faisait d'ordinaire.

Qu'est-ce qu'elle pensait de Charlie ? Finalement, elle a dit — Je ne sais pas trop.

— Oh. D'accord. La voix de Tess s'est éteinte, et Soretta a eu l'impression de l'avoir déçue. D'avoir gâché leur nouvelle complicité.

Elles s'amusaient bien. — Je veux dire, c'est un bel homme. Elle a haussé les épaules en négociant le dernier virage de la piste de terre avant qu'elles n'atteignent la maison. Elle a pensé à quel point Charlie était canon et a presque rougi. Juste des hormones. — Mais il est de passage. Ça ne sert à rien de se faire des idées, vraiment.

Tess lui a lancé un grand sourire. — Je pense que tu lui plais et je ne crois pas que tu lui sois indifférente non plus.

— Comment peux-tu dire ça ? Est-ce que tout le monde pensait qu'elle avait l'air déstabilisée près de Charlie ?

Tess a ri, et, curieusement, ça a rassuré Soretta. — Je me demandais juste, c'est tout. Mais ne t'en fais pas. Charlie est un grand garçon. S'il a un faible pour toi, je parie qu'il te le fera savoir. Autant en profiter si tu l'aimes bien.

Soretta a senti un petit coup au creux du ventre et a réalisé que ça pouvait être de l'excitation. Un peu exagéré d'être excitée, tout de même. Vraiment. — Je suis sûre que ce n'est rien.

# CHAPITRE HUIT

## *Tess*

LE LENDEMAIN MATIN S'EST levé clair, avec la promesse de chaleur pour la journée, et ce n'était pas tout ce qu'il annonçait. Aujourd'hui, c'était le premier jour de vol de Tess et elle avait hâte de monter dans l'appareil et de commencer les visites à domicile.

Tess a esquissé un large sourire en portant la plus lourde des caisses qu'ils chargeaient dans l'avion. Elle avait dû se battre avec sa nouvelle mentor pour avoir ce privilège, et elle regardait, admirative, Daphne se dandiner sur le tarmac.

Daphne avait assurément tout de la future maman rayonnante. Tess n'avait pas vu un sourire aussi éclatant depuis des lustres, et elle s'émerveillait qu'une seule personne puisse illuminer toute une base de sa joie et de sa gentillesse.

Elles ont traversé le tarmac vers l'avion, où l'autre infirmier, Michael, rangeait activement les fournitures dans l'appareil. Le pilote, Rex, a fait une pause dans son minutieux contrôle prévol pour regarder Daphne avec un regard d'amour et de fierté si évident que Tess a senti sa gorge se nouer.

Elle a détourné les yeux, gênée d'avoir surpris les regards que les deux s'échangeaient. Elle se rappelait que certains ne trouvaient jamais cette joie et qu'autrefois, elle aussi avait eu de la chance. Hélas, la sienne avait été fauchée par la mort de Victor.

Elle a levé la tête et a inspiré profondément pour desserrer l'étau dans sa gorge. La vie était faite pour être vécue, et le ciel étincelait de ce bleu saphir éclatant qu'elle aimait. L'ocre des collines tranchait comme dans un tableau de Pro Hart et son travail comptait, comme quelque chose qu'elle jugeait vraiment utile. Elle a chassé le pincement et s'est concentrée sur l'idée d'aller sur le terrain pour être le soutien qu'elle savait pouvoir offrir aux femmes qui en avaient besoin.

Daphne l'avait prévenue que la poussière, les mouches et l'exiguïté d'un petit avion faisaient partie de la merveilleuse expérience. Tess avait ri, un brin amère, mais elle devait admettre qu'elle ressentait l'excitation. Et c'était une bonne chose.

Elle s'émerveillait encore de la solidarité de la communauté ici. Daphne connaissait la femme, Rita, que Tess allait voir à Pallinup Station. Daphne connaissait toutes les femmes de la communauté qui se soutenaient entre elles. Avoir Daphne dans son camp lui donnait l'impression d'avoir déjà une longueur d'avance, car il serait plus difficile de s'intégrer quand on n'avait pas vécu ici, comme Agnes le lui avait déjà montré. La plupart avaient entendu parler de Daphne. Les autres connaissaient Blue Hills et Soretta. Tous connaissaient Lorna. Un sacré atout. Pourtant, elle devait encore faire attention à ne pas exposer trop crûment son ignorance de citadine.

Elles ont gravi les marches de l'appareil. Daphne a montré à Tess où arrimer la glacière des vaccins, a posé sa propre caisse dans son emplacement prévu et, avec autorité, a réparti les sièges. Elle avait expliqué qu'il revenait toujours à l'infirmière de vol d'être celle qui disait au pilote que tout était arrimé en toute sécurité à l'arrière de l'appareil.

Bientôt, tout était arrimé pour le décollage. Rex avait dépassé la cabine passagers pour rejoindre Michael dans le cockpit, et n'avait pas pu s'empêcher de caresser la joue de Daphne au passage. L'infirmière a tapoté sa main avec tendresse. Puis elle a continué à montrer des pièces de matériel supplémentaires dont l'infirmière de vol pourrait éventuellement avoir besoin et auxquelles Tess pourrait accéder si une urgence survenait un jour.

Tout paraissait fascinant et éprouvant pour les nerfs, et Tess opinait et essayait de graver dans sa mémoire les petits renseignements utiles qui pourraient lui servir un jour.

Quand elles ont pris de l'altitude, Daphne s'est adossée. — Tu y seras dans environ une heure. Rex nous déposera d'abord.

Elle a jeté un regard vers l'avant de l'appareil puis vers Tess. — C'est un tel soulagement d'apprendre que les ganglions de Rita étaient indemnes, dit-elle, — même si ce sera difficile pour eux d'être loin pendant les cinq semaines de radiothérapie quand ça commencera. Son mari dit qu'il laissera la station au cuisinier pour gérer.

Un éclat d'humour a brillé dans les yeux de Daphne en disant cela. — Le cuisinier est d'une maladresse chronique, donc c'est un sacré acte de foi. Mais je comprends que son mari soit déterminé à voyager avec elle pour le traitement.

Tess a pensé à Agnes. — La famille change tellement la donne dans des moments comme ça.

Daphne lui a souri. — Et maintenant, on t'a dans la boucle en plus. Je trouve que ta venue ici, c'est formidable.

Tess a senti un autre éclat de chagrin glacé fondre sous la chaleur du compliment de Daphne. — J'ai hâte de faire un peu d'éducation dans les cliniques communautaires quand j'aurai tout organisé, alors peut-être que je pourrai voler jusque-là avec l'infirmière de vol certains jours ? Ton boulot a l'air incroyable, le tien aussi.

\*\*\*

Rex et Tess ont déposé Daphne et Michael au dispensaire itinérant de Boorenji, puis ont redécollé pour Pallinup Station, à la lisière de la frontière entre la Nouvelle-Galles du Sud et l'Australie-Méridionale. Ils prévoyaient de les récupérer au retour.

Tess s'était assise à l'avant, dévorant des yeux le paysage rouge et brun qui s'étalait devant elle. — C'est incroyable d'être là-haut.

Rex lui a adressé un sourire indulgent. — On ne s'en lasse jamais. Il y a toujours tellement de couleurs. Rex était curieux d'en savoir plus sur ce que son travail impliquait. — J'ai entendu dire que tu faisais aussi de l'éducation ? C'est pour le personnel ou pour les patientes ?

Elle gardait les yeux fixés sur les montagnes lointaines. — Les deux. Je veux être la personne de référence si les gens ont des questions. Et ça vaut pour le personnel comme pour les patientes.

Rex lui a adressé un nouveau sourire. — OK, d'accord. Mais ça veut dire quoi ?

Elle a ri. — Je suis là pour le personnel qui veut en savoir plus, et bien sûr pour les femmes à qui on a diagnostiqué un cancer, mais aussi pour leurs proches. Donc si des hommes à qui tu parles ont des questions, ce serait génial que tu t'assures qu'ils sachent qu'ils peuvent m'appeler à tout moment. Ce n'est pas facile quand la personne qu'on aime a un cancer.

Rex a pâli. — Je n'ose pas imaginer si Daphne tombait malade comme ça. Je préférerais de loin que ça tombe sur moi. Il a frissonné.

Tess lui a adressé un regard compatissant. — J'entends ça souvent. Parfois, on a l'impression que c'est plus simple pour le patient que pour la famille. Elle le savait non seulement grâce aux nombreuses patientes avec qui elle avait travaillé au fil des ans, mais aussi pour avoir vu sa belle-sœur traverser cela. — Mais ça ne l'est pas.

Rex posa les yeux sur elle. Il a hoché la tête puis est revenu à un point évoqué plus tôt. — Donc tu parles souvent aux hommes du cancer ?

— Oui. Les maris, les partenaires, les pères, les frères, les fils, mais aussi les mères et les filles. Et parfois, c'est moi qui appelle un membre de la famille avec lequel ils ont coupé les ponts pour lui annoncer la nouvelle, si c'est ce que ma patiente souhaite. Mais je ne transmets que les informations que la patiente veut que je communique.

— J'imagine que tout le monde est concerné, dit Rex, pensif. — Et les patientes elles-mêmes doivent vouloir savoir ou parler de choses qui pourraient bouleverser leur famille.

Elle l'avait bien constaté. — C'est une grande partie de mon rôle. Elles peuvent me demander n'importe quoi. À quel point elles sont malades. Combien de temps durera le traitement. Pourquoi une décision a été prise. Et, lorsqu'elles sont en rémission, si elles peuvent encore me contacter. Parce que, quand tout le traitement est terminé, c'est parfois difficile de se réadapter, aussi.

— Ça me paraît être un boulot sacrément prenant, a marmonné Rex, son approbation transparaissant dans chacun de ses mots. — Bienvenue dans l'équipe, Tess.

Puis il est redevenu tout affaire et s'est concentré sur la piste devant eux. Ils approchaient pour l'atterrissage au-dessus du rouge clairsemé des paddocks qui ressemblaient plus à du sable qu'à de la terre, mais les moutons paraissaient en bonne santé et de l'eau stagnait dans les mares rougeâtres qu'ils survolaient.

L'approbation de Rex réchauffa cet endroit en elle qui était resté frais un moment. Victor n'avait jamais vraiment compris pourquoi elle aimait tant son travail alors que c'était soi-disant « déprimant ». À ses yeux, pourtant, tout tournait autour de l'espoir et du fait que les femmes se réapproprient leur maladie en prenant des décisions éclairées. Il semblait que certains hommes voyaient malgré tout ce qu'elle avait à offrir. Peut-être que d'ici quelques années, il y aurait un autre homme assez généreux pour la partager avec les femmes qu'elle voulait aider. Ou pas. Inutile de se presser.

Elle chassa les pensées sur son avenir et appuya la tête contre la vitre latérale pour scruter l'horizon. Elle distinguait le pick-up de ferme sur la piste en train de chasser les derniers moutons de la bande d'atterrissage, et elle ne put s'empêcher de sourire en voyant comme cela tranchait avec les plages de Coffs Harbour.

Quand Rex a effectué l'approche finale, elle a aperçu une femme, un enfant agrippé à sa jambe, debout près du pick-up quatre portes, qui regardait l'avion rouler au sol.

Cela lui fit penser à la petite foule rassemblée sous les arbres maigres, à côté du conteneur maritime depuis lequel Daphne allait travailler désormais, dans sa clinique de santé communautaire itinérante. Même si la toiture surélevée créait un espace entre le soleil de plomb et le plafond climatisé du conteneur, l'endroit paraissait tout de même désolé, avec quelques bâtiments en tôle disséminés dans la brousse. N'empêche, Daphne avait été impatiente de se mettre au travail quand ils avaient déposé elle et Michael pour la matinée.

Ils se sont posés en douceur — quelque chose dont elle ne doutait pas qu'elle s'habituerait avec Rex — et l'appareil a roulé jusqu'à s'arrêter tandis que le moteur décélèrait. Rex s'est faufilé devant elle et a ouvert la trappe, et la chaleur a déferlé avec la lumière du soleil tandis qu'il dépliait l'escalier vers la terre rouge en contrebas.

Tess l'a suivi dehors et ils ont salué la femme, qui semblait avoir la trentaine, et la petite fille aux cheveux carotte qui attendait. — Salut, Barb. Rex se pencha. — Et Gwyn. Il serra la main de la fillette.

Rex s'est redressé et s'est tourné vers Tess. — Et voici notre nouvelle infirmière en sénologie. Il a fait un geste. — Tess, je te présente Barb et Gwyn. Elles ont déjà volé dans mon avion.

— Salut, dit Barb, et Tess serra la main de la femme hâlée en jean, ainsi que celle de la petite qui lui tendit ses petits doigts pour une poignée, elle aussi.

Tess serra la main avec gravité. — Daphne m'a dit de te dire bonjour, Gwyn, et de te donner cette mandarine de sa part, d'accord ?

Gwyn acquiesça gravement, prit le fruit d'un orange vif et le serra contre elle.

— Allez, fit Barb en désignant le véhicule. — On va vous sortir de cette chaleur. Rita vous attend à la maison et elle se réjouit de faire votre connaissance.

— J'ai hâte de la rencontrer, moi aussi. Tess les suivit vers le camion. — Elle va comment ?

— Encore un peu fatiguée et endolorie par l'opération. Elle sera contente de se débarrasser de ces drains. Barb fit signe à Tess de monter devant. — Rex papotera avec Gwyn pendant qu'on rentre et, nous, on pourra discuter à l'avant.

Rex les a rejoints alors qu'ils se sont installés dans le pick-up, et il est monté à l'arrière avec la fillette, d'où Tess a entendu la petite voix de Gwyn expliquer qu'ils logeaient chez Tatie Rita pendant qu'elle était malade.

\*\*\*

Rita était une grande femme aux angles marqués, d'autant plus an-
guleuse avec l'oreiller sous l'aisselle et le petit sac suspendu à son
épaule pour cacher les bouteilles de drainage et les tuyaux de sa plaie.
Ses yeux bleu passé, striés de profondes pattes-d'oie par le dur travail
au soleil, étaient ombrés de fatigue et d'inconfort, mais son sourire
rayonnait de chaleur.

— Bienvenue à Pallinup, dit-elle en tendant sa bonne main, et Tess
la prit dans les deux siennes pour une brève pression. Rex avait été
happé par le mari de Rita et avait disparu de l'autre côté de la maison.

— Merci, et je suis ravie de te rencontrer enfin. Daphne m'a tellement parlé de toi. Tess joua à fond la carte Daphne pour aider Rita à
se détendre. Heureusement, elle voyait que ça marchait.

Son sourire s'est élargi. — Celle-là, c'est une perle.

— Daphne est à Boorenji aujourd'hui, et elle part en congé maternité la semaine prochaine.

— Elle va nous manquer.

Barb a comblé le silence. — Tu prendrais une tasse de thé, Tess ?

— Avec plaisir. Merci.

Barb prit la main de Gwyn. — Papotez toutes les deux et on revient
tout à l'heure. Al, le cuistot, a préparé des scones aux dattes et des
biscuits aux cacahuètes, aussi. Allez, Gwyn, on va se faire un petit
thé.

— Pourvu qu'il ne se brûle pas en les sortant du four. Notre Al est
un peu maladroit, mais il n'a pas eu de pépin depuis mon diagnostic,
touchons du bois. C'est peut-être parce qu'il a juré d'arrêter l'alcool
jusqu'à ce que j'aille mieux. Rita sourit.

Toutes deux ont regardé la porte moustiquaire de la véranda se
refermer derrière Barb. Rita a désigné les chaises avec une table entre
elles. — Barb a été tellement formidable pendant que je me remets
de l'opération, surtout qu'elle doit s'occuper de Gwyn.

Tess sourit. — J'ai déjà rencontré tellement de gens formidables ici.

Elles se sont installées sur les chaises et Tess a noté la tension dans
les mains de Rita, jointes comme si elle attendait d'autres mauvaises
nouvelles.

— Tu as l'air nerveuse, Rita. Tu t'inquiètes à l'idée que je retire les drains ?

Sa patiente a poussé un gros soupir et ses épaules se sont affaissées.

— Pas vraiment. Je serai contente de m'en débarrasser, ainsi que du sac de drainage. Puis elle a levé les yeux, penaude. — Ça fait mal de les enlever ?

— Non, ce sera plus inconfortable que douloureux. Tu te sentiras mieux quand ils auront disparu, mais ils étaient nécessaires. Les drains ont empêché toute collection de liquide après l'opération pour que tu puisses cicatriser sans espaces entre les couches ; mais maintenant les pertes sont si faibles qu'on peut les enlever. Pour les retirer, je relâche l'aspiration, puis je coupe le point qui les maintient. Ce sera un peu chahuté quand la tubulure à l'intérieur glissera, et puis ce sera fini.

Rita a frissonné. — Ça a l'air simple.

Tess a acquiescé. — Pour moi, oui. Pour toi, c'est stressant, sans doute. Si ça t'angoisse, commençons par ça qu'on en finisse. Tu préfères qu'on aille où ?

— Je pensais à la salle de bains ? C'est près. Elle a ri. — C'est vachement plus près que d'aller en ville. Tu n'imagines pas le soulagement de ne pas avoir eu à conduire jusqu'à Mica Ridge pour me les faire enlever.

Tess n'aurait pas pu être plus d'accord. Elle n'avait aucun doute : deux heures de piste cahoteuse, c'était la dernière chose dont Rita avait besoin. — La ville est loin pour un geste aussi rapide. La salle de bains, ça me va.

Dix minutes plus tard, c'était fait. Tess a remis un nouveau pansement, a fait remarquer que la cicatrice de mastectomie semblait bien cicatriser, et soudain Rita avait déjà meilleure mine en rajustant sa chemise.

— Bon débarras, lança-t-elle au sac en le tendant à Tess, qui l'a rangé avec le matériel qu'elle rapporterait à Mica Ridge pour s'en débarrasser.

Elles se sont de nouveau lavé les mains et Tess a ouvert la porte de la salle de bains en attendant que Rita passe devant elle. — J'ai l'impression que je devrais te donner un jelly bean pour ton courage, dit-elle en plaisantant.

— Pas juste. Rita a fait semblant d'être déçue. — Je croyais que j'en avais un d'office. Tu m'as roulée. Elles ont souri toutes les deux. Rita s'est retournée. — Et si on prenait cette tasse de thé ?

— Ça me va. Tess a glissé le sac scellé dans son panier de matériel et a suivi Rita sur la véranda, en espérant que leur fragile entente continue de se renforcer.

Alors qu'elles se réinstallaient sur les chaises dehors, Tess a abordé le sujet. — Je suis là pour toi, Rita, si Dr Billie ou ton oncologue ne peuvent pas l'être, et je t'aiderai à trouver les réponses dont tu as besoin. Tu n'as pas à m'épargner les questions difficiles ni à retenir tes peurs comme tu pourrais le faire avec ta famille ou des proches. Même celles qui te terrifient la nuit.

Les yeux bleus de Rita ont brillé de larmes vite refoulées. — Ça pourrait être utile. J'aurais bien besoin de quelques réponses.

Tess a fait une grimace. — Je ne peux pas répondre à la grande question. Mais je suis ta personne ressource si tu as besoin d'aide pour démêler les choses. Tu peux penser à la question qui te brûle le plus les lèvres ?

— À part « quand est-ce que je vais mourir » ? Rita a arqué les sourcils avec ironie, puis s'est reprise, et Tess a senti son admiration pour cette femme déterminée grandir.

Tess a hoché la tête. — C'est celle-là à laquelle je ne peux pas répondre. J'aimerais pouvoir. Et, pour être juste, tu ne peux pas le savoir pour moi non plus. Mais ce cancer t'est tombé dessus, toi et ta famille, c'est une saleté, et je veux t'aider autant que possible.

Rita a écarté les mains. — Alors, qu'est-ce que je peux te demander ?

Tess a jeté autour d'elle un regard en quête d'inspiration. — Tout ce qui concerne ton opération. La radiothérapie. Les exercices que tu peux faire si la mobilité de ton bras te pose problème.

Rita a levé prudemment le bras atteint. — J'essaie de m'en servir le plus normalement possible. Me brosser les dents de cette main, soulever des objets légers. Je fais les exercices, mais je dois avouer que je ne suis pas sûre de les faire tout à fait comme il faut.

— Alors passons-les en revue. Tess a observé la façon dont Rita tournait son poignet et a acquiescé. — C'est ça. Fais-les en douceur, à ton propre niveau de confort, même s'il est normal de sentir que ça tire un peu. Répète chaque mouvement cinq fois, trois fois par jour. Ça devrait prendre environ dix minutes à chaque fois.

Elles ont parcouru la feuille d'instructions posée à côté de sa chaise et seuls quelques ajustements de technique ont été nécessaires pour optimiser la récupération du bras de Rita.

Rita a dit : — Je les fais avant mes repas pour ne pas oublier. J'ai l'impression de les faire depuis une éternité. Je dois continuer combien de temps ?

Tess savait que les exercices étaient importants, mais l'était tout autant le fait d'expliquer pourquoi Rita devait les faire. — Tu devrais retrouver ton amplitude de mouvement et ta force dans le bras d'ici environ trois mois. Il faut poursuivre les exercices pendant au moins six, voire douze mois. C'est parce que tes tissus se remodèlent encore après l'opération. La semaine prochaine, on parlera des exercices avec un bâton et du fait de lever les bras au-dessus de la tête, mais pas encore.

— Un bâton, tu dis ? Rita a souri. — Mon mari dit que ce sont les durs à cuire qu'on ne peut pas abattre, même à coups de bâton.

Tess connaissait cette expression, mais jamais dans ce contexte, et elle a acquiescé avec un sourire. — Les gens ont une incroyable capacité de résilience dans les moments difficiles.

Quand elles ont eu fini de s'exercer, elles ont parlé de l'Isolated Patients Travel and Accommodation Assistance Scheme (IPTAAS), et Tess a vérifié que Rita avait bien demandé le remboursement de son kilométrage, de ses nuitées et de ses repas pour ses déplacements à Adelaide. — En plus, je peux voir si on peut trouver des financements supplémentaires pour le transport lié à la radiothérapie, et comment je peux t'aider à t'y rendre. Et aussi quand auront lieu tes prochains rendez-vous.

Rita a laissé échapper un soupir. — Ce serait bien. Ils devaient m'appeler depuis Adelaide, mais plus tôt je sais, plus tôt on peut s'organiser ici.

Elle a jeté un coup d'œil aux bottes en caoutchouc alignées sur la véranda. — Tu sais ce qui m'a vraiment tracassée ? Pourquoi je n'ai pas à faire de chimio. Je ne me souviens plus de ce qu'a dit le médecin. Son visage s'est tordu en une grimace. — Ce n'est pas que j'en aie envie.

— Il y a tant d'informations à intégrer. Tess pouvait comprendre la confusion. — Le traitement est personnalisé. Si vous vous souvenez, la façon dont votre traitement est structuré dépend du type de cancer confirmé et de la taille de la tumeur. Au moment du diagnostic, après la biopsie, votre oncologue et votre chirurgien à Adelaide ont discuté de votre cas et du meilleur traitement. J'ai lu ces notes et vérifié avec votre chirurgien. Comme il n'y avait pas de cancer dans vos ganglions lymphatiques, et parce que vous aviez opté pour une mastectomie et non pas l'ablation simple de la tumeur, la radiothérapie a été retenue comme le meilleur traitement pour vous.

Elle acquiesça. — Donc si on m'avait seulement enlevé la tumeur, j'aurais dû avoir de la chimio ? Je crois que je m'en souviens maintenant. Son front s'éclaira et elle secoua la tête. — Comment ai-je pu oublier ça ?

Tess sourit. — Euh, c'est normal. Vous avez mille choses en tête. En général, s'ils ne reparlent pas de chimio, c'est qu'ils sont assez confiants d'avoir retiré tout le foyer cancéreux.

Tess se souvint d'un autre point qu'elle voulait aborder avec Rita et sortit une boule tricotée grise de la taille d'un pamplemousse. Elle portait une aréole rose et un petit mamelon, tricotés dans une autre couleur, bien dressé au centre. Tess la posa sur la table basse entre elles. — J'ai maintenant un petit cadeau ravissant, confectionné pour vous par l'une des dames qui vivent à Blue Hills.

— Oh mon Dieu. Rita rit. — C'est un nichon !

Tess eut un large sourire. — Ça s'appelle un knitted knocker. On en voit fleurir partout en Australie. Vous pouvez aller voir sur Google ; tout est parti d'une belle initiative pour aider les femmes qui ont eu une mastectomie. Il s'en tricote des dizaines chaque semaine et je suis ravie d'annoncer qu'on en fabrique maintenant à Mica Ridge.

Rita leva les yeux, le sourire encore dans le regard. — Lorna Lamerton, je parie.

Tess rit. — Comment avez-vous deviné ? Je loge aussi à Blue Hills, et quand j'ai dit que je cherchais des personnes pour en tricoter, elle a sauté sur l'occasion.

Tess ouvrit la couture restée non cousue sur le côté. — C'est rembourré d'un garnissage léger ; vous retirerez simplement l'excédent jusqu'à ce qu'il ait la même taille que votre autre sein. Puis vous le glissez dans votre soutien-gorge. Comme c'est tricoté lâche, ça n'irrite pas la peau et ça ne tient pas chaud comme les prothèses en silicone qui peuvent faire transpirer contre la peau.

Rita le prit, le pesa dans la main et, avec une grimace, fit glisser la boule, téton vers l'extérieur, dans son chemisier pour voir l'effet. La bosse sous son chemisier ressemblait étonnamment à celle de l'autre côté de ses boutons.

Ses yeux bleu pâle scintillèrent de nouveau de larmes retenues et elle s'essuya les yeux d'un revers de la main. — Oh là là. J'ai l'impression de fondre en larmes chaque fois qu'il arrive quelque chose de nouveau.

Tess avait envie de presser les doigts de Rita, qu'elle tenait maintenant croisés sur ses genoux, mais elle apprenait à ne pas envahir l'espace personnel d'une patiente sauf si on le lui demandait. — C'est normal. Elle se força à se rasseoir. Elle avait remarqué que certaines femmes de la campagne préféraient moins de contact que ses patientes de la ville et se demandait si ce n'était pas tout simplement parce qu'elles avaient l'habitude d'avoir si peu de monde dans leur espace personnel. Elle en avait parlé à Lorna, qui lui avait suggéré d'observer à quelle fréquence les hommes hochaient la tête au lieu de serrer la main.

Elle choisit d'apporter du réconfort par les mots. — Il faut laisser sortir l'émotion pour pouvoir avancer. Ça a été énorme. Votre sein a disparu et vous devez avoir de la radiothérapie. Je dirais que quelques larmes, c'est plus que raisonnable.

Rita se mit même à rire. — Où avez-vous appris à trouver toujours les mots justes ?

Tess sentit la pression retomber en elle. Rita était devenue la patiente idéale du bush pour s'entraîner. — J'essaie. Souvenez-vous juste de ça si je dis parfois une bêtise. La plupart du temps, ça sort juste parce que je crois à 100 % à ce que je dis. Franchement, je vous trouve incroyable dans votre façon de faire face et j'ai besoin que vous vous rappeliez que vous n'avez pas à tout porter toute seule. Je sais que votre mari formidable est là, mais si je peux vous aider pour quoi que ce soit, demandez-moi. Je peux téléphoner ou obtenir l'autorisation de venir en avion jusqu'ici, apporter de nouveaux médicaments, ou des seins tricotés si celui-là se fait mâchouiller par les trois chiens couchés près de leur maîtresse, ou si vous avez simplement besoin de revoir des informations.

— Un tout-en-un.

Tess acquiesça. — C'est ce que je vise. Et avant que j'oublie, j'ai aussi des brochures d'information dans ma trousse.

La véritable inquiétude de Rita finit par émerger. — Mon mari dit qu'il vient avec moi pour la radiothérapie, mais je ne sais pas ce qu'il fera en ville toute la journée, à part s'inquiéter pour la station ici. Ce serait bien de l'avoir avec moi, mais je détesterais le voir stresser pour tout ce qu'il y a à faire ici.

Même en si peu de temps à Blue Hills, Tess avait bien vu qu'une station ne tournait pas toute seule. — Bien sûr. Les épouses s'inquiètent aussi pour leurs maris. Peut-être pouvez-vous vous dire qu'il préférerait s'inquiéter de la station que d'être si loin et de se ronger en vous sachant toute seule ?

Rita sembla frappée par l'idée, puis leva les yeux au ciel et écarta les mains. — Mais il va s'ennuyer à mourir.

Tess sourit. — Peut-être qu'après la première visite, il pourrait venir une fois sur deux ? Je peux vous donner un aperçu des hôpitaux et centres que vous visiterez à mesure que votre oncologue planifiera votre traitement. J'y suis allée, j'ai rencontré les techniciens, j'y ai accompagné d'autres femmes. Il y a plein de choses qu'il peut faire pour se changer les idées. On vous trouvera un logement, et nous avons un « pack spécial maris » avec des idées d'endroits intéressants à visiter, comme les musées et les terrains de sport.

— Il lit des choses. Il a peur que je perde mes cheveux et que ça me bouleverse. Et il craint que je vomisse et qu'il ne puisse pas m'aider.

— Il y a tellement de détails à assimiler pour une patiente et sa famille, et on mélange facilement. Tout cela prête à confusion et crée de l'appréhension. Comme vous ne suivez pas de chimiothérapie, vous ne devriez probablement pas perdre vos cheveux.

Tess marqua une pause pour laisser le message faire son chemin. Elle s'inspirait du Dr Scarf et de ses silences. Puis elle dit — Pour les nausées, eh bien, le traitement agit différemment selon les femmes. La plupart n'ont pas de nausées avec la radiothérapie — elles sont fatiguées, et de plus en plus fatiguées au fil des séances. Même quand le traitement s'arrête, la fatigue continue pendant un moment, et elle peut te tomber dessus comme un coup de massue quand tu t'y attends le moins. Tu n'auras peut-être pas envie de faire grand-chose, alors il faudra te ménager pendant quelques mois.

Rita leva les yeux au ciel. — Eh bien, ça a intérêt à dézinguer ces fichues cellules cancéreuses. Je ne vais pas faire ma mourante éternellement.

Tess accrocha le regard de Rita et le soutint. — Tu ne fais pas la mourante, tu te démènes pour retrouver la santé.

Les mots retombèrent sur elles quelques instants, puis enfin Rita expira. — Tu as raison.

Tess poussa elle aussi un soupir de soulagement. — Ton corps doit combattre la maladie puis se réparer. Et ça demande beaucoup d'énergie, donc tu auras vraiment besoin de plus de repos.

Rita leva les mains, même si son visage paraissait déjà moins tendu.
— C'est vrai que dire qu'on travaille à aller mieux, ça sonne mieux. Elles se sourirent.

Elle jeta un coup d'œil vers la porte par laquelle Barb avait disparu tout à l'heure, puis revint à Tess. — Je comprends que je ne vais pas aider avec les moutons pendant un moment, mais une fois que mon bras ira mieux, je pourrai gérer la maison, non ? Je n'aurai plus besoin d'aide ? Pauvre Barb.

Tess acquiesça. — Pour l'instant, tu vas reprendre des forces jusqu'à la radiothérapie. Le premier mois, tu seras fatiguée la plupart du temps, mais tu n'auras plus la gêne de la plaie. Tu pourras rester debout un moment, faire deux ou trois petites choses, puis il faudra te reposer à nouveau. Il y a de grandes chances que toi et ton mari vous vous en sortiez très bien. Surtout si quelqu'un s'occupe de la cuisine.

Son regard balaya la véranda dépouillée. — On pourrait te dénicher ici un coin bien frais, si possible avec une vue, et t'y aménager un petit cocon. Mettre une petite étagère avec des choses à lire ou à écouter, un fauteuil bien confortable pour t'étendre, voire une chaise longue. Comme ça, tu pourras regarder le monde tourner un moment.

— Quoi ? Faire comme si j'étais sur un paquebot dont je ne peux pas descendre ? Elle arqua les sourcils. — Sans les cocktails, tu veux dire ?

Rita continuait de la surprendre. Tess eut un large sourire. — Tu n'auras peut-être pas envie de cocktails, mais rien ne t'empêche d'en prendre un si ça te dit.

— Tess ! Le cri venait de la maison, et Rita et Tess se figèrent à la peur qu'il charriait. Des pas précipités se rapprochèrent et Tess se leva au moment où Barb ouvrait la porte d'un coup d'épaule, tandis que le cuisinier la maintenait au-dessus de sa tête pour qu'elle puisse sortir avec Gwyn dans les bras. — Elle a avalé une cacahuète et elle est coincée dans sa gorge !

La petite toussait et pleurait, mais dès le premier regard Tess comprit qu'elle ne faisait déjà plus entrer assez d'air pour pouvoir continuer bien longtemps.

Tess se leva d'un bond et les rejoignit à la porte. — Continue de tousser, Gwyn, c'est la meilleure façon de la faire remonter, ma chérie.

— Vous voulez que j'essaie d'aller la chercher dans sa bouche ? demanda le cuisinier bouleversé en les suivant dehors.

— Non ! Tess adoucit l'aboiement instinctif de l'ordre par un — Merci. Toutes les simulations qu'ils faisaient chaque année lors de la formation aux gestes de premiers secours à l'hôpital lui revinrent en mémoire. — Non. Ça pourrait l'enfoncer encore plus. Tess tendit les bras. — Je peux la prendre, Barb ? S'il te plaît.

Barb la lui confia aussitôt, et plus tard Tess s'étonnerait de la confiance qu'elle lui avait accordée.

Tess emporta rapidement la fillette jusqu'à la longue banquette en bois de la véranda et s'assit sur le bord, Gwyn sur les genoux.

Tess entendit le chuchotement de Rita — Fais quelque chose. Et le sanglot de Barb, alors que les deux femmes se cramponnaient l'une à l'autre.

Les efforts de Gwyn pour tousser s'amenuisaient à mesure que son souffle manquait. Son visage passait du rouge au violet pâle tandis que Tess se récitait dans sa tête. *Enfant qui s'étouffe. Encourager la toux.*

Bon, ça n'allait plus suffire, maintenant.

*Puis cinq claques dans le dos, tête de l'enfant vers le bas.* Elle bascula la petite par-dessus ses cuisses et l'inclina, visage tourné vers le sol le long de sa jambe. Ensuite, elle lui donna cinq tapes fermes entre les omoplates, espacées de deux secondes. Rien ne se produisit.

La bouche de Tess se dessécha et elle sentit son propre cœur s'emballer, mais extérieurement elle resta calme.

*D'accord. Ensuite cinq compressions sur l'avant du thorax, comme pour un massage cardiaque chez un nourrisson.*

Elle retourna Gwyn, et la fillette resta molle sur ses genoux en basculant dans l'inconscience, les lèvres bleutées immobiles. La panique monta d'un coup avec cette certitude brutale que cette enfant pouvait mourir. Ici. Maintenant. Mais Tess la refoula.

Barb s'affaissa à genoux sur la véranda en bois et inclina la tête, et Rita gémit en se rapprochant pour saisir les épaules de Barb. Le monde sembla se ralentir en une succession de secondes brûlantes, les sons s'éloignant tandis que Tess se concentrait.

La tête de Gwyn pendait inerte vers le bas quand Tess enfonça le talon de sa main dans le sternum de la petite. Au troisième coup, un minuscule projectile fila le long de la joue de Tess et Gwyn émit une petite toux involontaire. Cette toux devint le son le plus magnifique du monde.

Elle toussa de nouveau tandis que Tess redressait lentement l'enfant haletante pour appuyer son visage contre sa propre poitrine qui se soulevait.

Gwyn continua de tousser et de trembler, puis finit par pleurer. Tess leva les yeux vers Barb, que le cuisinier aidait doucement à se relever, le visage livide de l'homme ravagé par des larmes qui coulaient en rigoles sur ses joues maculées de farine.

Elle fit signe à la mère. — Assieds-toi à côté de moi, Barb, dit Tess d'une voix douce, mais où perçait un léger tremblement maintenant que la crise était passée. — Tiens. Prends-la.

Le temps que les hommes arrivent pour voir d'où venait tout ce remue-ménage, la véranda avait retrouvé un semblant d'ordre. Le cuisinier était revenu avec du thé tout frais et avait apporté le brandy de cuisine pour ceux qui en auraient besoin. Rita était affaissée dans sa chaise, une tasse et sa soucoupe entre ses mains tremblantes, tandis que Tess lui parlait d'une voix apaisante. Adossée au mur, Barb berçait dans ses bras une Gwyn désormais paisible, en fredonnant à peine une berceuse.

***

Quand Rex et Tess ont atterri pour récupérer Daphne et Michael, Tess commençait à se sentir presque normale. Mais tout lui est revenu en pleine figure quand elle a expliqué à Daphne ce qui s'était passé et que celle-ci s'est mise à la couver d'attentions. Cette compassion sincère a failli faire s'écrouler toute sa maîtrise d'elle.

— Arrête. Tess leva la main. — Arrête d'être gentille ou je vais me mettre à pleurer sur ton épaule.

Daphne acquiesça, compatissante. — Tu as raison. Je ferais probablement pareil. Barb est l'une des femmes les plus coriaces que je connaisse, mais ça fait deux affreuses frayeurs avec cette petite en moins d'un an. Billie sera horrifiée, elle aussi. Elle a eu une évacuation très tendue de Gwyn après une morsure de serpent l'an dernier.

— La pauvre Rita avait l'air anéantie.

Daphne secoua la tête. — Ce n'était pas ce à quoi tu t'attendais en me quittant ce matin. Mais c'est ça, ce boulot. Il faut croire que c'était censé arriver pendant que tu étais là. Tu verras. Quelqu'un parmi eux aura l'occasion d'utiliser ce nouveau savoir au moment où il s'y attendra le moins. Rien n'est jamais entièrement mauvais. Il en sortira quelque chose de bien.

Tess essaya de s'en convaincre. Peut-être qu'elle tenterait d'appliquer cette idée, pour voir, à quelques autres aspects de sa vie. Elle avait besoin de s'exercer à avancer vers les possibilités qui s'ouvraient devant elle plutôt que de se retourner.

# CHAPITRE NEUF
## Soretta

VENDREDI ARRIVA ET SORETTA décida qu'elle avait passé une bonne semaine. Elle et Tess s'entendaient comme larrons en foire, ce qui paraissait assez étrange vu qu'elles n'avaient rien en commun, mais Tess était devenue la personne la plus facile du monde à qui parler, alors même que Soretta ne s'était jamais pensée très bavarde.

Tess avait même perçu le malaise de Soretta à propos de Charlie et lui avait dit d'arrêter de s'inquiéter parce que ce n'étaient que les débuts.

Ça faisait du bien d'entendre ce genre de choses, et l'idée d'ignorer les pensées bizarres qui lui traversaient l'esprit paraissait très sensée. Elle n'avait jamais été du genre à se faire des films, et la dernière chose dont elle avait besoin était de soupirer après un citadin de passage. Heureusement, jusqu'ici, la plupart du temps, elle arrivait à ne pas trop penser à lui.

Pour l'heure, pourtant, comme à d'autres moments, elle ne pouvait pas s'empêcher de profiter de la vue. Il était assis là, souriant, changé de son uniforme en une chemise blanche au col ouvert qui mettait joliment en valeur son cou solide, et c'était fou de voir comme il pouvait être incroyablement détendu avec son grand-père.

Elle avait hâte d'être au dîner ce soir-là parce que, vendredi oblige, c'était le tour de Charlie de cuisiner. Soretta l'avait vu préparer en deux temps trois mouvements des pâtes à la crème au poulet et aux champignons qui avaient l'air délicieuses avant de partir au travail le matin, et menacer des pires représailles si quelqu'un soulevait le couvercle de la mijoteuse.

Le cuiseur avait laissé infuser des volutes de basilic et de romarin toute la journée, les narguant sans pitié, et chaque fois qu'elle l'avait remarqué, elle avait pensé à Charlie. Tellement agaçant.

Au moment où elle, Lorna et Grandad étaient arrivés à l'heure du thé, ils auraient piétiné quelqu'un pour y accéder. Et maintenant que ce fichu couvercle avait été soulevé, les gens tournaient autour, l'assiette à la main et le regard un peu sauvage. Soretta n'avait jamais rien vu de tel.

Charlie regardait d'un air satisfait, ses grands bras croisés devant lui dans une pose très je-vous-l'avais-bien-dit.

Le temps qu'ils se resservent tous, Grandad raclait le fond de la marmite.

— D'accord, capitula Soretta. — Charlie est le roi de la mijoteuse. J'avoue.

Charlie se renversa sur sa chaise et joignit le bout des doigts. On aurait dit qu'il vivait ici depuis des années plutôt que depuis moins d'une semaine. — Merci pour ce compliment généreux. J'ai d'autres chefs-d'œuvre.

— J'ai hâte, dit Grandad, la bouche encore à moitié pleine, et Lorna secoua la tête.

— Tu vas devenir rond comme un tonneau si tu continues à manger comme ça, Lachlan Byrnes.

Ils se chamaillèrent un peu pour savoir qui avait le plus mangé et Soretta sentait le sourire la titiller tandis qu'elle regardait Charlie boire sa tasse de thé.

Elle ne l'avait pas encore vu avec une bière à la main, ce qu'elle devait bien avouer lui plaisait, et elle détourna le menton au cas où il la surprendrait en train de le dévisager.

Ça faisait si bon de voir son grand-père redevenu lui-même. Si c'était arrivé parce qu'un autre homme habitait la maison, alors elle en était reconnaissante.

— Alors, vous montez voir le lever du soleil demain matin, toi et Charlie ? La voix de Lorna interrompit ses pensées.

— Oui. Elle jeta un coup d'œil à sa nouvelle amie. — Tess a été invitée, mais elle s'est désistée en disant qu'elle voulait faire la grasse matinée après une grosse semaine. Soretta se demanda si la véritable intention de Tess n'avait pas été que Soretta emmène Charlie seule et voie ce que ça donnerait.

— Tess a bien mérité une grasse matinée, dit Grandad. — Cela dit, le lever de soleil devrait être beau.

*\*\**

Tôt samedi matin, Soretta se retrouva dans le LandCruiser de son grand-père avec une acuité frémissante pour des choses qu'elle tenait d'ordinaire pour acquises. L'air était doux sur son visage, le ciel d'avant l'aube planait au-dessus d'eux comme une couverture de cachemire constellée d'étoiles qui s'éteignaient et, malgré la satisfaction générale, elle sentait ce petit frisson d'excitation à l'idée d'avoir Charlie pour elle toute seule. Elle fronça les sourcils et dirigea délibérément ses pensées vers d'autres raisons expliquant pourquoi la journée lui semblait plus prometteuse que d'habitude.

Pour la première fois depuis la sécheresse, les premiers camions de jeunes moutons étaient partis au marché aux bestiaux et elle se sentait optimiste quant au prix qu'ils obtiendraient, et les comptes de la maison étaient sains grâce à la pension que les nouveaux pensionnaires apportaient.

La base du Flying Doctor à Mica Ridge avait été très occupée, submergée d'appels, et elle s'était installée dans son poste avec plus de facilité qu'elle ne l'avait imaginé. Billie n'était pas revenue à la maison depuis mardi matin, donc elle supposait qu'elle faisait des heures sup, elle aussi, et avait choisi de rester chez Morgan. Charlie était rentré tard du travail presque tous les soirs et avait été rappelé deux fois en dehors des heures.

À présent, elle regardait Charlie décrocher la chaîne de la barrière et la faire pivoter pour la laisser passer en route vers le pic est. Il n'avait pas l'air fatigué. Il avait fière allure. Beaucoup trop. Elle se renfrogna de nouveau contre elle-même et relâcha le frein. Le LandCruiser avança et s'arrêta.

Quelques secondes plus tard, la portière s'ouvrit et la grande carrure de Charlie engloutit l'espace entre eux tandis qu'il montait, et une effluve d'un après-rasage masculin qui lui était inconnu vint lui chatouiller le nez. Ça sentait bon. Elle baissa la vitre malgré la fraîcheur matinale de l'air.

Elle se retrouvait donc là. Sans trop savoir comment elle s'était retrouvée tous les deux, prêts à regarder le lever du soleil. Même Mia serait normalement venue, mais Billie lui avait demandé de passer la nuit chez Morgan avec elle.

Ce matin, Charlie était prêt quand elle était sortie de sa chambre et, vu qu'il courait la plupart des matins avant le lever du soleil, ce n'était pas surprenant s'il donnait l'impression d'être debout depuis des heures. Il était rasé de près et net, malgré le jean usé, dans une chemise pâle à col.

Elle avait jeté un thermos d'eau bouillie et des sachets de thé à l'arrière du LandCruiser avec des gobelets en métal et des biscuits secs, pour qu'ils puissent se faire une tasse de thé en arrivant. En relâchant l'embrayage, elle jeta un coup d'œil à la lueur sur la crête. — Il nous reste encore environ quinze minutes pour y arriver, ça devrait suffire.

— Ce serait bête de le rater après t'avoir tirée du lit.

Elle haussa les sourcils dans sa direction et accéléra, dispersant en plein vacarme une volée de cacatoès rosalbins. — On ne me tire pas du lit. Je m'en extirpe d'un bond, toute enthousiaste.

Il a ri et le timbre masculin de son rire lui a tiré un sourire. Personne ne l'avait vraiment trouvée drôle, jusque-là, mais Charlie semblait s'amuser dès qu'elle ouvrait la bouche. Ça lui faisait bizarre, même si elle commençait à s'y habituer. À être honnête avec elle-même, ça lui plaisait bien. Pour autant, elle ne se faisait aucune illusion sur ce que ça voulait dire, ou pas.

Le gros véhicule avançait au pas à travers l'enclos jonché de pierres et s'engageait dans un long ravin qui s'étirait entre deux collines. L'érosion de la dernière crue avait taillé, de part et d'autre du 4x4, des parois de terre rouge, rugueuses, hautes de 2 m, et le ravin, en courbe, continuait de se resserrer, se rapprochant des flancs de la voiture. Elle savait qu'il s'ouvrirait bientôt.

Charlie s'est calé nonchalamment dans son siège et a contemplé, songeur, les parois de terre qui se rapprochaient.

— Alors si on se retrouve coincés ici comme un bouchon dans une bouteille, tu te rends compte qu'on ne pourra pas ouvrir les portes ? On restera coincés jusqu'à la prochaine crue.

Elle haussa les épaules. — Il faudra que tu passes par la vitre arrière et que tu nous dégages à la force des bras.

Il rit de nouveau et elle sentit une chaleur lui monter au ventre. *Arrête*, se dit-elle. *Tu es carrément en train de flirter. Ce type n'est là que pour quelques mois.*

Il était temps de souligner ce qui les différenciait. — Alors, comment tu t'es senti ici pendant ta première semaine à la base, par rapport à l'Afrique ?

Il s'est redressé un peu. — Pas ce à quoi je m'attendais. Piloter donne toujours une montée d'adrénaline, et mon boulot est bien plus facile que la partie de l'avion gérée par les infirmières, dit-il, pensif. — Je suis sidéré de voir à quel point c'est plus dramatique en situation d'urgence. Je suppose que je n'avais pas réalisé à quel point la pression est immédiate sur les infirmières dès qu'on se pose.

Il a roulé ses larges épaules. — J'aime vraiment les transferts de routine et les retours à domicile qu'on fait, les histoires qui expliquent comment les gens se retrouvent avec nous, la diversité des familles. Tout bouge sans arrêt.

Elle sentait son regard sur elle, mais elle évitait de croiser son regard.

Il a dit — Je pensais que ce serait juste moi à l'avant, et ceux à l'arrière de l'avion qui feraient leur truc.

Elle s'est rappelé l'accident de son grand-père, la terreur absolue suivie du soulagement quand la trappe de l'appareil s'était ouverte et que Daphne était apparue. Elle n'avait pas envie d'y penser. — Tu dois avoir une sacrée vue, là-haut, quand tu fais ton boulot.

— Le meilleur bureau du monde. Ça sonnait comme s'il l'avait déjà dit plus d'une fois, mais la phrase portait un noyau de satisfaction profonde qui ne pouvait pas lui échapper.

Elle s'est rendu compte qu'elle hochait la tête. — C'est bien de trouver quelque chose qui te passionne. J'adore Blue Hills Station. Je ferais n'importe quoi pour elle. Elle a senti de nouveau son regard sur elle et elle évitait de le regarder pendant qu'elle franchissait le lit d'un ruisseau capricieux.

— N'importe quoi ? Sa voix avait pris un ton sérieux.

Elle n'a pas hésité. — Ouais.

— Intéressant. Il a articulé le mot lentement, et quelque chose dans son ton l'a fait froncer les sourcils, mais elle a haussé les épaules et a laissé couler. La grosse vieille voiture a franchi laborieusement une butte de terre rouge haute de 60 cm. Le 4x4 est ressorti du ravin, a dévalé l'autre côté, puis a cahoté sur une portion semée de rochers gros comme des ballons de foot.

— On va là-haut. Elle a montré du doigt une crête lointaine. Soretta ne réfléchissait même pas à la logistique de manœuvrer le gros véhicule, tout en passant sans cesse les vitesses, montant et descendant, contournant des troncs et plongeant dans des fossés. Pendant ce temps, la lueur à l'est gagnait en intensité.

Charlie a rompu le petit silence. — Du coup, tu as probablement roulé sur une bonne partie de ces terres ?

— Ouais. Ou à pied. Son regard a balayé le paysage d'avant l'aube, magiquement adouci et estompé par la faible lumière. — J'ai laissé des morceaux de mon âme partout ici.

Il est resté silencieux et elle a laissé le calme s'installer entre eux tandis qu'ils se gorgeaient de la beauté du matin. Ils ont contourné un arbre et ont fait sursauter une petite wallaroo grise, avant qu'elle ne détale, sa puissante queue la propulsant en bonds amples.

— Il aurait dû nous entendre arriver, a dit Charlie.

— C'est une femelle. Et elle avait un petit dans sa poche, donc elle hésitait sans doute sur la direction à prendre jusqu'à ce que ce soit trop tard.

— Je connais des femmes comme ça, a lâché Charlie d'un ton traînant.

— Moi aussi. Je n'en fais pas partie. Soretta n'a pas pris la peine de le regarder. Heureusement, aucune de ses colocataires n'était comme ça non plus.

Ce qui l'a amenée à se demander avec qui Charlie avait vécu et à quelles femmes il faisait allusion. Ouhlà ! Pas question d'aller là.

— Tu disais que tu travaillais pour une compagnie pétrolière en Afrique. C'était comment ?

Il est resté silencieux un instant et elle avait l'impression qu'il avait d'habitude une réponse toute faite, passe-partout, à ça aussi, une réponse qu'il ne lui servait pas pour une raison ou pour une autre.

Il a dit — Par moments, ennuyeux. À d'autres, éprouvant. Dingue, parce qu'on vivait dans des enclos grillagés protégés par des mitrailleuses, alors qu'au dehors des gens mouraient de faim et de maladie dans la rue. Juste une bande de types venus du monde entier, qui bossaient cinq semaines d'affilée, puis cinq semaines de repos, loin de là où on voudrait être. Juste un moyen pour arriver à mes fins.

— Alors, c'était pour atteindre quel objectif ?

— Essayer de cumuler des heures de vol sur plus de types d'hélicoptères que je n'aurais pu le faire ici à ce stade de ma carrière. Ensuite, j'ai pensé que les avions de ligne seraient une meilleure manière de muscler mes qualifications moteurs et mes heures de commandant de bord, et j'ai commencé à bosser pour la compagnie. Les avions étaient vétustes et faisaient peur, mais l'expérience s'est révélée précieuse. Tout ça pour amasser ma fortune, a-t-il plaisanté d'un ton tel qu'elle ne parvenait pas à savoir s'il était à l'aise financièrement ou pas.

Mais il savait se fixer des objectifs et s'y tenir. Elle admirait ça. — Tu as pas mal vu du pays ?

Il ferma les yeux comme pour se souvenir. — Surtout l'océan. Mais j'ai survolé aussi des terres et des villes.

Elle lui a jeté un coup d'œil et quelque chose dans sa voix l'a fait marquer une pause. Elle a ralenti le véhicule pour pouvoir étudier son visage. Il avait l'air pensif. Un peu dur, un peu fermé.

— Tu as vu des choses que tu préférerais ne pas avoir vues ? demanda-t-elle, avec une soudaine clairvoyance.

Il parut surpris qu'elle l'ait remarqué. Bon sang, elle avait beau être une fille de la campagne, elle n'était pas aveugle. — Quelque chose comme ça. Il désigna le point culminant et la lumière qui s'étalait. — On va y arriver ?

— Presque. Changement de sujet noté. — Si on rate le premier instant, ce n'est pas très grave. C'est la lente progression de la lumière sur les collines sombres qui est spectaculaire.

Cinq minutes plus tard, cahotantes au point de vous disloquer, ils ont franchi la dernière crête et ont débouché sur un petit plateau plat, parsemé de roches incrustées de minéraux et de touffes de végétation rase. Deux arbres malingres, tordus par le vent, s'agrippaient au bord de la falaise. Le soleil avait presque franchi l'horizon, le premier croissant de son disque d'or naissant à travers les collines lointaines. Quand le disque a émergé, les pointes des pitons qui les entouraient se sont poudrées de cuivre et les creux entre les crêtes ont paru d'un gris bien plus profond en comparaison.

Soretta a coupé le moteur, a ouvert sa portière et est descendue. Le matin l'a enveloppée et elle l'a inspiré à pleins poumons. Air pur et vif, piaillement des oiseaux, petit troupeau de chèvres sauvages qui s'éloignait d'un même mouvement, comme un petit nuage moucheté sur le flanc de la colline.

Elle a oublié l'homme derrière elle, a jeté un bref regard au soleil doré sur l'horizon et a fermé les yeux. Le cercle d'or intense brûlait encore sur sa rétine. Elle entendait Charlie tout près, pas trop près, juste là, et accepta le plaisir de l'avoir pour partager l'instant. Pas quelque chose dont elle avait vraiment eu besoin auparavant. Pas qu'elle en ait besoin maintenant, mais l'idée était intéressante. Elle a rouvert les yeux.

Il dit avec gravité — Je vois ce que tu veux dire à propos de la ligne entre la lumière et l'ombre.

Ils ont tous les deux regardé la progression régulière de la ligne cuivrée traverser les collines sombres. Lentement mais sûrement, des doigts jaune-orangé glissaient le long des pentes, s'insinuaient dans les ravins et se reflétaient sur les roches constellées de mica et le quartz blanc qui striait les versants comme les lignes sur le dos d'un tigre. Et là où le soleil n'atteignait pas ? S'étendaient des ombres et les silhouettes sombres d'arbres rabougris et de blocs déchiquetés.

— C'est magnifique. Il se tourna vers la direction opposée et Soretta suivit pour découvrir un tableau complètement différent. La lune trônait encore haut, boule blanche dans les pastels de l'espace. Le ciel virait au bleu coquille d'œuf autour de la lune et au rose pâle sur la barrière de nuages à l'horizon. Au loin, les collines étaient dorées, de même que le faîte des arbres tout proches, mais ailleurs tout restait brun sombre, en attente du soleil.

— Oui, la vision splendide, comme dans le poème. approuva Soretta, et elle inspira de nouveau tout cela.

Charlie se pencha et ramassa l'une des myriades de pierres sous leurs pieds, constellée de cristaux blancs de quartz aux arêtes vives, puis une autre, aux reflets violets. Puis un éclat noir piqueté de paillettes de mica étincelant comme des centaines de petites lumières renvoyant les rayons du matin. — La géologie est fascinante.

— Et comment, dit-elle. — Et les plantes aussi. Quand on regarde de près, il y a des centaines d'espèces, certaines minuscules, d'autres plus grandes, nichées dans des anfractuosités, appuyées contre les rochers, surgissant du bord d'une falaise. Elle lui montra un couvre-sol à fleurs jaunes, un autre rose aux feuilles duveteuses enroulées, puis un blanc. — Ce sont surtout des atriplex et des plantes tapissantes qui réussissent très bien aux moutons.

Il effleura une petite plante gris-vert aux minuscules clochettes, et Soretta bougea.

— Pas celle-là. Ça peut tuer le bétail. Ça prospère en période de sécheresse et quand il ne reste plus rien à brouter, — elle ouvrit les mains, se souvenant de son désarroi, — ça leur paraît bien vert, mais quand ils inhalent la gousse écrasée, ça leur descend dans la poitrine. Ça leur met de l'eau dans les poumons et ils n'arrivent plus à respirer.

Elle secoua la tête. — Lave-toi les mains après avoir touché ça et ne te mets pas les doigts près du visage avant, d'accord ?

Il se redressa. — Bon sang. On peut y laisser sa peau beaucoup trop facilement, ici-haut. Il chercha de l'eau du regard, mais, bien sûr, il n'y en avait pas. Soretta poussa un soupir théâtral, ouvrit l'arrière du 4x4 et en sortit un gobelet, y versa un peu d'eau du thermos, puis fouilla plus loin et récupéra un petit morceau de savon et une bouteille d'eau froide.

Elle ajouta de l'eau froide à l'eau chaude et lui tendit le savon. — Tends les mains. Docile, il prit le savon et tendit les mains pendant qu'elle versait assez d'eau tiède du gobelet pour faire mousser, puis davantage pour qu'il se rince.

— D'accord. C'est bon. Elle reposa le gobelet à côté du thermos à l'arrière. — Sers-toi du thé quand tu veux. Je vais me balader prendre quelques photos. Elle souleva son appareil et passa la sangle de l'étui sur son épaule.

Il leva les mains. — Et si je touchais de la belladone ou un truc du genre pendant que tu n'es pas là ?

Elle le regarda un instant. — Je ne fais pas dans l'assistanat, hein ?

Il lui sourit.

Elle haussa les sourcils d'un air moqueur. — Ne porte pas les mains à la bouche jusqu'à ce que je revienne.

Le grondement de son rire grave la suivit tandis qu'elle se faufilait le long du versant escarpé, faisant rouler des pierres et affolant les chèvres jusqu'à une débandade totale de corps bruns et noirs. Elle ne pouvait pas nier le frisson de bonheur qui lui courait dans le corps comme la lumière qui gagnait la terre. Elle porta plutôt son appareil à l'œil et se mit à déclencher.

Quand elle revint vingt minutes plus tard, Charlie était assis sur un gros rocher, avec deux gobelets et le thermos disposés. Il désigna d'un geste grandiloquent un autre bloc, bien placé tout près. Ce serait malpoli de refuser son invitation.

Elle inspecta le sol pour repérer les fourmis et tout ce qui rampait ou serpentait, puis s'assit avant de prendre le thé qu'il lui tendit.

— Merci. Elle jeta un regard autour d'elle. La plupart des ravines étaient maintenant en pleine lumière, seules les anfractuosités les plus profondes gardaient encore des ombres à mesure que le soleil montait.

— Tu t'es amusé ? demanda-t-elle.

— La vue est magnifique. Il avait même l'air un peu sombre, et elle sentit le sourire qu'elle portait s'effacer.

Elle but une gorgée de thé. Il était chaud et nature, exactement comme elle l'aimait. — Il y a un problème ?

Il posa son gobelet par terre. — Je veux te parler. Il y a quelque chose que j'aimerais te dire.

— D'accooord.

Il expira longuement, comme s'il se préparait à une intervention pénible.

Elle fronça davantage les sourcils.

— J'ai essayé d'en arriver là toute la semaine, mais à part hier soir je n'en ai pas eu l'occasion, commença-t-il. — Je ne voulais pas être appelé à sortir en plein milieu.

Elle en eut la chair de poule. — Accouche.

Il eut un petit rire, sans joie. — Au départ, j'ai dit que je venais d'Adélaïde.

Et alors ? Ça lui plaisait de moins en moins, sans savoir pourquoi. — Oui ?

Il la regarda. — Reste avec moi pour la version en raccourci. S'il te plaît. Il continua. — Comme je l'ai dit à tout le monde, mes grands-parents m'ont élevé après la mort de mes parents. Leur seul fils encore en vie avait déjà quitté la maison quand j'ai emménagé. Après mes douze ans, quand je suis allé au pensionnat, mon oncle a eu des ennuis avec la police. Peu de temps après, mon grand-père a fait une crise cardiaque et est décédé. Ça a brisé le cœur de ma grand-mère quand mon oncle n'est pas venu aux funérailles de son père.

— Sympa, le type.

— Non. Je ne crois pas. Il détourna le regard, puis baissa les yeux sur le sol devant eux. — Récemment, cet oncle a eu un accident de voiture mortel à grande vitesse. À ce moment-là, ma grand-mère m'a demandé de rentrer du Nigeria et de découvrir ce qui s'était passé.

Elle avait aussi découvert qu'il avait une fille dont personne ne savait rien et elle voulait que j'amène cette fille pour la rencontrer.

Ça ressemblait à une histoire longue et compliquée, et maintenant elle attendait la chute. — Et tu fais ça ?

Il leva les yeux et croisa son regard. Puis il détourna la tête, prit son thé et emprisonna la tasse entre ses grandes mains. — Pas encore. Je prends juste mes marques.

Soretta digéra lentement ses paroles. Juste en train de t'installer ? Il se servait de sa maison comme base pour espionner. En gros, il leur avait menti à tous. — Laisse-moi être claire. Tu as pris un boulot à la base parce que tu avais besoin d'un prétexte pour rôder autour de Mica Ridge et enquêter sur la mort de ton oncle. Tu vis dans la maison de mon grand-père, sans rien dire, à la recherche de cette fille pour trouver comment lui forcer la main afin qu'elle rencontre ta grand-mère.

Il ne répondit pas. Il fixa simplement sa tasse, et elle eut envie d'envoyer valser la timbale en métal de ses mains pour qu'il la regarde. Elle n'arrivait pas à croire qu'il lui ait plu, à un type comme lui — un menteur et un sournois.

Le silence s'étira et elle sentit sa colère enfler, comme si c'était une chose vivante. Sa voix tomba, vidée de toute chaleur. — C'est bien ça ?

Il releva la tête et la regarda. La fixa droit avec ses yeux gris-vert, impassibles. — Sauf pour la partie où je cherche la fille. Je l'ai trouvée. La fille, c'est Mia.

Le choc la frappa. Il était de la famille de Joseph Porter — Jock. L'homme qu'elle avait viré, et qu'ils avaient tous forcé à quitter Blue Hills sous la menace d'une arme. Elle le voyait maintenant. Les pommettes. Les lèvres pleines, sensuelles. L'amertume lui monta à la bouche, mais sa grand-mère lui avait appris à ne pas cracher. — Personne de cette famille n'est le bienvenu ici.

Il releva le menton. — Je te dirai la même chose que j'ai dite à Billie : Mia fait partie de cette famille.

Le coup de cette remarque la prit de court. Un vrai coup de massue. — Attends une minute. Billie est au courant ?

Il haussa les épaules, tout en la surveillant. — Apparemment, je ressemble à Jock.

Elle secoua la tête devant sa propre stupidité. — D'où le fait que j'ai cru t'avoir déjà rencontré. En fait — maintenant qu'elle y repensait —, je te l'avais demandé quand on s'est rencontrés pour la première fois. C'était le moment idéal pour que tu sois honnête sur tout ça.

Son regard se durcit. — Et tu m'aurais laissé rester si tu avais su que j'étais de la famille de Jock ?

Elle plissa les yeux vers lui. — Non.

Il haussa de nouveau les épaules et la regarda sans ciller. — La démonstration est faite.

Soretta se leva. Elle jeta le thé par terre, dégoûtée, comme si le liquide doré avait été pris d'assaut en piqué par une grosse mouche à viande. — Tu n'as pas d'argument. Tu es venu ici sous de faux prétextes. Elle se tourna et repartit vers la voiture. Elle marmonna pour elle-même. — Je n'arrive pas à croire que Billie ne m'ait rien dit.

Il était juste derrière elle. — Elle a dit que je devais le faire. Et qu'elle resterait à l'écart avec Mia tant que je ne l'aurais pas fait. C'est la première occasion que j'ai eue. Je comprends si tu veux que je parte, mais j'espère pouvoir rester.

Oui, elle voulait qu'il parte. Maintenant. Elle se retourna brusquement pour lui faire face. — Ça dépend de mon grand-père. Dis-le-lui et tu verras ce qu'il dira. Elle jeta un coup d'œil en direction de la maison. C'était trop loin pour le faire marcher. Elle avait envie de lui dire d'aller s'asseoir sur la banquette arrière, mais ce serait puéril.

Elle soupira et se retourna pour prendre le thermos, pour s'apercevoir qu'il l'avait déjà ramassé et rangé à l'arrière. Dès qu'elle serait de retour à la maison, elle démarrerait le quad et irait voir comment allaient les moutons dans le paddock du fond.

Le trajet de retour vers la maison fut sacrément plus cahoteux que l'aller jusqu'à la crête, et elle espéra que Charlie Fennes se déboîte la nuque.

# CHAPITRE DIX

## Mia

MIA REMONTAIT L'ALLÉE EN voiture et guettait avec impatience le moment où les chiots remarqueraient son arrivée. C'était sympa chez Morgan, et traîner à Mica Ridge avec Trent et la bande un vendredi soir, elle s'était bien marrée. Mais elle s'était réveillée tôt et voulait juste rentrer chez elle.

Elle a jeté un coup d'œil à gauche et a aperçu Soretta qui refermait la barrière du fond, près des parcs à moutons. Elle était debout de bonne heure. Mia a levé la main pour saluer et Soretta lui a rendu un bref signe avant de se détourner pour remonter sur le quad.

Mia a envisagé de diriger le véhicule de ce côté pour voir si elle avait besoin d'aide, puis s'est ravisée. Si Soretta avait eu besoin d'elle, elle n'aurait pas hésité à lui faire signe de s'arrêter. Elle a haussé les épaules et a continué de remonter l'allée. Les chiots l'ont aperçue et se sont mis en action, suivant son pick-up jusque dans le hangar.

Les voitures de Charlie et de Tess étaient là, donc la ville devait être calme. C'était samedi, et le week-end les équipes de relève du Flying Doctor arrivaient de Broken Hill et assuraient les permanences pour Mica Ridge afin que le personnel puisse prendre ses pauses.

Quand elle a ouvert sa portière, les chiots l'ont entourée, et elle s'est prêtée au rituel des truffes, des oreilles et des ordres, puis ils ont trottiné derrière elle, tout contents, jusqu'à la maison.

Charlie était assis sur la véranda, le regard perdu dans le vide. Il avait l'air un peu triste. — Salut, Charlie.

— Salut, Mia. Il a désigné un thermos d'eau et deux tasses sur la table. — Tu as une minute ? J'ai un pique-nique, là.

— Bizarre, mais d'accord. Elle a laissé tomber son sac par terre et s'est affalée sur une chaise.

— Un biscuit ?

Elle en a pris un dans le petit récipient en plastique qu'il lui tendait. Sa mère lui avait préparé le petit-déjeuner chez Morgan, mais il y avait toujours de la place pour un biscuit.

Charlie a dit : — Soretta et moi, on a regardé le lever du soleil depuis la crête est.

— Ah. Elle a hoché la tête. — Du coup, le thermos et les biscuits, ça se tient. Le spectacle de la lumière est assez impressionnant, hein ?

— Oui. On a même eu des feux d'artifice, a-t-il lâché d'un ton sec.

— Des feux d'artifice ? Waouh. Elle a tourné la tête pour le regarder.

Son visage est resté sérieux. — On a parlé de la raison pour laquelle je suis venu ici. Je ne le lui avais pas encore dit et elle m'en veut.

Mia a plissé le front. — Euh... tu es venu ici pour piloter ?

— Oui, ça, mais je fais aussi quelque chose pour ma grand-mère. Il la regardait. Presque comme s'il attendait une réaction. — Son fils, mon oncle, est mort récemment et elle a voulu que j'en apprenne un peu plus, alors je me renseigne.

Et ? Pourquoi les gens plus âgés mettaient-ils autant de temps à arriver au cœur de l'histoire ? — Je suis désolée d'apprendre pour ton oncle.

Il a fait une grimace. — Merci. Pas mon préféré, mais c'était le seul fils de ma grand-mère.

Mia s'est dit que cette conversation venait de grimper tout en haut de la liste des plus bizarres qu'elle ait jamais eues.

Charlie a laissé échapper un gémissement. — C'est plus dur que je ne le pensais.

Mia l'a examiné à nouveau. Il avait vraiment l'air mal à l'aise. — Qu'est-ce qui est si difficile ?

Il a pris une mine du genre comment-je-me-suis-fourré-là-dedans et a continué. — Elle voulait aussi que je rencontre sa petite-fille. Et que je lui demande si, peut-être, un jour, elle accepterait de venir la voir.

— D'accord... ?

— C'est ce que Soretta a dit juste avant de me passer un savon, lui a-t-il confié, non sans une bonne dose d'ironie.

— Parce que ? Mia a réprimé l'impatience qu'elle sentait monter face à cette conversation sibylline.

D'une voix posée, Charlie s'est exprimé avec une telle clarté qu'elle a saisi chaque mot. — Mon oncle s'appelait Jock Porter. Pourtant, tu le connaissais sous le nom de Joseph.

Mia a ouvert la bouche puis l'a refermée. Des centaines de pensées ont afflué. — Ton oncle ? Mon père ? Tu es de sa famille ?

Charlie a hoché la tête.

Ses pensées tourbillonnaient, se télescopaient, puis des éclairs de lucidité perçaient. — Et tu es ici pour me voir, tu loges ici, et tu ne l'as pas dit à Soretta ?

Charlie a hoché de nouveau la tête quand elle a repris son souffle. Mia a pris un moment pour encaisser. Un long silence s'est installé. — T'es un homme mort !

Il s'est carrément mis à rire. — J'en ai bien l'impression.

Mia a avancé sur des œufs et s'est dit que, quoi qu'elle dise, ça lui vaudrait des ennuis avec Soretta.

Les implications ont commencé à lui arriver au compte-gouttes. Les pistes de discussion ne manquaient pas. Punaise, elle avait un million de questions. — Donc tu es mon... C'était un sacré concept. Elle avait de la famille en dehors de sa mère. Waouh. — Mon cousin ?

Il lui a adressé un large sourire. — Oui. Ton père était le frère de ma mère. Donc nous avons la même grand-mère. Malheureusement, à part nous trois, il n'y a pas d'autres membres de la famille, mais elle est incroyable. — Et ta mère, bien sûr, a-t-il ajouté, même si Nonna — sa famille était italienne — ne savait rien d'elle ni de toi jusqu'à peu avant la mort de Jock.

Eh ben, dis donc. — Pareil. Je ne savais même pas que c'était mon père quand il a commencé à travailler ici. Elle a fait une grimace en y repensant. — Je croyais que mon père était mort depuis longtemps et j'étais furax contre Maman de m'avoir menti quand j'ai découvert que ce n'était pas le cas.

— Elle avait sans doute une très bonne raison. La voix de Charlie restait calme. D'ailleurs, maintenant qu'elle y pensait, la voix de Charlie semblait toujours calme.

— Je comprends. Elle l'a rencontré alors qu'elle venait juste de commencer la fac, a-t-elle dit, et même s'il avait bien commencé, il est devenu infect et elle a pris la fuite. Ensuite, elle a découvert qu'elle était tombée enceinte de moi. Elle a haussé les épaules. — Maman est orpheline, elle aussi, comme toi. Puis, en le regardant, elle a ajouté : — Ça doit être une malédiction de famille ?

— Tu n'es pas orpheline, a-t-il fait remarquer, et elle a souri.

— Non. Heureusement. Elle avait sa mère, et un cousin. Un cousin, grand et beau, et elle l'aimait bien. Et une grand-mère, aussi. Ce qui rendait tout plus facile, puisque son père s'était révélé être un homme difficile à cerner.

— Parle-moi un peu de ton enfance, a encouragé Charlie.

Elle a repris une gorgée de son thé. Le liquide avait refroidi, mais sa bouche était sèche d'excitation, alors elle l'a bu quand même. — Eh bien, après que Maman s'est enfuie de Papa, elle a vécu chez sa grand-tante, qui s'occupait de moi pendant que Maman terminait la fac. Pas que j'aie beaucoup de souvenirs d'elle, ce qui est triste. Mais on a Lorna maintenant et j'aime imaginer que ma tante lui aurait ressemblé. On a beaucoup déménagé après la mort de ma grand-tante.

— Alors, comment tu t'es retrouvée ici ? a demandé Charlie.

— À la fin de l'année dernière, on a encore déménagé. Elle n'a pas mentionné les ennuis dans lesquels elle s'était fourrée dans son ancien lycée. — Maman a grandi ici et elle a toujours voulu revenir travailler comme médecin volant dans la région. Je pensais que j'allais détester ça, mais non. Vivre à Blue Hills, c'est comme avoir une grande famille. J'aime les gens. J'aime les animaux. J'aime la terre.

— Je comprends pourquoi. Il s'est tourné vers les collines. — Ça a l'air tellement vide quand on arrive pour la première fois, mais ça ne l'est pas, hein ?

— Non. Mia laissa son regard glisser sur les pâtures. — D'ici, on dirait juste de la terre brune et des cailloux. Mais de près, c'est tout un autre monde.

Il lui a souri et ça lui a fait du bien. Son cousin. Il comprenait ce qu'elle ressentait. — Je commence à comprendre. Alors, Jock est arrivé à Blue Hills quand ?

Et aussitôt, Mia est redescendue sur terre. Comme s'il venait d'éclater une belle bulle arc-en-ciel brillante qu'elle avait soufflée avec un de ces petits anneaux au bout d'un bâton. Paf ! L'équivalent d'une douche froide en pleine figure. — Tu es en mission, pas vrai ?

Il a grimacé et elle a fait un geste de la main. Elle pouvait lui pardonner, vu qu'elle avait un cousin. Elle avait envie de rire et de taper dans ses mains, mais elle allait essayer de faire l'adulte.

Elle a pris une grande inspiration et s'est concentrée. Son père. — Il est venu quelques semaines avant mon dix-septième anniversaire. Il a débarqué un jour en cherchant du travail, et Soretta lui a donné un job pour aider Klaus à réparer des trucs et avec les moutons. On ne le voyait jamais ici, à la maison principale. Elle a haussé les épaules, mal à l'aise d'admettre que son propre père la mettait mal à l'aise. — Il y avait quelque chose chez lui qui me mettait mal à l'aise.

— Bon réflexe, a confirmé Charlie avec sympathie. — Même si notre grand-mère a continué d'espérer un rayon de soleil dans son nuage noir. Je ne pense pas qu'il se soit jamais vraiment senti heureux.

Elle a à peine entendu sa remarque. Elle voulait tout sortir pour ne plus avoir à y penser. — Quand j'ai dit à Soretta que je me sentais mal à l'aise, elle m'a réprimandée de ne pas l'avoir dit plus tôt et elle l'a fait partir ce jour-là. Mais il est venu jusqu'à la maison et c'est là que Maman a compris pour la première fois qu'il vivait ici. Ils se sont disputés, et il a menacé Maman, disant qu'il m'emmènerait avec lui quand il partirait, et alors Lorna a braqué le fusil sur lui.

— Lorna avait une arme ? La voix de Charlie n'était plus tout à fait aussi posée.

— Un fusil de chasse. C'est celui de Lachlan, ils sont tous les deux tireurs d'élite, mais il n'était pas chargé — sauf qu'on ne le savait pas à ce moment-là. Joseph a cru qu'il était chargé.

Charlie a ri doucement. — Je vois tout à fait Lorna faire ça.

Mia a hoché la tête. — Ensuite Daphne est arrivée aussi, et Soretta lui a dit de partir et de ne jamais revenir sinon elle appellerait la police.

Charlie a sifflé. — Des femmes sacrément coriaces dans cette maison. Il est parti ?

Mia a hoché la tête. — Ouais, il a filé dans sa grosse voiture en soulevant un nuage de poussière dans l'allée.

Elle s'est rappelé ce qui était arrivé ensuite et sa gorge s'est serrée. Elle a pris une grande inspiration puis une gorgée de thé.

— Ça va ? Il l'a regardée. — Ça te bouleverse qu'il soit parti comme ça ?

Elle a acquiescé, incapable de parler pendant un moment. Ce n'était pas son départ qui l'avait bouleversée. Même si elle le regrettait maintenant qu'elle savait que ça avait été sa dernière chance de lui parler.

— Lorna. Le souvenir de s'être retournée et d'avoir vu Daphne et sa mère agenouillées près de Lorna a traversé son esprit. La sensation de la poitrine fragile de Lorna sous ses propres mains.

— Qu'est-ce qui s'est passé ? La voix de Charlie était douce.

Elle s'est frotté les yeux comme si elle avait de la poussière dedans. — La sécheresse durait depuis longtemps. Son histoire s'est accélérée, les mots se bousculant. — On était presque à court d'eau, et il avait semblé qu'il allait pleuvoir toute la journée. Tu sais, ce genre de journée chaude, lourde, électrique. Quand Joseph est parti si violemment, tout le monde s'est effondré, et puis les premières gouttes ont frappé le toit et la poussière de la cour.

Elle se souvenait de ce bruit comme si c'était hier et pas il y a des mois.

— Juste un petit ploc doux et de petites bouffées de poussière quand les gouttes touchaient le sol. Elle a secoué la tête. Elle n'oublierait jamais ce moment. — Bref, c'est devenu plus fort et il s'est mis à pleuvoir pour de bon. Soretta riait et on a couru sous la pluie pour se faire tremper. On dansait quand on a réalisé que Maman, Daphne et Lorna étaient là aussi, et puis…, elle s'est interrompue, avalant la boule dans sa gorge, — puis Lorna était par terre. Elle regardait juste le ciel. Crise cardiaque. Elle a failli mourir. Elle a frissonné à ce souvenir. — C'était assez horrible.

— Bon sang. Charlie s'est passé la main dans les cheveux.

Mia, pourtant, était toujours dans le moment. — J'ai couru chercher la trousse de médecin de Maman. Soretta a appelé l'ambulance. On a fait du massage cardiaque à tour de rôle. Maman lui a fait une injection sous la pluie. Et puis…, Mia sentit de nouveau ses yeux la piquer et elle détourna le regard de la compassion sur le visage de Charlie, — puis Lorna a essayé de se redresser. Après que Lorna a failli mourir, Joseph Porter n'était le préféré de personne, alors je suppose qu'on l'a blâmé pour ça aussi.

— Et c'était la dernière fois que tu l'as vu ?

Mia a hoché la tête. — La dernière fois que je l'ai vu. J'aimerais avoir un bon souvenir de lui. Et je n'arrête pas de me demander s'il y avait eu le moindre moyen de faire sa connaissance.

Charlie a dit d'un ton doux — Bois ton thé.

Elle a pris une gorgée du liquide froid. — Parle-moi de notre grand-mère, a dit Mia ; sa gorge était encore serrée. Un nouveau sujet ferait du bien. N'importe quoi pour cesser de culpabiliser.

Charlie semblait comprendre. — Notre grand-père est mort il y a environ quinze ans. Il a fait une crise cardiaque. Mais contrairement à Lorna, personne n'était là pour le sauver, et Nonna est restée très déboussolée pendant un bon moment.

À l'improviste, les yeux de Mia se sont remplis de larmes. — C'est triste. Je ne le rencontrerai jamais.

Charlie a soupiré, un petit sourire tirant le coin de sa bouche tandis qu'il se laissait gagner par les souvenirs. — Je peux te dire que c'était un grand gaillard. Et gentil. Il croyait au meilleur chez les gens. Je pense qu'il espérait que Jock rentrerait un jour à la maison et se rangerait. Et peut-être qu'il l'aurait fait s'il avait eu plus de temps.

— Et ma grand-mère ?

Charlie lui a souri et Mia s'est sentie un peu mieux. — Nonna est grande comme toi, et tu as quelque chose d'elle. Il a soutenu son regard. — C'est une belle femme. Tu lui ressembles plus que je ne l'aurais cru.

Était-il en train de dire qu'elle était belle ? Mia a senti ses joues chauffer. C'était trop embarrassant. Elle s'est souvenue de lundi dernier. — C'est pour ça que tu connaissais mon prénom quand je t'ai vu la première fois ?

Il a souri largement. — Et ta mémoire est aussi affûtée que la sienne.

Elle se demanda ce que sa mère dirait. — Maman est au courant ?

— Oui. Depuis mercredi. Dès la première fois où je l'ai vue au travail, elle a compris. Elle a dit que je ressemblais à ton père. Ça la bouleverse et ça l'énerve que je sois ici. Et elle a voulu un peu de temps avant que je te le dise, pour s'habituer à l'idée. Je lui ai demandé si je pouvais te le dire moi-même, et elle a dit qu'elle attendrait jusqu'à aujourd'hui. Je n'en ai pas eu l'occasion avant maintenant.

Mia l'a observé. Il y avait eu deux ou trois moments où il aurait pu l'aborder, mais elle ne lui en voulait pas. Charlie était son cousin. Son cousin aîné. Elle n'arrivait toujours pas à croire qu'elle avait de la famille. Une autre famille. Une grand-mère ! Au lieu de tout ça, elle a dit — Alors c'est pour ça qu'elle reste chez Morgan plus que d'habitude ? Elle attend que tu me le dises ?

— Et il fallait que je le dise à Soretta.

Mia a hoché la tête. — D'où les feux d'artifice. Elle a marqué une pause. — Comment se fait-il que tu n'aies pas été éjecté de la station comme un boulet de canon ?

— On m'a dit que Lachlan prendrait la décision quand je le lui dirai. Ils ont tous les deux entendu des pas lents dans le couloir et Mia s'est levée. — Alors je te laisse faire. Le voilà.

# CHAPITRE ONZE

## *Tess*

TESS JETA UN COUP d'œil à Billie dès qu'elle passa la porte et l'attira vers une chaise à la table de la cuisine. — Pauvre Billie. Mia va bien. Elle sourit jusqu'aux oreilles et a hâte de te voir pour t'en parler.

— Vraiment ? Billie s'affala sur la chaise. — On ne peut pas dire que ça a été facile. Dur pour Morgan aussi, depuis que je loge chez lui. Ce matin, j'ai essuyé le plan de travail et j'ai renversé le sucrier deux fois. Morgan m'a dit que je ferais mieux de repartir à Blue Hills et d'abréger mes souffrances. Je l'ai presque rendu dingue à force d'essayer de me changer les idées après que Mia est rentrée à la maison du domaine. Ce que Charlie a dit à Mia. Ce que Mia en a pensé.

Tess prit une tasse et une soucoupe propres et poussa vers Billie la théière toute fraîchement infusée.

Billie la regarda. — Je ne devrais pas vraiment être surprise que tu aies saisi toutes les mines émotionnelles ici, mais bon, soutenir les autres, c'est ton travail. Tu es un amour et moi je suis ridicule. Puis elle se laissa aller sur sa chaise et fixa le vide pendant que Tess servait le thé que Billie n'avait même pas remarqué.

— Tu n'es pas ridicule. C'est un énorme bouleversement dans la dynamique de ta famille, dit Tess avec compréhension. — Lorna vient juste de filer sous la douche. Elle sera désolée de ne pas avoir été là pour toi.

— Lorna n'a pas besoin de mes états d'âme.

Tess eut un sourire. — Je crois que Lorna se nourrit de drame. Elle jeta un regard par la fenêtre de la cuisine. — Mia a pris l'autre quad et est allée voir Soretta. Lachlan et Charlie sont partis se promener. Charlie nous a parlé de son oncle juste avant de partir.

— Chère Tess, dit Billie. — Toutes les infos que je voulais sans avoir à demander. Elle laissa échapper un rire étranglé, né pour moitié de la frustration et pour l'autre sans doute de la peur irrationnelle de perdre sa fille.

Tess grimaça à ce son.

— Je sais. Billie se mordit la lèvre. — J'ai l'air hystérique. Et tu as dit la même chose que Morgan, il faut que je me calme.

Tess s'assit à côté d'elle. — Manifestement, la plus chamboulée, c'est Soretta. On ne l'a pas vue depuis que Charlie l'a mise au parfum.

Billie secoua la tête. — Ça ne m'étonne pas. Au moins, tout ne se passe pas comme sur des roulettes pour l'homme qui a bouleversé mon monde.

Tess sourit. — Vilaine, méchante Billie.

Billie esquissa un sourire penaud. — Je sais. Ce n'est pas sa faute, mais il va avoir du mal à se rattraper auprès de notre logeuse. Soretta place l'honnêteté au-dessus de tout. Il est arrivé quelque chose à son grand-père il y a quelques années, dont personne ici n'est au courant. À Tess, il sembla que Billie ne serait pas dévastée si Soretta mettait le nouveau pensionnaire à la porte. Puis elle le confirma. — Je suis surprise que Charlie soit encore là.

Tess voyait bien que, aux yeux de Billie, ça arrangerait quelques choses si Soretta le faisait partir. Billie finirait par admettre qu'il n'était pas juste d'en vouloir à Charlie pour les actes de son oncle. Mais elle n'en était pas encore là.

— Ne te méprends pas. Morgan m'a rassurée : il l'a passé au peigne fin et tous ceux qu'il a contactés n'ont eu que des éloges. Billie la regarda, un peu honteuse. — Ça n'avait certainement pas été le cas pour son oncle.

Tess ne savait pas comment aider. Le thé ne faisait pas effet. — Tu te sens de me parler un peu du père de Mia ?

Billie poussa un soupir qui semblait venir de très loin. — Il n'y a plus grand-chose à raconter. Le père de Mia est décédé il y a plus de deux mois et pourtant cet homme continue à me causer du chagrin et du stress. J'aimerais pouvoir tourner la page.

Elle enfouit la tête dans ses mains et prit une grande inspiration. — Qu'est-ce qui ne va pas chez moi ? Je tergiverse et je me laisse envahir par l'émotion au moment où je devrais être décisive.

Tess tendit la main et toucha l'épaule de Billie. — Tu penses que c'est une mauvaise chose que Mia ait retrouvé une grand-mère perdue de vue ? La question ne cherchait pas à juger si c'était bien ou mal ; elle traduisait surtout l'inquiétude de Tess quant à la façon dont Billie, en tant que mère de Mia, vivait ce fait.

— Non. Elle s'interrompit. — Bien sûr que non. Billie expira. — En fait, je crois que je m'y fais. C'est peut-être grâce à l'aide que mes amis n'arrêtent de me donner. Elle soupira. — J'aurais dû y penser plus tôt, mais j'étais tellement obsédée... Elle hocha la tête. — Oui, c'est le bon mot : j'étais obsédée par l'idée que Jock ne découvre pas l'existence de Mia. Je n'ai même pas pensé à sa famille. Ce n'était pas juste pour Mia ni pour eux.

Tess haussa légèrement les épaules. — Peut-être que les choses arrivent quand elles doivent arriver. C'est sans doute le bon moment pour que ça sorte au grand jour. Mince, elle commençait à parler comme Lorna.

— Il faut juste que je me le répète, seulement j'aimerais avoir ta sérénité. Billie enfonça les doigts dans son front comme pour faire taire son cerveau. — Je reviens toujours à Lorna. Si elle avait un petit-enfant perdu de vue, elle serait aux anges, donc je comprends que la grand-mère de Mia soit surexcitée et veuille la voir. Surtout qu'elle a probablement pleuré le comportement de Jock pendant des années.

Tess contempla sa tasse. — Je pense que tu as raison. Mais on sait tous que tu resteras toujours le phare dans la vie de Mia, et personne ne pourra te l'enlever. L'amour, c'est quelque chose qui se partage : plus tu le divises, plus il grandit, pas l'inverse. Que quelqu'un veuille ajouter encore de l'amour dans la vie de Mia, c'est une bonne chose.

On aurait dit que Billie essayait de s'en convaincre. — C'est vraiment vrai ?

Tess sourit. Elle aurait toujours dans le cœur cet amour particulier pour Victor, mais elle voyait bien qu'il y avait des possibilités de partager d'autres formes d'amour avec d'autres personnes. L'amitié était une forme d'amour et il y avait toujours de la place pour plus d'amis. Mia apprendrait à aimer sa grand-mère, mais garderait toujours un amour unique pour sa mère. — Est-ce qu'elle t'aime moins maintenant qu'elle te partage avec Soretta, Lorna et tout le monde ici ?

— Tu as raison. Bien sûr que tu as raison. Il faut juste que je me le répète. J'essaie de me souvenir de tout ce que Jock m'a dit au sujet de ses parents. Mais il n'y a pas grand-chose. Ce n'était pas son sujet préféré, donc peut-être qu'il culpabilisait à leur propos. Je ne sais pas. Je crois que son père est mort il y a longtemps.

— Tu es restée combien de temps avec cet homme qui a autant marqué ta vie, Billie ? demanda Tess avec prudence.

— Un an seulement. L'année la plus longue de ma vie.

— Tu veux en parler ?

— Non. Peut-être. Oh, je ne sais pas.

Tess n'a rien dit et a rajouté du thé dans la tasse de Billie. Soudain, les mots se sont mis à déferler. — J'étais flattée que cet homme plus âgé et séduisant veuille être avec moi. Elle a secoué violemment la tête. — Tellement aveugle. Quelle idiote.

Tess a souri. — On ne met pas une vieille tête sur de jeunes épaules. Et les hommes plus âgés peuvent être sexy.

Billie a marqué une pause, a réfléchi, puis a carrément ri. Tess a senti le soulagement quand la tension s'est relâchée dans la pièce et que l'atmosphère est devenue moins sombre.

— Oh mon Dieu. J'avais oublié ça. J'ai dû l'effacer de ma mémoire. C'était pour ça que Jock me plaisait ! Il *était* sexy. J'essayais de jongler avec ma première année de fac et je le désirais à en perdre la tête. J'ai quitté la maison de ma tante pour être avec Jock. Il détestait ma tante — je vois maintenant que c'était parce qu'elle ne lui faisait pas confiance, elle le perçait à jour — mais je ne voulais rien entendre. J'étais folle de lui.

— Comme les jeunes filles s'entichent des hommes plus âgés, a dit Tess d'un ton philosophe. — Mais ça finit par passer.

— Toi, Tess, tu es bien trop raisonnable pour ton âge, a déclaré Billie. — Bref, il serrait les dents chaque fois que je voulais aller voir ma tante, ou mes amis. Il lâchait une pique et les descendait pour essayer de me contrôler, alors qu'en réalité le problème, c'était lui, et ça finissait toujours en dispute si j'y allais. Elle a secoué la tête en repensant aux batailles qu'elle avait perdues.

— Alors, à la fin, je n'allais plus voir personne. J'ai perdu le contact avec mes amis, je filais à la maison en sortant de la fac parce que si j'arrivais en retard, il m'accusait d'avoir été avec d'autres hommes. Il chronométrait même la durée du trajet pour être sûr que je ne m'étais arrêtée nulle part en chemin.

Tess observait Billie lutter de nouveau contre l'agitation et elle avait envie de l'arrêter. Mais peut-être que Billie avait besoin de mettre des mots dessus pour pouvoir enfin lâcher prise. Peut-être avait-elle besoin d'une thérapie structurée avec une vraie psychologue pour pouvoir extirper tout ça une bonne fois pour toutes. Ou au moins de voir que les réactions physiques qu'elle avait maintenant venaient du passé.

Billie a continué. — Bref. C'étaient tous des signes classiques de violence conjugale qui n'avaient jamais vraiment tourné au physique jusqu'à la toute fin.

Puis Lorna est apparue à la porte de la cuisine, auréolée d'une odeur de savon à la lavande. Elle a posé sur le visage pâle de Billie un seul regard scrutateur et a tout de suite compris. — Tu parles de cet homme ? Les yeux de Lorna se sont plissés. — J'aurais aimé l'abattre.

Tess a cligné des yeux. Elle a fixé Lorna et s'est souvenue de fermer la bouche.

Billie a souri en coin. — Le pistolet était vide, souviens-toi, Lorna. Tess a vu Billie se frotter les bras pour chasser la chair de poule qui venait de se lever sur sa peau.

Lorna a regardé Tess et a désigné la tasse de Billie. — Je prendrai la même. Et à Billie, — Maintenant, bois ton thé. Ta fille sera bientôt de retour et voudra avoir une bonne discussion.

Tess a vu le moment où Billie a admis que Lorna, elle aussi, comprenait ses inquiétudes et ne la jugeait pas non plus. Billie a poussé un grand soupir. — Et si elle voulait aller voir sa nouvelle grand-mère ? Et si elle était comme Jock ?

Lorna s'est assise et a tapoté la main de Billie. — J'aime bien Charlie. Il n'est pas comme cet homme, et ça ne me dérange pas du tout de dire du mal des morts.

Elle a remué le thé que Tess lui avait versé et lui a adressé un sourire de conspiratrice. — Et je pense toujours que Charlie serait bien pour Soretta.

Tess les a laissées à leur conversation. La vie avait toujours réservé des surprises, et dans son métier certaines étaient très désagréables. Comme le cancer.

Les mauvaises relations, c'était un peu comme le cancer. Soit on traitait la maladie jusqu'à guérison, soit il fallait exciser la relation quand elle était devenue malsaine.

Billie avait fait cela au bout d'un an, et pourtant ses cicatrices avaient duré presque deux décennies. Tess ne pouvait qu'imaginer à quel point il devait être difficile de vivre avec la crainte constante qu'un homme dangereusement manipulateur découvre qu'il avait une fille. Puis, toutes ces années plus tard, en apprenant qu'il était mort, Billie devait composer avec la culpabilité et se demander si elle avait bien fait d'exclure toute sa famille de la vie de sa fille.

Tout le monde avait ses soucis et ses préoccupations. Tess avait découvert de nouveaux problèmes qui pouvaient toucher les gens ici, dans cet avant-poste isolé. Sans la maison pleine de souvenirs qu'elle avait partagée avec son mari et sans les visages familiers de ceux qui avaient été amis à la fois avec elle et avec Victor, elle avait commencé une nouvelle vie, mais elle avait encore un long chemin à parcourir.

Ses pensées ont dérivé vers son travail, et vers Jill qui se préparait à conduire jusqu'à Adélaïde demain. La jeune maman avait parlé à Tess et confirmé qu'elle avait décidé de subir une mastectomie.

Tess a essayé d'imaginer la pression que cela devait mettre sur Jill et Ron pendant qu'ils organisaient leurs enfants et leur promettaient avec entrain qu'ils allaient chez Grand-mère à Adélaïde pendant une semaine, parce que Maman devait se faire opérer. Ils n'avaient pas prononcé « le mot en c ».

Jill avait dit qu'elle n'arrivait pas à imaginer des enfants de quatre et six ans intégrer ça, mais Tess avait vu des enfants assimiler pire.

Cependant, c'était à Jill et Ron d'en décider. Tess ne pouvait qu'être heureuse que Jill ait sa mère en renfort à Adélaïde, ce qui lui a rappelé qu'elle devait appeler Agnes, qui n'avait pas de renfort sur sa station, lundi. Et peut-être Rita, pour vérifier qu'elle s'était remise du choc quand Gwyn avait frôlé le pire. S'installer à Mica Ridge et à Blue Hills n'avait certainement pas été un long fleuve tranquille pour beaucoup de ses nouveaux amis, ni pour elle-même.

# CHAPITRE DOUZE

## *Soretta*

LE DÎNER, CE SOIR-LÀ, devint une corvée dont Soretta souhaitait ardemment voir la fin. Elle refusa d'adresser la parole à Charlie.

Billie et Tess l'observaient, elle et Charlie — et ne s'en cachaient pas vraiment. Mia lançait des yeux doux à travers la table pour que Soretta lui pardonne, parce que tout le monde voyait bien qu'elle était aux anges d'avoir un nouveau grand cousin. Grandad avait laissé tomber Soretta en ne l'expulsant pas, comme elle l'avait espéré. Et maintenant, Lorna n'arrêtait pas de dodeliner de la tête, façon viens-ici-pour-Charlie, au point qu'elle se demanda comment sa tête violette tenait encore.

*Qu'on m'épargne*, grommela-t-elle pour elle-même, et elle plissa les yeux vers Charlie quand il ne regardait pas. Elle détestait les menteurs et Grandad le savait.

Pas de chance, l'intéressé se retourna et capta le message, mais au lieu d'exploser comme un eucalyptus frappé par la foudre, ses yeux gris-vert se plissèrent et il lui rendit son sourire.

Le grincement la prévint qu'elle serrait les dents. Il était carrément en train de se moquer d'elle. D'elle !

— Euh, Trent a dit qu'un de ses amis, Wally, s'est fait attraper avec du crystal meth. La voix de Mia sonnait un peu étranglée, comme si elle venait de plonger dans une eau glacée, et la table se tut à ses mots.

Soretta cligna des yeux. — Quoi ? Le mot sortit plus tranchant qu'elle ne l'avait voulu et, à côté d'elle, Lorna sursauta. Elle passa la main sous la table et tapota la jambe de Lorna en guise d'excuse. Qu'est-ce qui n'allait pas chez elle ? Il fallait qu'elle se ressaisisse. — Désolée, dit-elle à l'ensemble de la tablée. — J'ai été surprise. Je lis pas mal de choses sur la drogue et la hausse de la criminalité. Encore des gens à qui on ne peut pas faire confiance, pensa Soretta. — Trent a besoin de nouveaux amis.

— Je connais Wally, moi aussi, dit Mia d'un ton ferme. — Je le trouve gentil. Il a un an de plus que moi et il prenait le bus pour rentrer. — Il a dit qu'un type le lui avait refilé dans un pub.

On ne lui avait jamais proposé de drogue. Mais, en même temps, elle ne traînait presque jamais dans les pubs. N'empêche. Dans leur ville ? — Dans quel pub ?

Mia détourna le regard. — Tu pourrais demander à Trent.

La voix de Charlie s'imposa avant qu'elle ait le temps de formuler sa prochaine question. — Des réseaux de crystal meth frappent aussi les petites villes de toute l'Australie-Méridionale. Des familles honnêtes perdent leurs fils et leurs filles et deviennent victimes d'une criminalité violente. C'est bien plus répandu qu'on ne l'imagine.

Lorna frissonna. — Je suis contente qu'on vive hors de la ville.

Charlie secoua la tête, l'air étonnamment sombre. — Les fermes isolées ne sont pas sûres non plus.

Soretta regarda le visage de Lorna se plisser d'inquiétude. Beau travail. Faisons peur à la vieille dame. C'était quoi, ça ? Un oiseau de mauvais augure venu détruire leur paix ? Ou seulement la sienne ? C'est à ça que sert la police. — Il faut coincer les têtes pensantes et les traiter si sévèrement que les autres comprennent le message.

Charlie acquiesça, mais en rajouta une couche. — Malheureusement, ce sont les petites mains, piégées pour être impliquées, qui se font prendre. Les vrais criminels, tout en haut, continuent de recruter d'autres personnes comme l'ami de Trent.

Pas tant qu'elle serait là. — En haut comme en bas, on trafique avec la tromperie et la malhonnêteté. Ils méritent tous d'être arrêtés et punis avec toute la rigueur de la loi. Elle le scruta de près. —

Quiconque ment pour son profit mérite d'être condamné. Peu à peu, elle réalisa que la table s'était de nouveau tue et que tout le monde avait cessé de manger. Quoi ?

Charlie se leva. — Peut-être que tu préférerais qu'on en parle dehors, Soretta ?

Elle n'avait pas voulu que cela devienne personnel. Si ?

Avant qu'elle ait pu dire quoi que ce soit, la voix de son grand-père tomba sur elle. Son ton était ferme. — Je pense que c'est une bonne idée. Veuillez poursuivre cette conversation en privé.

Soretta regarda son assiette. De toute façon, elle jouait avec sa nourriture, et de toute évidence elle mettait les autres mal à l'aise. Comment s'était-elle retrouvée en tort ? Ou bien avait-elle tout monté en épingle parce qu'il l'avait tellement déçue ?

— Très bien. Sa chaise racla le sol et Lorna grimaça à côté d'elle. Un souffle lui échappa et elle se pencha pour enlacer la vieille dame. — Désolée. Elle déposa un baiser dans ses cheveux violets, jeta un coup d'œil à son Grandad, qui hocha la tête avec approbation, et se faufila en frôlant les larges épaules de Charlie tandis qu'il tenait la porte moustiquaire ouverte.

Putain. Et c'était une douce soirée, la lune presque pleine et les pâtures doucement baignées de la pâle lueur du ciel. Ça aurait dû être l'orage, des éclairs et un vent à décorner les bœufs. Comme par hasard. Elle resta immobile et ses ongles s'enfoncèrent dans ses paumes tandis qu'elle essayait de se calmer.

Charlie jeta un regard de son côté puis vers la cour de la maison. — Tu es aussi inflexible que ce piquet d'angle là-bas.

Elle tourna la tête. — Je ne suis pas d'humeur pour les énigmes. Il ne pouvait pas être direct, celui-là ? Pourquoi un piquet ? — Ça veut dire quoi, que je suis en bois ?

— Ça veut dire que tu as les deux pieds plantés, prête à encaisser tout ce que je pourrais avancer pour ma défense. Il hocha la tête en direction des pâtures baignées de lune. — Tu veux aller marcher ?

La lune montante donnerait assez de clarté pour se promener et elle ne se voyait pas rester immobile avec toute cette frustration qui bouillonnait en elle. Elle acquiesça d'un signe et s'assit sur le banc pour enfiler ses bottes.

Charlie s'assit sur la chaise à côté pour faire de même.

— Je m'excuse de ne pas t'avoir expliqué pour mon oncle, dit-il. Court et direct. Mais ça ne réparait rien.

Elle lui lança un regard noir et serra les lèvres.

— Oui. Il se gratta la gorge et ajouta d'une voix douce : — Je vois que ça te tient à cœur.

Et comment. Ils se levèrent en même temps et elle tapa des pieds dans ses bottes pour les caler. Ça faisait du bien de taper, et elle ne s'en priva pas.

Évidemment, les chiens les rejoignirent en bas des marches et ils tendirent tous deux la main pour gratter des oreilles poilues. Soretta s'engagea dans l'allée à bonne allure, mais Charlie la suivit sans peine, raccourcissant ses longues enjambées pour s'ajuster aux siennes.

Il parla dans la nuit sans tourner la tête. —Tu veux bien me dire pourquoi tu as choisi la tromperie comme le pire des péchés ? S'écarter de la vérité, ce n'est pas bien, mais, sur ma liste des maux, la violence serait pire.— Même dans la faible lumière, elle voyait son profil fermé. Il continua. —Je parie que quelqu'un t'a laissée tomber ?

Oui. Quelqu'un avait laissé tomber elle et Grandad. —La propriété.— À sa propre stupéfaction, les mots lui échappèrent. Mince, elle n'avait pas eu l'intention de lui dire quoi que ce soit.

Un long silence suivit ; seuls résonnaient le crissement et l'éparpillement des cailloux sous leurs pieds et le bruissement dans les buissons d'atriplex, tandis que les chiens fouillaient chaque ombre et chaque branche.

—Et la propriété ?— insista-t-il.

—Je l'adore.— Elle fit un geste ample, englobant les paddocks, le ciel constellé d'étoiles, la terre accidentée sous leurs pieds. —C'est mon monde, ici.— —Regarde ce ciel.— Ils levèrent tous les deux les yeux. L'épaisse poussière d'étoiles de la Voie lactée formait un arc au-dessus d'eux. La Croix du Sud, Orion, les planètes à l'horizon. Elle avait toujours eu le sentiment que la grandeur du ciel nocturne était trop belle pour les mots. Sa voix baissa. —L'an dernier, pendant la sécheresse, on a failli tout perdre. J'ai failli perdre Grandad et la propriété aurait été perdue quand les banques auraient procédé à la saisie.

Sa voix à lui se fit douce. —Quel rapport avec la malhonnêteté ?

Elle soupira. Si elle expliquait, il comprendrait peut-être et, qui sait, en le disant, elle parviendrait à lâcher les derniers lambeaux de colère qui la rongeaient. —Il y a quelques années, lors de ma dernière année à l'internat, après la mort de ma grand-mère, mon grand-père avait un ouvrier de la propriété pour l'aider.

Elle renversa la tête. —Oh, il aidait énormément. Il assumait plus de la moitié de la charge de la propriété. Grandad lui faisait confiance, dépendait de plus en plus de lui, l'avait promu contremaître — et je crois qu'au fond il espérait que lui et moi finirions par former une équipe et peut-être même par nous marier. Quand je rentrais de l'école pendant les vacances, je l'aimais bien, moi aussi. Je lui faisais confiance et j'étais vraiment contente que Grandad ait de l'aide.

Elle haussa les épaules. —Puis, quand j'ai fini l'école, la veille de mon retour à la maison, il est parti.— Elle se rappela l'horreur de son arrivée, d'abord follement heureuse de pouvoir désormais rester à la maison, la tête pleine d'idées pour améliorer la terre grâce à ses études agricoles — complémenter l'eau, gestion des paddocks et stratégies de barrages — mais à la place, elle avait trouvé son grand-père, la tête entre les mains.

—Mon grand-père est un dur. Il n'a pas pleuré aux funérailles de ma grand-mère. Mais il a pleuré quand il a dû me dire qu'on devrait peut-être vendre la propriété parce que cet homme avait volé toutes nos économies. Il avait fait des ardoises partout en ville au nom de Grandad, et s'était enfui avec un camion chargé de matériel.

—Putain.— Charlie s'arrêta. —Salaud,— jura-t-il. —Je suis désolé.

—Ouais.— Elle entendit l'amertume dans sa propre voix et elle savait que cela aurait peiné son grand-père. Il avait été plus bouleversé de devoir le lui dire que par l'événement lui-même. Plus philosophe qu'elle ne le serait jamais, il lui avait répété tant de fois de laisser tomber.

Et elle avait essayé. Parfois, elle arrivait même à oublier la douleur du passé, le départ de sa grand-mère, la laissant, elle et Grandad, et combien elle avait essayé de prendre la relève, avec autant d'amour et de bon sens. Mais elle n'arrivait pas à cesser de haïr cet homme d'avoir fait du mal à son grand-père et, au final, d'avoir presque fait perdre son héritage. Alors oui, elle détestait viscéralement les gens malhonnêtes.

—Alors on s'est serré la ceinture, on a économisé, on a travaillé, on a réussi à tenir la banque à distance, on n'a pas fait les améliorations dont on savait qu'elles construiraient l'avenir et puis la sécheresse a frappé.— Elle secoua la tête et expira pour chasser le stress ressurgi. —Sans Daphne et les pensionnaires après l'accident de Grandad, cet endroit n'existerait plus.

La voix de Charlie descendit d'au-dessus de sa tête. —Et puis je suis arrivé et je t'ai rappelé qu'on ne pouvait pas faire confiance aux hommes.

Elle lui lança un regard noir. —Toi et ton oncle.

Ce fut au tour de Charlie d'expirer longuement. Le silence retomba entre eux et Soretta se rappela de regarder autour d'elle et de se calmer. Elle inspira volontairement une grande bouffée d'air et la relâcha lentement, comme Daphne le lui avait montré un jour où elle était bouleversée.

Puis il changea de sujet. —Alors, à part ton amour de la terre, qu'est-ce que tu fais pour t'amuser ?

Elle cligna des yeux. Quel rapport ? —Je m'amuse.

Dans la clarté vive de la lune, elle distingua chez lui une incrédulité presque comique. —Ouais ? Quand ?

Elle haussa les épaules. Chercha l'inspiration du regard. —C'est amusant de rabattre les moutons en quad.

Il s'arrêta. —Non. Ça, c'est kamikaze.— Sa main désigna le sol à leurs pieds. Ils avaient obliqué à travers le paddock et des pierres et des branches biscornues gisaient partout comme de petits mammifères dans la lumière lunaire rasante. —Tu en heurtes une de travers et tu passes par-dessus le guidon.

Comme Grandad l'avait fait. —Non. C'est amusant.

Il se remit à marcher. —Je parle du genre de plaisir où tu t'habilles, tu écoutes de la musique, tu manges des plats que tu n'as pas eu à cuisiner toi-même, ce genre de plaisir.

Ça ne l'intéressait pas vraiment. —Je faisais ça à l'école. Ce n'est pas ma définition du plaisir, et pourquoi ce serait la mienne juste parce que c'est celle des autres ? J'aime mieux être ici.

Il ne dit rien. À contrecœur, elle ajouta : —Parfois, Mia et moi, on va aux gymkhanas. On dort dans la remorque à col de cygne ou au motel le plus proche.

—D'accord.— Il hocha la tête, comme si c'était déjà ça. —Tu concours ?

—J'essaie. Mais j'aime gagner et je n'ai pas le temps de m'entraîner.

Elle sentait son regard sur elle. Si elle regardait, elle aurait parié qu'il souriait.

—J'aimerais te voir faire ça un jour.

—Pourquoi ?— Sa légère amélioration d'humeur s'évanouit. —Tu vas partir maintenant que tu as obtenu ce que tu voulais. Tu as fini de fouiner.

Elle le surprit à jeter un coup d'œil à la lune comme pour y chercher l'inspiration. Tant pis. Qu'il fasse avec la vérité. Elle avait bien dû s'y faire.

Il fit deux longues enjambées en avant et elle crut qu'il avait décidé de la semer, mais au lieu de cela, il pivota et se planta devant elle, l'obligeant à s'arrêter. Elle ne parvenait pas à lire son visage dans l'ombre. Sa voix vibra, basse, mais avec une inflexibilité qu'elle ne lui connaissait pas. Charlie s'était mué en un homme au noyau d'acier insoupçonné.

— Je ne fouine pas, je respecte les volontés de ma grand-mère. En plus, j'étoffe vraiment mes compétences de pilote, tout en aidant des gens en détresse et en les transportant vers des soins. Je vois des inconnus meurtris et amochés apaisés et pris en charge avec compassion par des infirmières et des médecins extraordinaires. Il se tapa la poitrine. — C'est moi qui les transporte vers les soins, aussi vite et aussi sûrement que les distances par ici le permettent. À toute heure du jour comme de la nuit, et j'en suis honoré. J'avais peut-être prévu d'être ici trois mois, mais je ne fais pas que dépanner — je me donne à cent pour cent. Il fit une pause, comme s'il se reprenait en main. Puis, d'une voix plus douce, il dit — Essaie de ne pas être si négative.

Waouh. Ça avait été une tirade à laquelle elle ne s'était pas attendue. Alors, il s'était laissé happer par son boulot. Tant mieux pour lui. Et elle n'était pas négative ! De toute façon, elle devait bien admettre qu'elle se sentait un peu mieux de lui avoir parlé de l'homme qui leur avait volé leur sentiment de sécurité. Le fait que Charlie ait partagé son véritable engagement envers son travail aidait aussi. Mais cela ne voulait pas dire qu'il était totalement pardonné. — Eh bien, si tu me sers encore un seul mensonge, je te ferai déguerpir d'ici si vite que tes grands orteils dans tes chaussettes trouées ne toucheront même pas le sol. Même si mon grand-père ne le fait pas.

Il s'arrêta de nouveau. Jeta un coup d'œil à ses pieds dans ses bottes, puis à elle. Elle pensa qu'il allait la taquiner, mais au lieu de ça, il tourna le visage vers le sien et chercha ses yeux jusqu'à capter toute son attention. D'un sérieux mortel.

Sur un ton posé, il dit — Je ne te mentirai plus, Soretta, je te le promets. Mais j'emmènerai Mia rencontrer ma grand-mère.

— Très bien.

Il la regarda en fronçant les sourcils et elle sentit son exaspération. — Si tu avais une grand-mère, quelqu'un comme Lorna, même si ma nonna n'est pas comme Lorna — Il eut un sourire à cette idée et l'homme aux yeux gris rieurs qu'elle voyait d'habitude réapparut. Au clair de lune, elle pouvait être honnête avec elle-même et admettre que cet homme-là lui plaisait.

Il reprit. — Ce n'est pas pour dire que je ne pense pas qu'elles s'entendraient comme larrons en foire. De toute façon, si tu avais une grand-mère perdue de vue depuis longtemps, tu voudrais la rencontrer. Et Mia veut la rencontrer.

Dit comme ça, elle était peut-être même un peu jalouse que Mia se trouve une nouvelle grand-mère. — Alors, comment vas-tu l'emmener là-bas ?

Elle vit ses larges épaules bouger dans le clair de lune. — Je louerai un avion et je l'emmènerai là-bas pour la journée.

— Tu vas juste louer un avion ?

— Bien sûr. Si Billie dit que c'est bon. Pas avant deux ou trois semaines, cela dit. J'attendrai l'un de mes longs week-ends de repos prévus au planning. Tu voudrais venir ?

— Non ! La réponse jaillit d'elle, réflexe.

Il éclata de rire. Renversa la tête en arrière et rit. Il eut du mal à se contenir puis jeta un coup d'œil vers elle avant de repartir. Enfin, il reprit assez son souffle pour dire — Tu me fais mourir de rire.

— Évidemment. Elle donna un coup de pied dans un caillou, de dépit, mais au fond, tout au fond de sa poitrine, une étincelle d'amusement se changea en bulle et, contre toute attente, elle eut du mal à garder un visage impassible. Ça sonnait plutôt bien quand il riait. Son visage devenait franchement intéressant, même si, de toute façon, c'était un visage pas trop pénible à regarder. Sauf quand il ne disait pas la vérité. Mais il avait promis de ne plus faire ça et elle le croyait. Peut-être.

Il s'arrêta et la fixa au clair de lune. Comme s'il la voyait pour la première fois. Elle s'arrêta, elle aussi. — Quoi ?

— J'emmènerai Mia chez ma grand-mère en avion quand Billie dira que c'est bon. Tu voudrais venir avec nous ?

Pour une raison ou une autre, elle ne put pas dire non cette fois. — J'y réfléchirai.

Il lui adressa un large sourire. — Pas si dure à cuire que ça, finalement.

Elle se remit en marche. — Épargne-moi.

# CHAPITRE TREIZE

*Tess*

LES DEUX SEMAINES SUIVANTES ont filé tandis que Tess s'installait peu à peu dans une routine à son bureau. Plus lentement encore, elle s'est coulée dans l'univers de familles habituées à être incroyablement autonomes et pas tout à fait sûres d'avoir besoin d'aide. Mais après ses premiers contacts en face à face, on l'a accueillie à chaque fois pour une seconde visite. Sauf avec Agnes. Elle n'avait pas encore fait cette première visite à l'exploitation d'Agnes, même si les coups de fil devenaient plus chaleureux.

Agnes pouvait se montrer presque aimable pendant la moitié d'un appel, mais à la fin elle redevenait impatiente. Tess devait continuer d'affiner l'art de garder les conversations brèves sans se perdre en bavardages qui agaçaient Agnes. Au moins, elle pouvait maintenant raccrocher en souriant, ce qui valait mieux que d'avoir l'impression d'avoir le bonnet d'âne.

Jill est rentrée d'Adélaïde après son opération, pâle et mal à l'aise, et Tess avait pris l'avion avec Hector pour lui retirer ses drains et vérifier que sa plaie avait cicatrisé comme prévu. Tess avait remarqué que Ron s'occupait d'elle avec une intensité féroce, née de la peur de perdre sa meilleure amie et bras droit, tandis que Jill lui avait confié ne s'être jamais sentie autant appréciée. Sa mère était arrivée pour aider avec les enfants pendant que Ron prenait Jill en charge avec une grande tendresse. Tess se demanda si Victor aurait été aussi incroyable, et se sentit coupable d'avoir seulement eu cette pensée. Mais l'émotion dominante restait le soulagement pour Jill, avec juste une pointe de tristesse pour sa propre perte.

Pendant le vol du retour, Hector avait montré des repères et raconté une ou deux petites anecdotes comme s'il cherchait à lui remonter le moral. Et une fois, elle l'a surpris à la regarder avec inquiétude. Hector était devenu par moments ce type taquin et drôle, ce à quoi elle ne s'attendait pas.

— Ça va, Hector. Tu n'as pas besoin de t'occuper de moi. Je vais bien.

— C'est ce qu'on fait les uns pour les autres, ici, dit-il simplement, et Tess entendit la sincérité dans ses mots et cette gentillesse qui semblait faire tellement partie des gens avec qui elle travaillait.

Oui, c'était vrai. Elle lui a souri. — Merci.

Plus tard ce lundi matin, Tess est montée à l'étage, dans la salle de contrôle, pour vérifier ses vols de la semaine à venir. La porte s'est ouverte et elle a fait un signe à Rex, qui avait été dehors toute la nuit et avait commencé plus tard. Le pilote en chef est entré avec son déjeuner et a commencé à le ranger méthodiquement dans le frigo.

Un petit pincement d'inquiétude fit s'arrêter Tess dans sa prise de notes sur le tableau et la poussa à le rejoindre. Rex n'arborait pas son visage matinal habituellement détendu.

— Tout va bien, Rex ?

Il a cligné des yeux et s'est recentré, et elle a bien vu qu'il avait forcé son sourire. — Salut, Tess. Oui. Ça va. Son sourire s'est éteint. — Daphne ne se sent pas très bien ce matin. Je n'aime pas la laisser. Elle dit que je suis trop protecteur.

Tess lui a touché l'épaule. — Je trouve que c'est plutôt normal d'être protecteur quand on est jeune papa avec sa toute nouvelle épouse. Surtout quand elle attend des jumeaux. Tu penses qu'il y a un problème ?

Il a grimacé. — Je ne suis pas censé embêter les gens au boulot avec des broutilles.

Tess a jeté un coup d'œil de l'autre côté de la pièce où Billie et Morgan étaient plongés dans une discussion au sujet d'un patient. Au bout de quelques secondes, Billie a levé les yeux et Tess a lancé un regard significatif vers Rex. Billie a froncé les sourcils. Elle a dit quelque chose à Morgan et a traversé jusqu'à eux.

Sans préambule, Tess a dit : — Rex se fait du souci pour Daphne. Elle ne va pas bien.

Rex a soupiré. — Elle a dit de ne déranger personne.

— J'entends bien Daphne dire ça, dit Billie en se décalant jusqu'à se planter juste devant Rex pour qu'il la regarde vraiment. — Je suis médecin et ton amie. Parle-moi.

Il a haussé les épaules et soupiré. — Rien sur quoi je puisse vraiment mettre le doigt. Elle ne dort pas et elle s'est mise à se frotter le dos, mais elle dit que tout va bien. Je trouve que son ventre a l'air luisant et plus tendu que ça ne devrait. Mais elle pense que c'est normal avec des jumeaux.

Tess a vu Billie plisser du nez. — Daphne est sage-femme. Elle devrait savoir.

— C'est ce qu'elle ne cesse de me répéter. Il a fait une grimace et a jeté un regard à Morgan, qui s'était concentré sur une conversation au téléphone. — Elle a mauvaise mine, dit-il à Billie. — Et depuis quand les médecins et les infirmiers consultent-ils tôt pour leurs propres complications médicales ? J'ai vu Morgan se tordre de douleur et jurer à cause d'une épaule pendant des jours avant de passer une radio.

Ils se sont tous tournés vers l'homme qui avait pris une si grande place dans la vie de Billie. Il était assis sur le bureau, une longue jambe battant l'air. Ses sourcils se sont levés, interrogateurs, quand il les a surpris en train de le fixer. Alors Billie lui a souri et il a souri aussitôt. Elle s'est tournée vers Rex. — Elle était cassée, cette épaule ?

Rex a levé les yeux au ciel. — Évidemment. Il s'est frotté la nuque, ses pensées revenant à Daphne. — Au moins, elle voit l'obstétricien vendredi, donc j'imagine qu'on va attendre jusque-là.

Billie a plissé le front. — Et si Tess et moi on passait en rentrant, cet après-midi ? Juste pour lui prendre la tension artérielle et vérifier son état général. Une visite amicale.

— Elle saura que j'ai parlé. Mais le froncement de sourcils de Rex s'était atténué.

Tess a souri. — Et alors ? Qu'elle te fasse un procès.

— Merci, Billie. Il a jeté un regard à Tess. — Merci, Tess, d'être allée chercher Billie. Je me sentirais mieux avec un autre avis.

Billie lui a touché le bras. — C'est à ça que servent les amis.

La porte s'est ouverte en grand et Charlie et deux infirmiers de bord sont entrés ensemble. Ils souriaient jusqu'aux oreilles à une blague qu'ils venaient de partager, et Tess a vu Billie esquisser presque un sourire à leur rire masculin qui est entré avec eux par la porte. Alors peut-être que Billie pensait moins à Jock et voyait davantage Charlie pour lui-même. Tess l'espérait. La tension que cela engendrait mettait tout le monde mal à l'aise.

Tess appréciait Charlie un peu plus à chaque fois qu'elle le voyait. D'une façon platonique. Elle voyait bien son intérêt pour Soretta, même si elle n'était pas sûre que Soretta lui ait déjà pardonné.

Billie avait bien perçu sa droiture, et les infirmières disaient qu'elles l'avaient trouvé utile et prompt à aider. De toute évidence, Lorna avait été conquise et Morgan comme Daphne avaient tous deux mentionné être impressionnés par ses talents de pilote.

Tess, surtout bluffée par sa cuisine, avait retrouvé son amour de la bonne chère qu'elle avait perdu après la mort de Victor, parce que le vendredi soir, quand Charlie cuisinait, c'était diablement trop bon pour ne pas manger et se régaler.

Elle le regardait à présent tandis qu'il rejoignait Morgan, qui était le médecin de garde prenant les appels de la journée. On aurait dit qu'il avait toujours été là. Détendu, et pourtant traversé d'une énergie contenue qui disait qu'il serait prêt à agir en une fraction de seconde.

Billie et Rex devaient s'envoler pour Boorenji pour une journée de tournée médicale. L'infirmier de vol les accompagnerait pour des vaccinations et, plus tard, quand l'équipage suivant serait revenu, Tess et Charlie partiraient voir une femme qui venait de rentrer chez elle après avoir terminé sa chimiothérapie, ainsi que Rita à Pallinup Station, encore une fois.

Tess avait compris à quel point l'accès téléphonique à un médecin était important pour les gens sur les stations d'élevage éloignées. On ne pouvait s'empêcher d'entendre les appels, car si une urgence survenait tout le monde s'y mettait pour que l'équipe d'intervention puisse se préparer à partir le plus vite possible.

Pour les appels moins urgents, une femme de ranch qui vivait à deux heures ou plus du médecin le plus proche pouvait s'épargner quatre heures de route pour une ordonnance quand l'otite de son fils l'avait tenue éveillée toute la nuit. Tess avait vu combien le fait de connaître cette voix au fil des petites consultations aidait énormément quand il fallait s'y accrocher en attendant du secours lors de grosses urgences. Comme Jill et Ron, qui se sentaient en confiance avec Billie. Le système fonctionnait et Tess se considérait extrêmement chanceuse de faire, à sa modeste échelle, partie de cette équipe dévouée.

Aujourd'hui, Morgan assurerait le triage, évaluerait l'urgence, offrirait des conseils et des consultations au téléphone pour les problèmes qu'on pouvait gérer à distance, en utilisant souvent l'armoire à pharmacie du foyer, dont l'un des occupants de la propriété isolée gardait les clés.

Tess l'avait entendu prescrire des antibiotiques ou des crèmes, proposer des antalgiques ou des antihistaminiques tirés de l'armoire bien fournie jusqu'à ce que l'état s'améliore ou qu'ils puissent voir le médecin.

En cas d'urgence majeure, comme une douleur thoracique, commander des médicaments spécialisés du kit pouvait sauver une vie jusqu'à l'arrivée de l'aide sous la forme de l'infirmier de vol. Dans les urgences extrêmes, le médecin et l'infirmier arrivaient tous les deux pour évacuer le patient.

Morgan était déjà en ligne avec un appel quand le téléphone d'urgence sonna de nouveau. Billie retourna à son bureau pour répondre à celui-ci à sa place.

— Base de Mica Ridge, docteure Billie.

Billie avait confié une fois à Tess que ça la faisait grimacer de le dire, mais c'est ainsi que les locaux l'appelaient et elle avait pris l'habitude de se présenter comme ça à la radio, même si elle se sentait un peu bête. Morgan lui avait dit que les patients devaient savoir qu'ils parlaient à un médecin, donc elle ne pouvait pas supprimer l'appelatif.

— Ici June, à Wing Nut Station, docteure Billie. C'est à propos d'un des jackaroos, Congo. Il est tombé du quad et un bout d'os sort de sa jambe.

Billie grimaça et jeta un coup d'œil à Tess, qui aurait dû partir mais ne l'avait pas fait.

Billie dit, — Ça n'a pas l'air joli, June. Tess se mordit la lèvre pour retenir un sourire devant cet euphémisme prudent et vit que Charlie s'était rapproché d'elle. Puis lui et Rex se dirigèrent résolument vers la grande carte murale et Rex posa le doigt sur la station en question.

— D'autres blessures ? demanda Billie en commençant à taper à l'écran.

— Il avait son casque — on l'a laissé en place — et il n'a pas d'engourdissement des autres membres ni de saignement. Il ne pense pas s'être cogné la tête et son visage n'est pas marqué. Il pousse des cris de douleur quand on essaie de le bouger.

Le regard de Billie rencontra celui de Tess. — Laissez-le sur place si vous êtes convaincue qu'il est stable. Vous pouvez me donner son pouls ?

La voix répondit aussitôt. — On m'a dit que vous pourriez demander ça. J'ai compté cent.

Billie sembla satisfaite. — La douleur peut l'accélérer, mais ce n'est pas trop rapide. On va dépêcher l'infirmier de vol et, puisqu'il a l'air assez stable, il vous aidera à le déplacer une fois posés. Comptez environ quarante-cinq minutes. Est-ce que quelqu'un sait faire des injections intramusculaires ?

Il y eut un silence puis, à contrecœur, — Moi, je peux.

Tess essaya d'imaginer ce que cela faisait d'être la femme du ranch. Elle percevait la tension réprimée dans sa voix, déterminée à paraître calme et capable parce que tout ce que le médecin suggérerait devrait être fait. Même des injections. Tess sentait qu'elle détestait cette idée, parce que c'était vers elle que tout le monde amènerait les blessés.

— Parfait. Vous êtes une championne, June. Billie reprit la technique d'administration d'une injection intramusculaire pour June. — Avant de lui administrer, vérifiez simplement s'il est allergique à quelque chose. S'il n'a pas d'allergie connue, donnez-lui dix milligrammes de morphine dans le muscle du haut du bras. Vous pouvez regarder le schéma des parties du corps pour vous rappeler l'endroit exact. Vous avez de quoi noter ? Les ampoules de morphine, c'est le n° ... Elle donna les indications pour trouver la bonne ampoule dans la boîte de médicaments numérotée. — Et un de ces comprimés anti-nauséeux sous sa langue — elle donna un autre numéro —, au cas où ça lui donnerait la nausée.

Pendant que Billie parlait, Michael était allé au débarras et en était revenu avec des attelles, des bandages et des poches de glace instantanée qui s'activent en les pressant. Charlie était parti préparer l'avion et, au moment où Billie termina l'appel, ils étaient bien avancés dans les préparatifs. La visite du patient de Tess allait être repoussée de quelques heures.

Morgan vint se placer à côté de Billie pendant qu'elle terminait la saisie de l'appel et lut la transcription par-dessus son épaule. — Aïe, dit-il.

— En effet. Billie se leva et ils échangèrent leurs places. — Quand je rentrerai, Tess et moi, on ira chez Daphne après le boulot cet après-midi. Rex pense qu'elle n'est pas bien et j'ai dit qu'on passerait.

Morgan haussa un sourcil. — Tu veux que je vienne ?

— Bien sûr. Ce sera bien d'avoir un deuxième avis si besoin, et tu pourras tenir compagnie à Rex pendant que nous, les filles, on papote.

Le téléphone a sonné et Billie a posé la main sur sa large épaule et l'a serrée. — À plus. Puis elle s'est tournée pour préparer le vol d'une heure vers la clinique itinérante avec Rex. Elle a jeté un coup d'œil par la fenêtre. — On dirait une belle journée pour voler.

# CHAPITRE QUATORZE

## Tess

LA VISITE DE TESS à Rita à Pallinup avait été reportée au lendemain à cause de l'évacuation d'urgence du jeune stockman, mais Tess gardait l'espoir que Rita avait franchi un cap dans sa convalescence.

Après une longue conversation téléphonique avec Rita, Tess avait éprouvé une certaine satisfaction, un vrai plaisir, en apprenant que sa patiente arrivait à vaquer doucement dans la maison et à remettre un peu d'ordre.

Rita avait dit que Barb et Gwyn étaient rentrés chez eux, et qu'elle et son mari se débrouillaient bien, même si le cuistot était descendu aux hangars de tonte et s'était remis à picoler.

— Pauvre homme. Il se reproche d'avoir fait des biscuits aux noix. Grâce à toi, au moins, on saura tous quoi faire la prochaine fois que quelqu'un s'étouffe.

Tess n'avait pas envie d'avouer qu'elle faisait encore des cauchemars en repensant à quel point ils avaient frôlé la réanimation pour sauver Gwyn. — Je lui parlerai quand je viendrai. Peut-être que si je revois les manœuvres avec lui, en personne, il se sentira plus concentré sur ce qu'il peut faire lui-même. C'est horrible de se sentir impuissant.

Ainsi, le lendemain était calé. Pour l'instant, elle attendrait qu'un pilote se libère afin de passer voir sa nouvelle patiente, Gladys Timbers, qui venait tout juste d'achever ses quatre mois complets de chimio.

Deux heures plus tard, Tess serrait la main de Gladys et, après les présentations, Charlie passait sur la véranda arrière avec le mari de Gladys, soi-disant pour préparer du thé.

— Désolée pour le retard. Un vol d'urgence nous est passé devant.

Gladys releva ses sourcils clairsemés. — Pas de souci. Je n'ai rien d'autre à faire. Son turban de coton blanc, posé de travers sur son crâne chauve, la faisait paraître trop pâle, mais ses yeux bleus étaient très beaux. Le turban lui rappelait Sissy, celle grâce à qui Tess avait envisagé Mica Ridge, qui avait retrouvé sa beauté renversante après son traitement.

— Ça doit faire du bien d'être de retour à la maison. Tess sourit à la femme, qui refusa de l'aide en s'asseyant avec précaution dans le fauteuil moelleux. Le siège avait été tiré dehors sur la véranda qui dominait les pâtures maigres. De près, la terre alentour apparaissait craquelée et nue, parsemée de petites touffes de buissons bleutés comme brûlés ; mais de loin, elle ondulait jusqu'au ciel d'un bleu profond et laissait entrevoir une promesse. À cet instant, aux yeux de Tess, il faisait ici encore plus sec qu'à Blue Hills. La femme en face d'elle semblait, elle aussi, déshydratée.

— Alors, comment allez-vous, Gladys ? Vous parvenez à manger ? À boire par petites gorgées ?

Gladys adressa à Tess un haussement d'épaules ironique. — Ces fichus aphtes me mènent la vie dure et je n'ai tout simplement pas envie de boire. Le patron n'arrête pas de me seriner d'en boire davantage.

Elle jeta un regard dans la direction où avait disparu le mari de Gladys. — Alors c'est un homme avisé. Même de toutes petites gorgées prises plus souvent, ça aide. Mais c'est difficile de boire quand on n'en a pas envie.

Gladys haussa les épaules. Tess fouilla dans son matériel et sortit une poignée de pailles souples, emballées individuellement, qu'elle avait prises dans la boîte de son bureau. Elle s'était rendu compte que tout ce qui pouvait éventuellement aider quelqu'un ne servait à rien en restant au bureau, alors elle avait commencé à emporter des fournitures à distribuer sur-le-champ. Son sac à dos s'en trouvait de plus en plus lourd. Charlie lui avait suggéré d'essayer l'une de ces valises à roulettes qu'on tire derrière soi, et elle y pensait sérieusement.

Elle déposa soigneusement les pailles sur la table basse de fortune, une caisse en plastique recouverte d'un torchon.

— Certaines femmes trouvent qu'avec une paille, boire devient un peu plus confortable ; vous pouvez juste prendre de petites gorgées en passant. Elle replongea la main dans son sac et sortit un petit tube d'une boîte. — J'ai aussi apporté un gel. Elle le posa, lui aussi, sur le torchon. — C'est un gel pour les aphtes. Essayez celui-ci : son goût est moins prononcé que celui du tube bleu qu'on vous a donné et il pourrait vous rendre moins nauséeuse. Il semble être aussi efficace que l'autre.

Gladys frissonna. — Je vais essayer.

Tess entendit à sa voix que Gladys n'avait plus de patience pour des gels inefficaces. — Avez-vous essayé les bains de bouche au bicarbonate de soude ? Ce n'est pas très bon, mais cela semble accélérer la cicatrisation des aphtes. Si vous n'aimez pas ce goût, vous pouvez passer aux bons vieux bains de bouche à l'eau salée, très diluée ?

Gladys secoua la tête. Une fois, doucement, comme si elle n'était pas sûre qu'elle allait rester en place. — Ça m'a donné la nausée.

— Alors contentez-vous du nouveau gel et des pailles jusqu'à ce que la réaction à la dernière dose de chimio s'estompe et que votre bouche guérisse de nouveau. Cela ne devrait prendre que quelques jours avant que vous ne commenciez à vous sentir beaucoup plus vous-même. Vous devez être soulagée que votre traitement soit terminé.

— C'est ce que dit Samantha, ma voisine. Sa mère est passée par là il y a un an. Sa voix sonnait d'une lassitude profonde.

— C'est précieux d'avoir une voisine qui comprend.

Gladys eut un sourire en coin. — C'est une bénédiction, mais je me sens tellement coupable quand elle vient. Elle fait la route tous les deux jours, passe un coup de serpillière sur le sol de la cuisine et range un peu. On prend une tasse de thé, puis elle rentre. Ça fait presque 70 km par trajet. Son mari a besoin d'elle, lui aussi.

Tess jeta un coup d'œil dans la direction indiquée par Gladys. Bien sûr, aucune maison en vue, seulement des pâtures et des collines au loin. — Je ne vous connais pas encore bien, mais je suis presque sûre que vous feriez la même chose pour elle si elle avait besoin de vous.

Gladys leva ses sourcils clairsemés et acquiesça. Il y avait une lueur particulière dans ses yeux, et elle posa sur Tess le premier vrai regard de sympathie. — Ça, pour sûr. Mais j'espère ne jamais avoir à le faire. C'est une sacrée saleté, ce cancer, ça c'est certain.

Tess hocha la tête. — Tu dois être épuisée. Mais tu as traversé tous les traitements. Le chemin pour aller mieux est long et éprouvant, mais c'est pour ça que les gens s'y engagent. Elle agita la main dans la direction où les hommes étaient partis. — Daphne dit que ton mari est resté avec toi autant qu'il a pu.

— Je te le dis, fit Gladys en se penchant, d'un air conspirateur, j'ai presque honte de l'admettre, mais j'aurais peut-être jeté l'éponge s'il n'avait pas été là. Cette dernière salve de chimio, puis le trajet de retour depuis Adélaïde, ça m'a mise à plat.

Tess acquiesça et n'eut qu'une envie : serrer dans ses bras cette battante exténuée. — N'aie pas honte de le dire. C'est horrible, épuisant et dépersonnalisant, malgré l'équipe formidable.

Tess fixa le lointain, se souvenant de sa belle-sœur après la chimio. — Même lorsqu'ils sont formidables, tu ne peux pas t'empêcher d'avoir l'impression d'être sur un tapis roulant de soins. Ballotée ici, là et partout, avec à chaque coin de couloir une nouvelle façon de te sentir encore plus malade.

Gladys fronça les sourcils et la dévisagea. — Alors toi aussi, tu y es passée ?

— Pas moi, personnellement. Ma belle-sœur a tout traversé et j'étais avec elle. Elles détestaient les vingt minutes de route à l'aller comme au retour. Et elles râlaient dès qu'il fallait aller aux urgences de l'hôpital quand elle avait besoin de quelque chose. Ici, Gladys n'avait rien de tout ça. — Elle va bien maintenant.

— Ah. La femme sourit et Tess eut un aperçu de la Gladys d'avant le cancer.

Cela rendit Tess encore plus farouchement déterminée à faire en sorte que ce service continue, parce que ces gens méritaient le même accompagnement que les femmes des villes, des personnes comme cette femme courageuse, ici, au milieu des rochers et des plaines infinies de l'ouest de la Nouvelle-Galles du Sud.

— C'est mon projet. Gladys acquiesça avec un enthousiasme fugace. — Me sentir à nouveau bien. Et normale. Ses yeux se remplirent de larmes qu'elle chassa d'un battement de cils, agacée. — Même si je ne suis pas sûre de voir encore les choses de la même manière. La mortalité fait ça. Comment revient-on à ne plus penser au temps qu'il nous reste quand un compte à rebours vous a fixé droit dans les yeux ?

Tess avait entendu la même chose chez d'autres patients atteints de cancer. Même après qu'on les avait déclarés « guéris », leur perception de la permanence du monde en était à jamais bouleversée. — On dit que c'est une « nouvelle normalité ».

— C'est vrai. Je veux du normal. Même d'un genre nouveau. Qui aurait cru que j'aurais la nostalgie d'une tempête de poussière ou du cliquetis d'un moulin à vent battu par le vent. Il m'arrivait de me réveiller la nuit dans l'hébergement pour patients qu'ils avaient là-bas, en croyant entendre des sons de la maison, une vache appelant son veau, les chiens qui aboient. C'est idiot, bien sûr. C'était ce que je désirais en attendant le prochain traitement dans ce grand hôpital, avec ses portes automatiques et ses longs couloirs. Il y a du bon. Elle jeta un coup d'œil autour d'elle. — Depuis que je suis rentrée, je ne considère plus un coucher ou un lever de soleil comme allant de soi. Je les savoure. Et mon homme me regarde sans cesse comme si j'allais m'effacer sous ses yeux. Il me tapote le bras chaque fois qu'il passe, comme pour s'assurer que je suis bien réelle.

— C'est merveilleux. Tess sentit le picotement lui monter aux yeux et refusa les larmes. Elles n'étaient pas utiles dans des moments comme celui-ci. Elle devait être un appui pour ses patientes. — C'est formidable que tu sois rentrée. Laisse-moi t'aider. Tout ce dont tu as besoin pour te remettre sur pied, et si tu penses à quelque chose à faire ou à vérifier, dis-le-moi.

Elle ouvrit son sac de travail et en feuilleta le contenu pour trouver l'inspiration. Cela faisait une bonne distraction face au puits d'émotion. — Aujourd'hui, j'ai apporté un autre type de médicament contre les nausées à essayer. Elle trouva la boîte et la tendit à Gladys. — Ce sont des pastilles rondes qui fondent sur la langue. Elles agissent assez vite.

Tess avait fait préparer l'ordonnance, car cela ne servait à rien de donner une prescription à Gladys alors qu'elle se trouvait à quelques centaines de kilomètres de la pharmacie la plus proche. Le nom de Gladys et les instructions étaient dactylographiés clairement, comme sur le gel buccal.

Gladys retourna la boîte de comprimés contre les nausées dans sa main, comme si elle décidait si elle pourrait les garder.

— Tu veux en prendre un maintenant ?

Tess reprit la boîte et ouvrit l'emballage pour faire glisser une rangée de comprimés sous feuille d'aluminium. — Les bords ne sont pas faciles à décoller pour chaque unité. Elle souleva un coin avec l'ongle et déchira l'alu pour dévoiler un comprimé blanc, fin comme une hostie. Elle laissa tomber le comprimé dans la main de Gladys. — Glisse-le sous la langue, il va disparaître.

— Autant essayer, soupira Gladys. — J'ai envie de vomir. Elle s'exécuta, fit une grimace devant le goût, puis se renfonça. — On va bien voir si celui-ci fait effet, d'accord ?

Tess replongea dans le sac. — Et..., dit-elle en brandissant le CD, j'ai un CD de relaxation. Elle sourit devant l'expression sceptique de Gladys. — Je sais, mais il est très doux et pas du tout agaçant. Pour les moments où ton cerveau tourne trop vite.

Gladys lui adressa un sourire pâle. — D'accord. Eh bien, ça fait trois des choses qui me rendent dingue (la bouche douloureuse, la nausée et la fatigue cognitive), alors aujourd'hui, tu es ma personne préférée.

Tess laissa échapper un petit rire au moment où le mari de Gladys, Clive, arriva avec une théière et deux mugs. Charlie suivit avec un pot à lait et un sucrier et des cuillères.

Clive posa sur sa femme un regard perçant, vit qu'elle avait l'air presque heureuse, et hocha la tête, satisfait. — On vous laisse ça, toutes les deux. Je montre à Charlie mon nouvel autogire — il soutient que ce n'est pas sûr. Quelle foutaise. Il éclata de rire, un éclat claironnant, tonitruant et inattendu.

Les commissures des lèvres de Tess se soulevèrent. Ce n'était pas juste que ces gens soient cernés par les coups durs. On ne s'en douterait pas, à les voir sourire. Gladys lui adressa un clin d'œil affectueux et le grand homme souriant tapota son épaule en entraînant Charlie voir sa fierté, son bijou.

Le regard de Gladys les suivit. — Oui, cette sécheresse paraît cruelle et le cancer est une vraie saleté, mais c'est moi la veinarde d'avoir mon homme.

— Je vois que ça ne t'a pas brisé le moral. Tess a parlé d'une voix rauque, parce que sa gorge s'était de nouveau serrée.

Gladys ne remarqua rien tandis qu'elle regardait son mari disparaître. — Ni le sien. Il s'est levé tôt ce matin pour le camion à bétail. Les dernières vaches et leurs veaux sont partis en pension au pâturage et on n'a de nouveau plus que les moutons.

— Pour faire durer le fourrage un peu plus longtemps ?

— On ne dirait pas que tu viens de la ville, taquina Gladys, mais il n'y avait que de la bienveillance quand elle leva les yeux au ciel en regardant Tess. — C'étaient ces satanées sauterelles. L'autre jour, elles m'ont rendue dingue. Je peux comprendre que les kangourous se faufilent pour grignoter l'unique rose que j'aime, mais on a eu un essaim de sauterelles il y a deux ou trois jours et, je te jure, j'ai failli m'arracher les derniers cheveux en voyant ce qu'elles lui avaient fait. Elle sourit, l'air canaille. — Il ne me reste plus que les sourcils. Puis elle haussa les épaules avec philosophie. — Mais qu'est-ce qu'une rose quand le bétail crève de faim.

Tess ne sut pas quoi dire, puis se surprit à sourire en se rappelant un mail qu'elle avait reçu récemment. — J'ai une recette de sauterelles enrobées de chocolat si tu veux te venger. Ma copine me l'a envoyée pour rire.

Gladys sourit, puis fit une grimace. — Ce serait original. Peut-être l'année prochaine. Quand la rose aura repoussé et que je n'aurai plus besoin de comprimés contre la nausée.

Tess se pencha par-dessus la balustrade de la véranda pour regarder le rosier dénudé. — Les rosiers sont résistants, commenta-t-elle, puis elle jeta un coup d'œil à sa patiente. — Un peu comme toi, en fait. Tu pourrais lui jeter quelque chose dessus, un drap par exemple ? demanda Tess. — Ma belle-sœur m'a envoyé une moustiquaire, je ne sais pas trop pourquoi, mais je la prendrai la prochaine fois qu'on viendra et tu pourras peut-être couvrir le rosier si elles reviennent.

— Et quand est-ce que tu reviens ? Il y avait un début d'intérêt dans la voix de Gladys.

— La semaine prochaine, si tu veux.

Gladys fronça les sourcils. — Je pensais que ce serait ta première et dernière visite, puisque le traitement est officiellement terminé.

Tess a secoué la tête. — Tu n'es pas encore rétablie et moi, je ne fais que commencer.

Gladys avait l'air nettement plus contente. — Alors tu vas revenir par avion ?

Tess acquiesça. — Absolument. Je serai toujours dans les parages. Tess entendit ces mots et réalisa que, à cet instant, elle le pensait vraiment. La promesse sembla s'envoler de sa bouche et être absorbée par le ciel bleu, sans limites, et les pâtures assoiffées. Non, c'était une idée bête. Elle avait prévu d'être ici pendant un an. Mais malgré tout ce qu'elle se disait, pour la première fois, elle sentait poindre la possibilité de rester plus longtemps dans l'Ouest. Elle regarda Gladys. — J'ai hâte de revenir.

— Ça me plairait bien, dit Gladys. — Je me sens un peu perdue, tout à coup.

Gladys confirma les soupçons de Tess. — Ça fait bizarre de ne plus avoir de rendez-vous après des semaines où j'avais l'impression que des centaines de personnes veillaient sur moi. Elle grimaça. — Pas que j'aie envie de parler encore du cancer. Elle balaya cette idée d'un geste. — Maintenant je suis « traitée ». Elle secoua la tête et ajouta, d'un ton sec : — On croirait une planche. Bref, je suis censée aller mieux, mais j'ai toujours l'impression d'être passée sous un rouleau compresseur. Elle prit sa tasse de thé et fronça le nez à l'odeur. Elle en prit une gorgée prudente. Puis une autre.

Tess acquiesça. — On n'en est pas loin. Ça a été un régime d'enfer. Tu as encore le teint pâle. Mais à partir de maintenant, chaque jour devrait te voir te sentir un peu plus forte, à mesure que ton corps guérit.

— Je te crois sur parole. Gladys reposa la tasse avec précaution. Tess percevait une note de mélancolie dans sa voix.

Tess sortit de son sac une fiche d'information sur les aphtes dont elle se souvenait et la posa sur la table. — Si quelque chose t'inquiète, tu peux appeler, et je te verrai la semaine prochaine. Plus tôt si besoin. Appelle-moi. Même juste pour papoter.

Tess but son thé, parce que Charlie serait bientôt prêt à partir. Il était corsé et étonnamment rafraîchissant, vu la chaleur. — Surtout pour papoter, répéta-t-elle. — Quand on aura fini notre thé, j'aimerais prélever le sang dont j'ai besoin pour qu'on puisse vérifier ta numération sanguine. Au moins, ici, personne ne devrait t'éternuer dessus pendant que ton système immunitaire est malmené.

— C'est déjà ça, approuva Gladys.

— Dr Billie t'appellera demain avec les résultats et on réglera tout ce qu'il faudra régler après ça aussi. Ensuite, tu n'auras plus qu'à prendre ton temps et à guérir.

Gladys leva de nouveau les yeux au ciel, mais il y avait cette lueur d'humour. — Je m'y mets tout de suite.

Et Tess se mettrait à envisager l'idée radicale de s'installer plus durablement ici. Cette idée prenait des proportions immenses, et elle l'examinerait sérieusement ce soir quand elle aurait du temps pour elle.

# CHAPITRE QUINZE

## Tess

À DIX-SEPT HEURES QUINZE cet après-midi-là, Billie et Tess ont frappé à la porte de la maison de Daphne et Rex. Tess a vu Billie tendre la main en arrière et serrer la grande main de Morgan avant que la porte ne s'ouvre et, sans savoir pourquoi, elle a senti une angoisse lui remonter à la gorge. Elle espérait que Daphne allait bien.

Rex a ouvert la porte et la ride d'inquiétude sur son visage s'est un instant détendue en voyant qui se tenait là. — Parfait, a-t-il dit avec ferveur. — Elle est encore pire que ce matin. Je n'arrive pas à croire qu'elle ne m'ait pas appelée. Puis l'anxiété lui a de nouveau crispé les traits tandis qu'il les invitait à entrer.

Tess sentait le stress comme une vague d'énergie pulsante, pas vraiment le genre d'onde qui émanait d'ordinaire de ce pilote imperturbable, et elle et Billie se sont mises à accélérer en le dépassant pour gagner le salon où Daphne était assise, raide, dans le fauteuil inclinable à bascule.

Elle reposait dans une posture étrange, comme en méditation, plantes des pieds jointes, et sa grande tunique de grossesse à motifs floraux formait une tente au-dessus de la montagne qu'était devenu son ventre.

Tess n'était pas sage-femme, mais même elle voyait bien que ce ventre paraissait trop gros et trop tendu pour le terme de grossesse de

Daphne. Son cerveau d'infirmière lui soufflait qu'il y avait beaucoup trop de liquide amniotique.

La Daphne souriante et sûre d'elle d'il y a seulement une semaine avait disparu. À la place, un bouddha fleuri et misérable siégeait là, avec des cernes noirs sous des yeux bouffis, les traits tirés et la bouche tombante, le tout brouillé par l'œdème qui lui empâtait le visage. Mon Dieu.

— C'est la seule position dans laquelle j'arrive à être un peu mieux, dit Daphne.

Billie se tourna vers Rex. — Tu peux trouver son sac à main, s'il te plaît, Rex ? Le portable, le carnet de grossesse, la montre et des comprimés s'il y en a. Je viens t'aider dès que j'ai pris sa tension et que je l'ai examinée. Morgan, tu peux sortir ma mallette de la voiture, s'il te plaît ?

Morgan a hoché la tête et a disparu. Rex a lancé un regard angoissé à sa femme et a suivi Morgan hors de la pièce. Tess a accompagné Billie pour s'agenouiller à côté du fauteuil de Daphne.

Une grosse larme solitaire a glissé lentement sur la joue de Daphne. L'épuisement perçait dans sa voix et Tess a compris qu'elle n'avait probablement pas dormi depuis vingt-quatre heures, voire plus. — Je me suis dit que si je voulais de toutes mes forces que tout aille bien, ça finirait par passer. Qu'il n'y avait rien de grave.

— Oh, Daphne. La voix de Billie semblait à peine pouvoir sortir, et, tout à coup, Tess a pris la mesure de l'amitié profonde qui liait les deux femmes. Billie a serré doucement Daphne dans ses bras.

Tess n'en revenait pas de la dégradation de l'état de Daphne en si peu de temps. Dieu merci, elles étaient venues, parce qu'elles se trouvaient face à une catastrophe imminente si rien n'était fait rapidement. Cela ressemblait à une prééclampsie, avec risque de poussée hypertensive, de crise d'éclampsie, voire d'AVC — autant de situations extrêmement dangereuses pour les mères et les tout-petits.

Billie s'est adossée. — J'ai bien peur que, rien qu'à te regarder, on voie que tu n'es pas bien. L'œdème de ton visage…, elle souleva une main boursouflée, — et tes doigts. Elle jeta un regard désemparé à la nouvelle alliance.

Tess a vu que l'anneau s'était incrusté dans la chair et a compris qu'il faudrait probablement le couper.

La voix de Billie a baissé. — Tu sens les bébés bouger ?

Le visage de Daphne est devenu livide. — Oui. Ses yeux ont cherché ceux de Billie, soudain horrifiés. — Tu penses qu'ils sont déjà en danger ?

Morgan est entré alors qu'elle disait cela. Il a jeté un coup d'œil à Billie et s'est glissé auprès de la patiente. — Arrête de faire peur à Daphne, dit-il calmement.

Il a tendu à Tess le tensiomètre et le stéthoscope, et Tess a commencé à entourer le brassard noir autour du bras de Daphne, soulagée d'avoir quelque chose à faire. Billie tenait l'autre main de Daphne et comptait son pouls.

Tess entendait la voix de Morgan s'adresser à leur patiente. — Tu n'es pas bien. Tu es le parfait exemple de l'infirmière ou du médecin qui pense que tout le monde va la prendre pour une hypocondriaque si elle se plaint d'être malade. Mais tes bébés sont bien trop jeunes pour qu'on prenne des risques ici, ou même à Broken Hill ; on t'emmènera au service de maternité à Mica Ridge pour te stabiliser avant un transfert.

Il lui a souri. — Tu as de la chance. On n'est pas au fin fond d'une exploitation ovine isolée. On a un service de maternité tout à fait compétent qui réglera tout ça avant le transfert, mais je pense qu'Adélaïde sera ta meilleure option jusqu'à ce qu'on t'ait remise sur pied.

Billie a redressé les épaules. — Morgan a raison, on va gérer ça, et je suis désolée si je t'ai fait peur.

Bien essayé, pensa Tess. Elle, elle se sentait terrorisée. Elle entendait l'effort dans la voix de Billie qui tentait d'insuffler calme et réassurance, et Tess n'a pas hésité à en emprunter un peu pour elle-même en gonflant le brassard sur le bras de Daphne.

Elle entendait encore les battements rapides malgré un gonflage largement au-delà de la normale, et elle a gonflé davantage pour trouver la pression systolique à l'apparition des bruits. Les bruits ont fini par s'arrêter et elle a noté le premier chiffre. Cent quatre-vingts. Beaucoup trop. Elle a dégonflé le brassard et écouté les bruits décroître. Ils ont disparu au niveau de la pression de repos dans les vaisseaux, la diastolique. Cent vingt. Gravement élevée.

Ça ne servait à rien de garder ça pour elle, puisque tout le monde, sauf Rex, en comprendrait les implications ; elle l'a donc dit à voix haute. — 180 sur 120.

Daphne a inspiré brusquement et Tess a su qu'elle avait compris qu'il fallait des médicaments avant de la bouger où que ce soit, car, désormais, le risque d'AVC entrait en ligne de compte.

Billie a dit d'un ton décidé à Daphne : — Je vais te donner une dose de nifédipine pour faire baisser ta tension avant qu'on te déplace. Ça soulagera peut-être même ton mal de dos si c'est dû à des contractions, ce que j'espère ne pas être le cas.

Billie a ouvert la mallette de médecin que Morgan avait apportée et a sorti des comprimés. Elle a montré l'étiquette à Tess pour confirmer le médicament. C'était dire à quel point Billie était bouleversée qu'elle éprouve le besoin de vérifier qu'elle ne se trompait pas — ce qui, en l'occurrence, paraissait judicieux.

Billie lança un regard à Tess, même si elle s'adressait à Daphne. — Tess reprendra ta tension dans dix minutes si nous ne sommes pas encore parties.

— On te donnera de l'hydralazine en intraveineuse pour faire baisser ta tension dès qu'on t'aura emmenée à l'hôpital et posé une perfusion, ajouta Morgan.

Tess se doutait que Daphne savait tout cela, mais Billie peinait à rester calme et Tess voyait bien que mettre ses pensées en mots l'aidait. Il fallait qu'ils restent calmes et coordonnés.

Morgan serrait l'autre main de Daphne tout en reprenant son pouls. — Rex peut t'emmener. Je sais pertinemment que les deux ambulances sont hors de la ville et ce sera plus rapide. Billie et Tess feront ton sac, puis nous vous suivrons. J'appellerai l'hôpital pour les prévenir que tu arrives et, plus tard, je te transférerai à Adelaide avec Hector et Michael.

Billie ouvrit la bouche puis la referma. Tess lui serra le bras avec compassion, parce qu'elle devinait qu'elle voulait accompagner

Daphne pendant le transfert, mais Morgan ne faisait jamais rien sans raison. Se disputer à ce sujet devant Daphne était la dernière chose à faire. Tess la vit jeter un regard à Daphne et lever les yeux au ciel, mais elle soupçonnait que Morgan cherchait à protéger Billie au cas où une urgence médicale surviendrait en avion. L'estomac de Tess se serra. Non. Daphne était trop adorable pour que ça lui arrive.

Daphne grimaça et sa main passa dans son dos pour le frictionner.

— Oui, Morgan, dit-elle d'une petite voix tandis que Rex revenait en hâte dans la pièce avec un sac à main.

— Tu as le chargeur du téléphone ? lui demanda Daphne, et le regard tendre qu'ils échangèrent piqua les yeux de Tess. Ils ne méritaient vraiment pas ce chagrin si jamais autre chose tournait mal.

Tess voyait que Daphne avait accepté ce qui se passait et pensait déjà à la durée possible de son séjour loin de chez elle. Même si elle n'en était qu'à vingt-quatre semaines de grossesse, si son état ne se stabilisait pas, les jumeaux devaient naître pour avoir une chance de survivre, un point c'est tout. Son séjour loin de la maison durerait donc à peu près le temps pendant lequel les bébés auraient dû rester bien au chaud dans son ventre. Cela pouvait très bien vouloir dire seize semaines avant qu'elle ne les ramène à la maison. Si elle les ramenait à la maison.

Tess chassa cette horrible pensée et entendit Rex dire : — Oui, j'ai le chargeur, ton iPad et tes écouteurs.

Morgan attendait, impatient de la faire partir. — Tu l'emmènes tout de suite au service de maternité, Rex. J'appellerai le médecin généraliste obstétricien d'astreinte pour qu'il les y rejoigne. Daphne aura besoin d'injections de corticoïdes pour aider à maturer les poumons des bébés et, en attendant, Tess et Billie feront son sac et te suivront.

Rex acquiesça et son visage se figea dans la même détermination que lorsqu'il était pilote face à un plan de vol compliqué, au mauvais temps et à la nécessité d'aller vite.

— On y va, mon amour. Il se pencha avec douceur et caressa la main de Daphne. Puis lui et Morgan glissèrent leurs bras sous elle, croisèrent leurs mains et la soulevèrent en chaise des pompiers de façon à ce qu'elle soit assise sur leurs avant-bras superposés. Tess partit en courant ouvrir la porte.

Daphne se mordit la lèvre et, l'espace d'une seconde, son nouveau sang-froid se fendilla. — Je suis désolée de ne pas t'avoir écouté plus tôt.

Rex tourna la tête et embrassa son front. — Nous serons parents ensemble, Daphne. Je le sais. Allez, ma chérie, laisse-moi t'installer dans la voiture.

***

Deux heures plus tard, une Daphne partiellement sédatée était roulée sur le tarmac sur un brancard, et Michael, l'infirmier navigant, marchait à ses côtés.

Les sages-femmes et le médecin de la petite maternité de Mica Ridge avaient essayé de penser à tout pour le vol vers Adelaide. Ils avaient passé des solutés et une perfusion de sulfate de magnésium, qui aidait à diminuer le risque que Daphne fasse une crise pendant le vol, et il existait de bonnes preuves que ce traitement réduisait aussi le risque d'hémorragie cérébrale chez les grands prématurés.

Ils avaient fait baisser sa tension et lui avaient administré les corticoïdes, et ils lui avaient envoyé leurs prières, leur amour et la promesse d'appeler l'hôpital d'Adelaide pour avoir des nouvelles.

À présent, la responsabilité reposait sur Hector pour les y conduire, ce qu'il ferait avec Rex assis à côté de lui dans le cockpit, tel un examinateur, et Morgan à l'arrière pour apporter toute l'aide dont l'infirmier navigant pourrait avoir besoin pendant le trajet.

Tess se tenait près de Billie, qui mordillait sa lèvre, et regardait par la baie vitrée. — Tu sais, dit Billie. — Morgan a raison. Je ne suis pas en état d'être le médecin qui s'occupe de Daphne. Trop impliquée émotionnellement. Si jamais ça tournait mal, je ne me le pardonnerais jamais.

Tess espérait, pour Morgan, que tout se passerait sans accroc, mais elle ne le dit pas.

Billie n'avait pas fini. — Mais quand les bébés naîtront, je descendrai à Adelaide pour être avec Daphne, et tant pis pour les plannings de Morgan.

Elles regardèrent toutes les deux la porte de la cabine se fermer et l'hélice se lancer. À force de le voir si souvent depuis sa fenêtre, cela semblait normal à Tess. Mais voir Daphne s'envoler en pleine crise n'avait rien de normal. Daphne devait trouver très étrange d'être sur un brancard de patient et être dévorée par la peur pour ses bébés, trop jeunes pour naître et pourtant trop en danger pour ne pas naître. Tess s'enfonça les doigts dans l'autre main.

Et Tess s'inquiétait pour la femme à ses côtés. Elle venait de passer deux semaines éprouvantes.

Comme si Tess l'avait pressenti, un sanglot déchirant jaillit de la gorge de Billie quand elle se détourna de l'avion. Tess glissa instinctivement son bras autour des épaules de l'autre femme et la serra contre elle. Elle mit dans sa voix toute la douceur rassurante qu'elle pouvait. — S'il y a bien des gens capables de gérer ça, c'est eux. Rentre à Blue Hills et laisse Lorna s'occuper de toi.

Billie se tordit les mains. — J'aurais dû passer ce matin. J'aurais peut-être dû lui poser une perfusion d'hydralazine chez elle, ne pas attendre que l'hôpital le fasse. Sa tension avait grimpé en flèche quand elle est arrivée.

Tess baissa la voix. — Tu as fait un travail remarquable pour la stabiliser. C'est toi qui as dit qu'il lui fallait d'abord des solutés en intraveineuse, pour qu'une chute brutale de tension n'altère pas le flux sanguin venant du placenta vers ses bébés.

Billie est restée debout une minute et, au soulagement de Tess, a laissé Tess la serrer dans ses bras. Puis elle a reculé, s'est essuyé les yeux humides et a hoché la tête.

— Je me sens tellement inutile. Et j'ai peur pour elle. Merci d'avoir attendu qu'ils décollent. Elle parlait lentement. — Je dois croire que Morgan les amènera là-bas en sécurité. Avant que Daphne ne se dégrade.

Elle a pris une inspiration tremblante. Sur le tarmac, ils avaient maintenant embarqué et la porte avait été scellée. Les moteurs ont

démarré et le vacarme rendait difficile d'entendre la voix de Billie. —
J'ai peur que Daphne soit en travail prématuré et que ses jumeaux
soient en détresse.

Elles ont attendu que l'avion roule jusqu'à la piste et le bruit des
moteurs a diminué. Billie a regardé Tess. — Et si elle les mettait au
monde dans l'avion ? Parfois, la nature s'en mêle pour tenter de sauver
des bébés d'un environnement dangereux.

Tess a secoué la tête. — Daphne a dit qu'elle n'allait pas laisser faire.
J'ai entendu dire que les mamans peuvent être sacrément déterminées
pour ce genre de chose. Qu'est-ce que Tess pouvait dire de plus ?

Billie a hoché la tête. — Tu as raison. Je prie. Je laisserai ma voiture
ici pour Morgan quand il reviendra. Je suis contente que tu sois là
pour conduire.

***

Quand Tess et Billie sont entrées dans la cuisine de Blue Hills Station
un quart d'heure plus tard, la pièce s'est tue.

Tess a regardé les visages tournés vers Billie, tous les regards remplis
d'inquiétude pour Daphne, mais il y avait aussi de l'amour et du
soutien pour Billie, et même un peu pour Tess. Ça faisait du bien.
Présents, sans en faire des tonnes.

— Ils ont décollé sans encombre, dit Billie, et tout le monde s'est
affaissé sur sa chaise en relâchant enfin le souffle qu'ils retenaient
tous.

Mia a bondi et a enlacé la taille de sa mère en serrant fort, et Billie
l'a serrée en retour. Tess voyait à quel point Billie puisait du réconfort
dans les bras de sa fille.

Billie dit : — Morgan appellera dès qu'ils l'auront installée dans
l'unité d'évaluation à Adélaïde et qu'ils sauront quel est le plan. Le
tracé du monitoring (CTG) ici, pour les bébés, a montré que leurs
deux rythmes cardiaques étaient aussi rassurants que possible à un
terme aussi précoce. Donc ils tiennent bon.

Tout le monde s'est mis à parler en même temps, puis s'est tu quand Lorna a posé la question qui montait dans tous les esprits. — Qu'est-ce qu'on peut faire pour aider ?

— Des prières pour un bon vol. Billie a regardé autour d'elle, désemparée. — C'est tout ce qu'on demande pour l'instant.

— Occupez-vous de ça, vous, pendant que je réchauffe le dîner des filles, dit Lorna. — Charlie a préparé un risotto et j'ai sorti les vôtres d'abord pour ne pas avoir à empêcher les autres de piocher dans vos assiettes.

Billie avait l'air vaguement perplexe. — On peut faire un risotto à la mijoteuse ?

Soretta a incliné la tête vers l'homme discret assis à la table. — Apparemment, il peut.

Donc la tension entre Charlie et Soretta s'était apaisée. Dieu merci. Tess ne pouvait pas gérer davantage de tension en ce moment. Mia a esquissé un sourire en coin et Tess a décidé qu'elle devrait demander à Mia comment avançait l'attirance entre eux deux, car la jeune fille avait été une observatrice assidue, en marge de l'histoire Charlie—Soretta.

Mais ses pensées revenaient sans cesse à Daphne et au choc de l'avoir vue si mal. Pauvre Rex. Tess s'était prise d'affection pour le pilote imperturbable qui adorait sa femme. Il avait été tellement enthousiaste à propos des bébés, même si Tess soupçonnait qu'à ce stade il était surtout impatient de voir Daphne s'épanouir dans son rôle de mère.

Le cœur de Tess s'est serré pour eux et, pour la première fois, elle a pensé que d'autres pouvaient ressentir la perte encore plus fortement qu'elle ne l'avait fait quand Victor était mort. Elle ne pouvait pas imaginer perdre un bébé qui n'avait jamais vécu. Elle comprenait même un peu mieux ce que ressentent ceux qui sont autour quand les choses tournent mal pour d'autres.

Elle a jeté un coup d'œil à Soretta et l'a surprise en train de lancer à Charlie un regard en coin. Tess soupçonnait les balbutiements d'un amour naissant qui, ajoutés à la tension de la journée, la faisaient se sentir très vieille.

# CHAPITRE SEIZE

## Soretta

PLUS TARD DANS LA nuit, Soretta a entendu la sonnerie du téléphone de Billie, vite réduite au silence. Elle s'est redressée et a passé les jambes par-dessus le bord du lit. D'habitude, elle ne s'inquiétait pas du téléphone, mais elle s'était tournée et retournée pendant une heure et elle craignait que ce soit à propos de Daphne. Jugeant qu'il faisait trop chaud pour enfiler une robe de chambre — le T-shirt de son homme suffisait largement — elle s'est faufilée dans le couloir sur la pointe des pieds.

Billie s'appuyait contre le mur, murmurant au téléphone, et elle a hoché la tête quand Soretta est passée devant elle pour aller à la cuisine allumer la lumière et la bouilloire. L'eau avait déjà bouilli. Une tasse de thé ne serait pas de refus, et Billie en voudrait peut-être une autre.

Quelques instants plus tard, Mia est entrée, a fait un petit signe de la main et est allée au frigo chercher le lait.

Puis Charlie est apparu, grand et l'air parfaitement réveillé, et pour une raison quelconque il lui a adressé un regard à la fois compatissant et scrutateur, auquel Soretta a répondu par un léger signe de tête négatif. Pas de nouvelles pour l'instant. Il a levé les bras et elle a essayé de ne pas regarder le jeu de ses muscles sous sa chemise pendant qu'il sortait les tasses du placard et les posait sur la table.

Il ne manquait plus que Lorna, Tess et son grand-père, et la fête aurait été complète. Curieusement, on n'aurait pas dit qu'il était onze heures du soir, même si la journée avait été longue.

Billie est revenue et tout le monde a suspendu sa préparation collective du thé et a retenu son souffle.

Sa voix est restée étonnamment posée, ce qui rendait la nouvelle plus prometteuse. — Ils veillent sur Daphne et essaient de repousser l'accouchement. Les pédiatres veulent au moins vingt-quatre heures de stéroïdes pour que les poumons des jumeaux soient un peu plus mûrs. Si Daphne reste stable, ils envisageront une césarienne d'ici quelques jours. Morgan rentre en avion demain.

Soretta entendait le soulagement dans la voix de Billie, et elle en a tiré de la force. Même si elle n'était pas sûre que ce soulagement vienne du fait que les jumeaux de Daphne n'étaient pas encore nés, ou de la nouvelle que Morgan rentrerait bientôt.

Soretta a reposé sur la table la théière soudain lourde.

Billie a jeté un regard las autour d'elle. — Je ne vais pas prendre de thé, merci. Elle s'est frotté la ride entre les sourcils du bout du doigt. — J'en ai bu une bonne dizaine en attendant l'appel.

— Moi non plus, a dit Mia d'un ton malicieux, et Soretta a froncé les sourcils tandis que Mia inclinait la tête de façon éloquente en direction de Charlie. — Bonne nuit.

Elle la tuerait, pensa Soretta, et elle lutta pour empêcher cette nouvelle manie de rougir. La peste a feint de bâiller en sortant. Maintenant, elle regrettait de ne pas avoir mis une robe de chambre. Non pas que Charlie ait paru s'en apercevoir, mais elle se sentait un peu gênée d'avoir la plupart des jambes à l'air.

Charlie n'a pas levé les yeux vers elle en posant le lait sur la table, mais il s'est arrêté puis a détaillé son visage avec ce regard attentif qu'elle avait commencé à reconnaître. — Tu n'es pas obligée de rester prendre le thé avec moi, a-t-il dit. Ses mots sont tombés dans le silence entre eux, et, paradoxalement, elle s'est vexée qu'il essaie de se débarrasser d'elle.

Elle a haussé les sourcils et a versé le thé dans sa tasse avec une stabilité impressionnante. — C'est toi qui resterais avec moi, c'est ma cuisine. Elle s'est tournée et est allée jusqu'à l'évier pour ajouter de l'eau froide dans sa tasse.

— Merci, a-t-il dit simplement, avec cette pointe agaçante d'amusement dans la voix, et elle l'a entendu tirer une chaise et s'asseoir. Le temps qu'elle revienne à la table, il s'était servi une tasse et s'était adossé, enveloppant la fine porcelaine entre ses grandes mains.

Elle s'était fait damer le pion. Encore. — Tu ne dois pas voler demain ?

Il a haussé ces épaules-là. — Je ne dors qu'environ cinq heures par nuit. J'aurai mon quota. Le reste du temps, je lis ou je surfe sur Internet.

Elle ne voulait pas imaginer Charlie éveillé la nuit à quelques portes de la sienne. Il y avait là quelque chose de très perturbant, ce qui ne faisait que la rendre plus irritable. — Heureusement que Billie a un forfait illimité, alors. C'était Billie qui payait Internet pour la maison principale.

— Franchement, c'était gratuit. Il lui a lancé un regard soutenu. — Tu veux que je te laisse tranquille ?

Même elle savait que ça sonnait malpoli. — Non. Oui. Je ne sais pas.

Son visage s'est adouci. — On dirait bien.

Elle a serré les dents. Son cerveau a grommelé, *Oui ! Va-t'en.* Alors elle pourrait se cogner le front contre la table en paix. Peut-être qu'elle devrait partir. Elle a soupiré. Ou peut-être que ce serait le bon moment pour arrêter de faire l'enfant et rester. Mais elle devait se rappeler qu'il ne disait que les vérités qui l'arrangeaient et laissait le reste. Elle a cherché un sujet qui ne la concerne pas. — Comment ça se passe avec Mia ?

Il a levé les sourcils, dubitatif. — Dans quel sens ?

Elle a soupiré. Bon sang. Des champs de mines partout. Son cerveau lui semblait cotonneux sous la façon dont il la regardait. — Je croyais que le seul but de ta présence ici était d'encourager Mia à aller voir ta grand-mère.

— Plus le seul, maintenant. Puis il a changé de sujet. — Je pense emmener Mia voir Nonna le week-end prochain à Adélaïde. Les vacances scolaires commencent vendredi. Tu as avancé dans ta réflexion sur l'idée de venir avec nous ? On partirait samedi en avion.

Ça devait être la troisième fois qu'il le lui demandait. Elle avait espéré qu'il avait oublié qu'elle avait dit qu'elle y réfléchirait. Et elle n'avait pas demandé à Mia ce qu'elle penserait de sa venue. Voulait-il vraiment qu'elle tienne la chandelle avec sa nouvelle cousine ?

Le vrai dilemme, c'était de savoir si elle avait envie de passer plus de temps avec Charlie. Elle ne lui faisait toujours pas confiance. Au final, elle a essayé d'esquiver la décision. — Il y a un avion de libre qui traîne ?

Sa voix est restée égale. — Ce n'est pas la question que j'ai posée.

Le désir impulsif de dire oui l'a surprise. D'où ça lui venait, ça ? Puis elle s'est ravisée : non. Elle sentait qu'elle tergiversait. Que faire ? — Je verrai ce que mon grand-père a prévu.

Il l'a regardée d'un air narquois. Ils savaient tous les deux qu'en matière de projets d'avenir, Lachlan arrivait bon dernier dans la liste des personnes que Soretta consultait. — Tu me diras.

Elle a écarté de ses yeux une mèche agaçante. — D'accord.

Il a vidé sa tasse de thé et s'est levé. — J'aimerais que tu viennes, Soretta. Tu pourrais passer voir Daphne aussi. Mais seulement si tu en as envie. Il lui a lancé un de ces regards scrutateurs. — Bonne nuit.

Bonne nuit ? Elle n'allait pas fermer l'œil de la nuit. Soretta l'a regardé s'en aller et s'est demandé s'il dormirait ou s'il resterait allongé, éveillé. Elle est restée à table avec son mug et a pensé à partir à Adelaide avec Charlie. Avec Mia aussi, ce qui était au moins une consolation, et elle pourrait voir Daphne. Mais surtout, il s'agissait d'être avec Charlie dans son univers à lui. La maison de sa grand-mère. Elle était probablement plus petite que celle-ci, donc il serait là chaque fois qu'elle se retournerait et ils se heurteraient sans cesse l'un à l'autre. Pourquoi voulait-il qu'elle vienne ? Et pourquoi, elle, avait-elle envie d'y aller ? Tout ça, c'était la faute de Mia.

# CHAPITRE DIX-SEPT
## Mia

MIA SE RAPPROCHA EN douce de son nouveau parent. Elle s'était fait rembarrer par Soretta cet après-midi après les cours et Charlie était assis sur la véranda à boire du thé. Bingo.

Lorna venait de partir vérifier son rôti au four et une brève fenêtre pour avoir Charlie rien que pour elle s'offrit comme un cadeau. Elle devait admettre que, quand Charlie l'appelait sa cousine, elle se sentait drôlement spéciale. Et le taquiner à propos de leur logeuse à tous les deux s'était aussi révélé très amusant.

— Alors, tu as pris une bonne tasse de thé avec Soretta hier soir ?

Ce n'était pas comme si elle allait mourir de curiosité si elle ne le savait pas, mais ce serait rudement intéressant de savoir s'il avait vraiment fait un pas en avant. Elle observa attentivement son visage, à l'affût d'une réaction qui pourrait différer de ce qu'il dirait.

Il haussa les sourcils et elle ne put rien lire dans cette expression. Évidemment. Tellement frustrant. — Tu te rends compte que ce n'est que parce que tu es ma cousine que je ne suis pas offensé par cette question. Puis il lui sourit et elle ne put s'empêcher de lui rendre son sourire.

Il baissa la voix. — Elle pourrait venir à Adélaïde avec nous ce week-end. J'y travaille.

Détournée, les pensées de Mia se tournèrent vers le voyage à venir. À l'idée de voler dans un petit avion avec ce nouveau cousin. Elle pensa aussi à la dame âgée que Charlie appelait Nonna. Sa grand-mère. Une grand-mère qu'elle ne connaissait pas et chez qui elle devrait loger. Et si elles ne s'aimaient pas ? Même si Tess avait dit que c'était très peu probable. Elle s'y accrocha. Ce serait bien si Soretta venait.

— Ta nonna est-elle aussi gentille que toi ?

— Bien plus gentille, la rassura-t-il avec sérieux.

Elle rit. Il était drôle. Cependant, la nervosité de rencontrer une inconnue, même apparentée, persista. — Donc ça ne la dérangera pas qu'on loge chez elle ?

Il secoua la tête. — Elle sera aux anges. La maison est grande et vide. Ta mère voudra peut-être même venir si Daphne a les jumeaux. Ça lui donnerait un point de chute, plutôt qu'en ville, mais elle préférera peut-être un endroit plus près de l'hôpital. Comme elle veut.

Il poursuivit. — Nonna te racontera toute l'histoire de la famille, ma mère — ta tante — ton grand-père, et bien sûr ton père. Elle a de jolies histoires de quand il était jeune et, à mon grand désespoir, je sais qu'elle a plein de photos de nous deux.

Mia rit et frappa dans ses mains. — Oooh, des photos de Charlie-dans-le-bain.

Il frissonna de façon exagérée. — Non. Je n'ai pas vécu chez ma nonna avant mes sept ans. Dieu merci, il n'y a aucune photo de ce genre.

Mia savourait l'idée d'en apprendre plus sur sa famille, d'entendre une histoire qu'elle ne connaissait pas, des gens qu'elle n'avait jamais rencontrés et, pour une fille qui s'était toujours pensée à moitié orpheline, leur grand-mère promettait autant qu'une énorme boîte de chocolats encore fermée. Un long silence confortable s'installa entre eux.

Puis Charlie dit, — Je peux te poser une question ? Quelque chose dans son ton la fit se redresser.

Mia hocha la tête. — Bien sûr.

Quand elle vint, la question la surprit. — Est-ce que ça te bouleverse de parler de ce que tu sais de ton père ?

Son cœur se serra. Elle n'était pas sûre que « bouleversée » soit le bon mot. Plutôt triste et frustrée. — Pas vraiment. Je ne le connaissais pas. Elle haussa les épaules, mais penser à cet homme qui n'avait répondu à aucune des fantaisies qu'elle avait pu avoir sur une figure paternelle la mettait mal à l'aise. — Les rares fois où je lui ai parlé, je ne savais pas que c'était mon père.

Elle se tortilla un peu, parce qu'elle se sentait encore coupable à ce sujet. Peu de gens qu'elle connaissait n'aimaient pas leur père, mais, le jour où il les avait menacées, elle avait compris pourquoi sa mère avait essayé de la tenir loin de lui.

Sauf qu'elle ne pouvait s'empêcher de penser que lui aussi avait peut-être été frustré de ne pas avoir su pour elle. Elle s'était surprise à essayer de se placer de son point de vue bien des fois, mais ça lui prenait la tête à chaque fois.

Elle tenta de chasser l'idée insidieuse qu'elle aurait peut-être été plus gentille avec lui si elle avait su qu'il allait mourir. Le temps avait été court. Des occasions perdues. Elle devait se montrer plus indulgente envers elle-même. Personne n'aurait pu le savoir.

Elle haussa les épaules pour écarter ces pensées désagréables. Peut-être que parler de Jock la bouleversait, mais Charlie et Nonna étaient sa seule chance d'en apprendre plus sur son père. — Avec le recul, peut-être qu'il a trouvé bizarre que ce soit lui qui ait compris qu'on était de la même famille et pas moi.

Charlie acquiesça et Mia se détendit un peu lorsqu'il ne se précipita pas pour parler.

Enfin, il dit, — Ma grand-mère va vouloir savoir ce que j'ai découvert sur les dernières semaines de Jock. Je ne sais pas grand-chose. Mais on n'y peut rien.

Il fixait l'horizon par-dessus les paddocks. — Ta mère a eu d'autres nouvelles de Daphne ? Il avait changé de sujet, il devait donc s'être rendu compte que Mia n'était pas à l'aise.

Les épaules de Mia se relâchèrent. — Elle a dit qu'elle appellerait ce soir, mais je pense qu'il y a une chance qu'ils doivent déclencher la naissance des bébés. Un truc à propos du corps de Daphne qui réagit et elle n'ira pas mieux tant que les bébés et le placenta ne seront pas nés.

Charlie secoua la tête. — Je me demande si les animaux ont ce genre de problèmes ?

Mia rit. Elle sentit son humeur remonter à cette idée. Ils pensaient parfois pareil. Elle aimait vraiment avoir un cousin. — Je me suis dit la même chose. Je pensais aux chiots de Gigi et à la chance qu'on a eue que tout se passe bien. Je vais devenir vétérinaire quand je quitterai le lycée. Ce n'était plus si loin et c'était agréable d'être si sûre de ce qu'elle voulait. Elle se dit que c'était sans doute ce que sa mère avait ressenti quand elle avait dit qu'elle avait toujours voulu être médecin de l'air.

Charlie approuva d'un signe de tête. — Être vétérinaire, c'est une super profession. Tu serais douée. Tu as décidé dans quelle université tu voudrais étudier ?

— J'avais juste pensé à Sydney parce que j'y ai vécu, mais j'imagine qu'il y a d'autres options. Elle soupira. — Elles sont toutes loin de Mica Ridge. C'était drôle comme elle se sentait bien installée ici. — Ce sera la partie difficile. Je n'ai vraiment pas envie de quitter Blue Hills mais il le faudra, et cinq ou six ans, c'est long d'être loin. Le temps que ça prend dépend de l'université où je serai acceptée.

Charlie l'observait et elle lisait la compassion dans ses yeux. Elle se doutait qu'il connaissait bien la vie loin de chez soi s'il avait été au pensionnat puis voyagé pour le travail.

Il a dit : — Tu aurais toujours des vacances. Et tu pourrais essayer d'obtenir la plupart de tes stages pratiques par ici. Si tu es décidée à revenir dans les zones rurales, je pense qu'il y a aussi des bourses que tu pourrais obtenir.

Elle en avait entendu parler, mais Maman avait dit de les laisser à d'autres. — Maman me répète depuis des années qu'elle a mis de l'argent de côté pour mes études. Il m'a juste fallu tout ce temps pour découvrir ce que je veux faire.

Charlie a eu un large sourire. — Tu pourrais peut-être envisager l'université d'Adélaïde. C'est bien plus près que Sydney. Nonna serait aux anges.

— Je n'avais pas pensé à Adélaïde. Elle a calculé les distances. — Douze heures jusqu'à Sydney et seulement six jusqu'à Adélaïde d'ici. C'est un sujet dont je peux parler à Maman.

Il a souri. — Tu pourrais peut-être en parler aussi à Nonna, quand tu la verras.

Nonna. La femme qu'elle allait bientôt rencontrer. — Parle-moi encore de notre grand-mère et de la façon dont tu t'es retrouvé ici. Ça lui faisait bizarre de dire ça à un homme qu'elle connaissait à peine. Mais avec Charlie, ça passait.

— Eh bien, tu m'as entendu dire à Lorna que je travaillais au Nigeria. Le mail de Nonna au sujet de l'accident de Jock et me demandant de rentrer n'annonçait rien de bon. Elle avait besoin de moi. J'en étais de toute façon à la fin de ma rotation, alors c'était plus simple de sauter dans un avion en me disant que je ne retournerais pas là-bas.

Il paraissait si massif et si taciturne quand il parlait de son travail qu'elle n'était pas sûre qu'il l'aimait vraiment.

— Alors, parle-moi du Nigeria. Décris-le-moi.

— Chaud. Bruyant. Bondé. J'ai décollé de beaucoup de villes africaines où on se mélangeait un peu aux habitants, mais au Nigeria, on sentait vraiment la marée humaine partout.

Waouh. Bien sûr, elle avait vu beaucoup d'images de pays du tiers-monde, mais elle se doutait que la réalité serait incroyablement différente. — Ça a l'air très différent d'ici.

Son visage a changé et, un instant, il a eu l'air grave et impénétrable. Sa bouche s'est affaissée. — C'est un pays très riche, mais les gens sont dans une misère noire. La population est dense, les infrastructures sont médiocres, et en tant qu'étranger tu ne peux aider personne de manière vraiment utile. Il faut une grande organisation. Tout ce que tu peux faire, c'est offrir quelques pièces. Plus que ça et la personne à qui tu as donné l'argent serait en danger à cause d'autres tout aussi désespérés de nourrir leur famille.

Quelle horreur, et ces souvenirs du lieu l'attristaient visiblement. Elle n'aimait pas le voir comme ça. Elle voulait retrouver le Charlie rieur. — C'est difficile d'imaginer des foules quand on regarde dehors et qu'on voit l'horizon s'étirer à perte de vue.

Ses yeux se sont recentrés et se sont perdus vers les collines. Ça a marché. — Pas tout à fait, mais ça va mieux, dit-il d'un ton énigmatique. — Au moins, j'ai le sentiment d'aider vraiment des gens ici, et les compétences que j'ai rapportées de cette expérience sont un atout.

— Tess a dit que tu as atterri en pleine tempête l'autre nuit ? À ce que je sais, Rex a dit que c'était une belle manœuvre. Qu'il n'aurait pas pu faire mieux.

— C'est gentil de sa part de le dire. La nuque de Charlie a même un peu rougi. — Ce n'était pas une véritable tempête, et la situation médicale était critique. En Afrique, il y avait beaucoup d'atterrissages de ce genre.

— Tu aimes ton travail maintenant, n'est-ce pas, Charlie ? Mia guettait le sourire dont elle savait qu'il viendrait.

Le voilà. Il lui a adressé un grand sourire et elle a su qu'il avait deviné qu'en réalité elle lui demandait s'il envisagerait de rester.

Pas de promesses. — J'aime mon travail, Mia.

# CHAPITRE DIX-HUIT

## Soretta

SORETTA REGARDA LA VALISE en cuir que Lorna lui avait proposée. Ils ne partaient que pour deux nuits. Elle n'avait pas besoin d'un truc aussi grand et il n'entrerait probablement même pas dans l'avion. Son estomac papillonna rien qu'à l'idée du petit appareil.

Elle sortit l'un des sacs à dos qu'elle avait emportés au camp draft et y fourra quelques shorts, deux T-shirts et quelques sous-vêtements. Plus ce maillot de bain que Charlie disait qu'elle devrait prendre. Elle pouvait compter sur les doigts d'une main le nombre de fois où elle était allée à la plage.

Elle n'avait pas porté de maillot depuis l'école, et c'était juste un maillot Speedo en nylon bleu qu'elle utilisait pour les journées sportives. Pourvu qu'il ne baille pas quand elle plongerait. Elle ajouta aussi un grand T-shirt. Il pourrait servir à la fois de pyjama et à cacher le maillot. Quelques affaires de toilette et elle avait fini.

Elle mettrait ses chaussures de marche et la seule tenue correcte dont elle aurait besoin, et le reste se débrouillerait.

Allez savoir pourquoi elle avait dit qu'elle viendrait. Elle se sentait désormais vraiment fébrile à l'idée de ces deux nuits chez leur grand-mère avec Charlie et Mia. C'était un peu comme autrefois quand elle retournait à l'internat. Tendue. En espérant vivre de bons moments, mais en rêvant avec nostalgie au cocon de la maison. Et puis il y avait toute cette promiscuité avec Charlie, même si elle ne cessait de se répéter qu'ils partageaient désormais une maison, donc que ça ne devrait rien changer.

Elle n'avait pas l'habitude d'avoir le trac et ça lui tordait le ventre, ce qui tombait mal, car le vendredi soir, c'était de nouveau le tour de Charlie de cuisiner.

Vingt minutes plus tard, son estomac allait mieux, même si elle n'avait pas beaucoup mangé. Les lasagnes à tomber, faites avec des feuilles de pâte fraîches, avaient fait mouche, et il ne restait pas la moindre trace de l'incroyable sauce tomate-basilic sur l'assiette de qui que ce soit, sauf sur la sienne. Elle vit que les yeux de son grand-père étaient rivés sur sa portion. — Tu vas me demander si j'ai fini ?

Il hocha la tête avec un large sourire. — Charlie va peut-être devoir augmenter les quantités s'il continue à mettre la barre toujours plus haut en cuisine.

Puis la porte s'ouvrit et Billie, le visage livide, arriva avec la nouvelle que tous redoutaient.

— Les jumeaux sont nés par césarienne il y a une heure : deux garçons, Jack, puis Patrick. Ils se battent de toutes leurs forces, mais ils sont encore en dessous de la moyenne pour leur terme. Billie joignit les mains en coupe. — Ils sont minuscules, dit-elle en balayant la pièce du regard. — Rex a dit qu'ils sont aussi stables qu'on peut l'espérer, mais, bien sûr, les prochaines vingt-quatre heures seront cruciales.

— Comment va Daphne ? demanda Lorna, la question sur toutes les lèvres.

— Stable. Un gémissement collectif s'éleva à ce jargon hospitalier évasif et Soretta surprit le léger plissement des lèvres de Billie. Elle avait presque souri. Alors peut-être qu'elle gardait espoir.

— D'accord. D'accord. Sa tension montait, donc, malgré l'extrême prématurité, ils ont décidé qu'il était plus sûr pour les bébés comme pour la mère de les faire naître. Elle est encore en salle de réveil après l'opération. Rex dit qu'on lui a dit que Daphne était stable. Elle lança au groupe un regard moqueur. — Vous voyez, je ne suis pas la seule à dire ça. Rex est avec les bébés pendant qu'on les prend en charge en unité de soins intensifs néonatals.

Pris en charge. Ça ne plaisait pas à Soretta.

— Alors, quand est-ce que tu pars pour Adélaïde ? dit Lorna dans le silence.

Billie repoussa sa frange de son front et Soretta ne put manquer la tension dans ses yeux. — Dès que je peux. Je suis passée pour faire ma valise. Morgan a dit qu'il pouvait me remplacer la semaine prochaine et, d'ici là, les bébés devraient être plus stables.

Mia se leva et serra sa mère dans ses bras. — Ils vont s'en sortir.

Soretta aurait voulu pouvoir dire ça, mais son honnêteté inflexible ne le lui permettait pas. Elle n'en était pas si sûre. La plupart des animaux très prématurés ne s'en sortaient pas et elle ne s'y connaissait pas assez en bébés pour offrir une telle consolation. Elle jeta un coup d'œil à Tess, et le visage de l'infirmière refléta la même inquiétude que la sienne. Son estomac se noua.

Charlie dit, — L'offre tient toujours si tu veux voler avec nous demain, Billie. On part le matin et l'avion a quatre places, donc il y a largement de la place. J'ai parlé à Nonna au cas où, et tu es la bienvenue chez elle jusqu'à ce que tu décides combien de temps tu restes et où ça te conviendrait.

Soretta prit conscience de l'immobilité soudaine de Billie et se rappela, avec un haut-le-cœur, le secret que Charlie avait tu. Bien sûr que Billie n'aurait pas envie de loger chez la mère de son ex. Gênant à tous les coups.

À sa grande surprise, Billie ne dit pas non. — Je vais voir ce que Morgan en dit. J'avais pensé y aller en voiture, ça me laisserait une voiture sur place, mais merci, Charlie.

— Viens avec nous, Maman, renchérit Mia, et, à la réflexion, Soretta voyait bien que ce pouvait être sensé. Faire la route jusqu'à Adélaïde seule en voiture pouvait être bien solitaire, même si Billie conduisait parfois jusqu'à Sydney et que c'était deux fois plus loin.

Pauvres Daphne et Rex. Soretta se demanda si la situation n'était pas pire que ce que Billie avait dit.

La seule bonne chose à tirer de la nouvelle de Billie, c'était que ses propres angoisses à l'idée de voler avec Charlie lui paraissaient dérisoires. Daphne et Rex avaient, eux, de quoi s'inquiéter. Il fallait qu'elle arrête de se comporter en gamine à propos d'un type dont elle avait sans doute imaginé qu'il s'intéressait à elle.

\*\*\*

Le lendemain matin s'annonça clair et ensoleillé. Charlie était parti en avance pour effectuer une autre vérification minutieuse de l'appareil loué afin d'être prêt à partir quand ils arriveraient tous à la piste d'atterrissage locale.

Soretta le regarda charger les bagages tandis qu'elle se tenait avec le groupe, qui attendait un peu à l'écart de l'appareil, et ses pensées vagabondèrent vers la place qu'il avait prise dans leur monde en si peu de temps. Elle se demanda comment il s'en sortait, entouré de tous après sa vie jusque-là solitaire.

Pour un type qui avait été pilote en rotation pour des plates-formes pétrolières et des compagnies aériennes africaines, se retrouver maintenant à remplir son minuscule avion d'un groupe de femmes — ça devait lui faire drôle. Elle se demanda s'il tenait vraiment à chacune d'elles en tant que personne, comme il en donnait l'impression, ou si tout tournait autour du voyage d'aujourd'hui. Amener Mia voir sa grand-mère. Le cœur lui serra. De toute façon, il avait atteint son objectif. Elle aurait voulu pouvoir se fier à ce qu'il disait et ne pas continuer à penser qu'il cachait d'autres secrets.

Elle avait compris que, à part sa nonna, il ne s'était pas vraiment laissé impliquer avec les gens au-delà d'un niveau superficiel. Alors, qu'est-ce que Blue Hills avait bien pu avoir pour lui rentrer à ce point sous la peau ? Ou bien tout cela n'était-il qu'une façade, là encore ? Elle a poussé un soupir et a entendu Mia répondre à une question de Lorna.

Grandad avait amené Lorna pour les voir partir, et Charlie avait dit, au cours de l'une de leurs balades, que Grandad lui rappelait une version plus mince de son propre grand-père, franc du collier, gentil et solidement les pieds sur terre. Lorna, avait-il ajouté, le faisait simplement sourire.

Quant aux autres passagères, il avait toujours été doux avec Billie. Soretta l'avait entendu lui dire qu'elle avait fait un super boulot avec Mia, et Mia, eh bien, on aurait dit qu'il avait hâte de présenter sa cousine à Nonna. Restait donc elle, simple passagère. Que pensait-il vraiment d'elle ? Soretta décida que cette attente allait la rendre folle.

—D'accord, mesdames, choisissez vos places : une devant et deux derrière, et je vérifierai vos ceintures quand j'aurai fini mon tour de l'appareil.

Donc, peu importe pour lui qui s'asseyait où. Et pourquoi ça devrait lui importer ? Soretta supposa que Billie s'installerait devant. Sauf qu'au moment où elle allait grimper à l'arrière, Mia dit d'un ton léger —Non, Maman et moi, on s'installe derrière.

Mia irradiait l'espièglerie. Qu'est-ce que c'était que ça ? Puis le déclic se fit. Entremetteuse. Mia avait pris des leçons chez Lorna.

Ce qui voulait dire que, quand Charlie a terminé son dernier coup de pied dans les pneus — ou quoi qu'il fasse lors de son ultime tour d'inspection — pour monter à bord, elle a fixé par la fenêtre avant Lorna et Grandad et s'est sentie très mal à l'aise.

Elle l'entendait bouger sur le siège à côté d'elle, le cuir luisant qui grinçait, le cliquetis de sa ceinture. Elle continuait à se tordre le cou pour regarder dehors sans rien voir, terriblement consciente du courant entre eux, assis si près. Son nez tressaillit. Elle percevait cet après-rasage qu'elle s'était mise à aimer.

—Vous êtes bien installées derrière ? Ceintures serrées ? Elle faillit sursauter quand la voix de Charlie vibra tout près de son oreille.

—Bien sanglées, répondit Mia avec bonheur.

—Parfait, dit Billie. Et Soretta fut presque sûre d'entendre, là aussi, une pointe d'amusement dans sa voix.

—Très bien, marmonna-t-elle. Soretta continua à regarder studieusement son grand-père et Lorna assis dans le 4x4, à l'écart de la piste. Elle se tendit en voyant son reflet se pencher vers elle pour vérifier sa boucle et résista à l'envie de croiser son regard dans la vitre teintée.

—Je vais juste vérifier ta ceinture, murmura-t-il, et même là, elle ne le regarda pas. Les secondes s'étirèrent, mais rien ne se passa. Finalement, elle tourna vers lui un visage impassible, et il s'était déjà adossé à son siège pour l'observer. Maintenant qu'il avait capté son attention, il sourit.

—Je n'étais pas sûr que ça te convienne ?

Elle cligna des yeux. —Oh. Bien sûr. Elle leva les bras et il se pencha vers elle, et, un instant fou, elle crut qu'il avait été tenté de la chatouiller sous l'aisselle. Cette lueur dans ses yeux paraissait terriblement suspecte.

S'il osait... elle lui planterait un doigt dans l'œil. Il ne leva pas les yeux vers son visage, mais elle vit le coin de ses lèvres se relever ; elle savait donc qu'il se moquait encore d'elle. Ses grandes mains vérifièrent l'enclenchement de sa boucle, puis, Dieu merci, il se rassit.

—D'accord, mesdames. Prochain arrêt : Adelaide. Il se pencha vers sa fenêtre ouverte et lança —Attention à l'hélice !

Soretta en oublia de regarder Grandad et ses yeux se posèrent plutôt sur Charlie tandis qu'il manœuvrait le petit appareil jusqu'à la piste. Il dit d'un ton désinvolte —Temps de vol jusqu'à Adelaide : environ deux heures. Interdiction de fumer à bord.

Elle a entendu Billie rire.

Quelques minutes plus tard, ils ont quitté la piste et Charlie a fait un petit détour au-dessus de Blue Hills pour que Soretta et Mia puissent voir l'endroit depuis le ciel. Billie l'avait déjà vu bien des fois.

Être assise devant ne s'est pas révélé si mal que ça. Pendant le vol, Charlie a montré des repères et des grandes stations d'élevage où il était déjà passé, et a raconté de petites anecdotes drôles de sa vie de pilote. Il ne se montrait pas envahissant quand il se penchait pour désigner quelque chose, mais il souriait beaucoup et elle s'est surprise à raconter une histoire amusante à propos d'une sortie scolaire qui avait tourné au désastre. D'une manière ou d'une autre, il la faisait se sentir un peu à part. Elle pourrait bien pardonner à Mia de l'avoir « placée » à l'avant avec Charlie. Même si les petits coups donnés dans le dossier de son siège et les ricanements étouffés de son amie commençaient à la lasser.

\*\*\*

Après leur arrivée à Adelaide, Soretta entendait la tension dans la voix de Billie à mesure qu'elles s'approchaient de l'hôpital. Charlie avait loué une voiture à l'aéroport et avait accepté bien volontiers de passer à l'hôpital sur le chemin de la maison de sa grand-mère.

Tous se serraient les uns contre les autres devant l'hôpital, impatients de voir Daphne et les bébés, et elle s'émerveillait à nouveau de voir à quel point toutes ces personnes si différentes formaient pour elle une famille.

—Je reviendrai en voiture et je passerai plus de temps plus tard, donc on ne restera pas trop longtemps, dit Billie à Charlie, qui les a déposées en leur indiquant le bureau des renseignements. Il avait l'air content, et Soretta dut admettre que, comme compagnon de voyage, il ne pouvait pas être plus facile à vivre, prêt à faire quelques courses en ville et à revenir quand elles l'appelleraient.

Les filles suivirent Billie dans l'hôpital. Le hall s'élevait très haut au-dessus d'elles et les couloirs semblaient s'étirer à l'infini. Décontenancée, Soretta se rapprocha de Billie, heureuse que ce ne soit pas elle qui soit coincée si loin d'ici, dans cet endroit étrange et ultra moderne. Les immeubles les cernaient et, dehors, les voitures fusaient les unes après les autres ou ralentissaient brusquement au pas, des visages la dévisageant à travers les vitres. Elle avait oublié à quel point elle détestait venir en ville.

Le service de maternité semblait être à un étage et le service de soins intensifs néonatals à un autre, alors Billie suivit du mieux possible les indications détaillées pour trouver la chambre de Daphne. Merci, Billie. Soretta aurait détesté être chargée de les guider. Le bâtiment s'étirait démesurément dans toutes les directions.

Les couloirs résonnaient des pas pressés des infirmières, des médecins en blouse blanche et des visiteurs inquiets comme elles, bien loin de l'ambiance plus campagnarde de Mica Ridge qu'elles avaient quittée ce matin.

— C'est immense, dit Soretta à voix haute. Elle se sentait encore plus hors de sa zone de confort que Mia, qui semblait observer avec intérêt la mécanique interne du grand hôpital.

Elle surprit la compassion dans le regard que Billie lui adressa. *Secoue-toi*, se dit-elle. *Fais-toi une carapace.* Elle devait avoir l'air d'une fille de la campagne débarquée, il fallait qu'elle se ressaisisse.

Billie dit — Je sais. Mais c'est pour ça qu'ils sont ici, pour des soins spécialisés et intensifs. Au moins, Daphne est infirmière et comprend les hôpitaux. Tu imagines à quel point ça doit être déroutant pour des gens qui n'ont pas l'habitude des villes.

Pas besoin d'imaginer. — C'est moi. Soretta fit un geste de la main et dit d'un ton sec — N'importe quand, je préfère le pré du fond.

Elles tournèrent le dernier angle et Billie aperçut Rex la première, à travers la porte d'une chambre individuelle. Il se tenait à la fenêtre, la tête penchée, les bras autour de Daphne, tous deux regardant les jardins. On aurait dit que Daphne pleurait.

Soretta vit le visage de Billie pâlir et elle s'arrêta si brusquement que Mia faillit la heurter. Rex se tourna vers elles et leur fit signe d'entrer. La chaleur sincère de son accueil rendait les larmes encore plus déstabilisantes.

Puis Daphne les vit, les yeux rouges, le sourire tremblé mais bien là, et Billie sembla se délasser de soulagement.

Peut-être que les choses n'étaient pas aussi mauvaises qu'elles en avaient eu l'air au premier regard. Soretta ne savait pas quoi dire. Elles laissèrent Billie traverser la chambre la première et la regardèrent tendre les bras. — Ça va ? Qu'est-ce qui se passe ?

Les deux femmes s'enlacèrent, Billie prenant garde à ne pas appuyer sur le ventre de Daphne, qui devait être douloureux après l'opération. La voix de Daphne se brisa un peu, puis elle se reprit. — Ça fait tellement du bien de vous voir. On revient juste de l'USIN. Ils m'y ont descendue en fauteuil roulant, mais je crois que la prochaine fois je marcherai.

— N'en fais pas trop. Billie désigna le lit impeccable. — Repose-toi, s'il te plaît.

Il y eut un silence, un hochement de tête, et Daphne avança prudemment jusqu'au bord du lit et s'y laissa glisser. Billie l'aida à remonter les jambes et Soretta entendit la patiente pousser un soupir de soulagement lorsqu'elle s'adossa aux oreillers.

Puis Daphne dit — La saturation en oxygène de Patrick est en baisse. Ils ne savent pas pourquoi, donc ils ne peuvent pas y remédier. Ils sont tous les deux si fragiles, Billie. Je ne peux rien faire d'autre qu'être là-bas et leur parler.

— Tu sais que c'est le plus important, dit-elle si bas que Soretta avait du mal à l'entendre. Rassurée que les bébés soient encore en vie, elle et Mia allèrent serrer Rex dans leurs bras.

Soretta s'était prise d'affection pour Rex. C'était un vrai gentleman, il adorait sa femme — heureusement —, car il avait été le seul homme que Soretta jugeait digne d'emmener Daphne loin de Blue Hills.

— On dirait des montagnes russes, Rex, dit-elle en se laissant étreindre à son tour.

— Énormes, dit Rex. — Daphne tient incroyablement bon. Ils ont cru que Jack allait se mettre en veille un moment. Toutes ses constantes au ralenti. Ça s'annonçait mal. Et puis il s'est repris. Maintenant, c'est Patrick.

Daphne reprit — Rex est resté avec eux pendant que je dormais, et tout commençait à devenir si sombre qu'il a failli venir me réveiller au cas où... Sa voix s'éteignit, puis se raffermit. Elle jeta un regard à son mari. — Alors il a dit qu'il avait juste commencé à parler au petit Patrick, à lui dire à quel point on avait besoin que lui et son frère deviennent forts pour qu'on puisse leur montrer le monde. L'infirmière a dit que c'était un long monologue, pendant une bonne demi-heure, jusqu'à ce qu'il n'ait plus de mots. Daphne renifla.

Ses yeux se remplirent à nouveau et elle regarda Rex avec amour. — Incroyable, l'infirmière a dit que Patrick avait recommencé à aller mieux. Comme s'il avait entendu son père. Encore un petit miracle. Elle frissonna. — Ensuite, toutes les constantes se sont améliorées, son rythme cardiaque est remonté et s'est stabilisé, et quel soulagement ça a été. Elle fit un geste impuissant et s'essuya les yeux. — J'étais en plein pleur de détox pour évacuer.

Billie attrapa un mouchoir dans la boîte de Daphne et s'essuya les yeux à son tour. Sa voix, nouée par l'émotion, sortit un peu fêlée. — Vous vous en sortez brillamment. Ça doit être tellement dur. Et Jack, comment il va ?

La voix de Rex se fit rocailleuse. — Il est costaud. Comme sa mère. Il va y arriver, ou sinon son père ira lui parler, lui aussi. Au début, on aurait dit qu'il faisait le boulot sans faire d'histoires. Il jeta un regard à Daphne. — Il a le nez de sa mère.

Daphne rit. Un frémissement à peine, mais bien réel. — Tu ne peux pas savoir ça.

Rex acquiesça. — Bien sûr que si. Je reconnaîtrais ce nez superbe entre mille.

— Flatteur.

— On peut les voir ? Mia était venue étreindre Daphne.

Daphne sourit. — Bien sûr. Même si je ne vais peut-être pas y retourner tout de suite. Rex va vous y emmener. C'est l'unité de soins intensifs néonatals, l'USIN. Un seul visiteur à la fois, en dehors des parents. Il faut vous laver les mains et enfiler une blouse avant d'entrer pour réduire le risque d'infection pour les bébés.

— Pas de souci. Mia acquiesça. — Ils paraissent tout petits sur les photos que Maman a sur son téléphone.

— C'est parce qu'ils le sont, confirma Daphne, à nouveau en larmes. — Ils ont un masque d'oxygène sur le visage et une sonde dans la bouche pour recevoir une minuscule quantité de lait maternel tiré. Ils ont une perfusion et, bien sûr, des moniteurs, donc on ne voit pas grand-chose du bébé à travers tout ce matériel. Mais ils sont quand même magnifiques.

Ça paraissait horrible à Soretta. — Ils ont grandi ?

Daphne a secoué la tête. — Ils ont perdu un peu de poids, ce qui est normal. Ils pèsent environ 750 g.

Rex a ajouté — Donc à peu près le poids de trois paquets de beurre.

— S'il joint ses mains, c'est leur taille, a dit Daphne.

Rex, obligeant, a formé une coupe avec ses mains et Soretta a pu imaginer un chiot miniature posé sur les doigts de Rex. Ça paraissait petit, c'est sûr. Elle ne savait pas si elle avait envie de voir. — Waouh.

\*\*\*

Vingt minutes plus tard, Soretta s'est dit que la première image qui lui était venue — un chiot nouveau-né — n'était pas si différente de ce qu'elle voyait maintenant. En taille, du moins. Elle a serré ses mains fraîchement lavées l'une contre l'autre et a eu la nausée d'inquiétude rien qu'en regardant ces bébés minuscules.

Patrick portait un minuscule bonnet bleu et Jack un bonnet vert encore plus petit, et leurs paupières en demi-lune étaient hermétiquement closes, comme celles des chiots. Leur peau avait une couleur rose bordeaux et semblait presque translucide. Des bleus marquaient les bras des deux bébés, et elle pouvait à peine regarder les tubes, les machines et les bandes adhésives qui semblaient couvrir la majeure partie de leur corps.

Mia lui avait dit de regarder les mains et les pieds des bébés quand elle ressortirait, et Soretta s'est concentrée sur la main la plus proche. Les bruits et les bips se sont un peu estompés, tout comme le haut-le-cœur dans son ventre.

Elle a fixé, en inspirant vivement. — Oh mon Dieu, a-t-elle murmuré pour elle-même. Le poignet du bras extraordinairement fragile de Patrick aurait pu passer dans l'alliance au doigt de Daphne, et ces minuscules doigts comme des allumettes avaient bel et bien des ongles ! Sa main reposait serrée en poing, mais d'une réalité bouleversante.

— Ça va ? La voix calme de Rex a pénétré ses pensées.

Elle a levé la tête et a chuchoté — Regarde ses doigts !

Rex a souri. — Je sais. Je les regarde tout le temps. Il s'est penché et a touché tendrement la petite main, et, incroyable, les doigts se sont écartés contre le drap blanc comme une petite étoile de mer. — Bonjour, mon petit gars. C'est Papa. Rex a posé le bout de son doigt dans la paume du bébé et l'étoile de mer s'est refermée, s'agrippant, comme pour dire — Je te connais !

La gorge de Soretta s'est serrée et ses yeux ont piqué pendant qu'elle regardait, en oubliant presque de respirer.

La voix grave de Rex a continué de rouler. — Maintenant, sois un bon petit garçon. Continue à bien respirer. Maman redescendra te voir dès qu'elle se sera reposée. On est tellement fiers de toi et de ton frère. De vrais battants. Si déterminés. Nos petits miracles.

Soretta a cru qu'elle allait fondre en larmes sur-le-champ et s'est détournée du berceau en direction de la porte.

Le bras de Rex a passé autour de ses épaules et il a marché avec elle vers la sortie. Elle savait que c'était égoïste de se réconforter auprès de Rex alors qu'elle devrait le réconforter, lui, mais elle s'est quand même appuyée contre lui.

La réalité que Daphne et Rex pouvaient perdre leurs bébés faisait cent fois plus mal maintenant qu'elle avait vu les garçons. Ils étaient là, réels, et leurs parents les aimaient aussi farouchement que n'importe quels parents aiment leurs enfants. Mais comment ces bébés pouvaient-ils vivre alors qu'ils étaient si fragiles ?

Soretta n'a pas pu dire un mot après être allée voir les jumeaux. Billie a dû lire la confusion sur son visage, car elle s'est approchée pour lui toucher l'épaule. — Ça va ?

Le cœur de Soretta s'est serré pour Daphne et Rex. Elle a jeté un coup d'œil autour d'elle pour s'assurer que personne ne pouvait entendre, puis a chuchoté — Les bébés étaient si... transparents. Une emprise si faible sur la vie et ils dépendent tellement des soignants autour d'eux.

— C'est pour ça qu'ils sont ici.

Soretta s'est essuyé les mains nerveusement sur son jean. — Comment les gens peuvent travailler là-dedans quand ces bébés sont si malades ? Elle a secoué la tête. — Des parents doivent perdre des enfants. Et les infirmières et les médecins doivent voir le cœur de ces parents se briser. Comment ils peuvent venir travailler, voir ça, puis rentrer chez eux et avoir une vie normale ?

Sa voix s'est brisée et, bien sûr, Billie ne l'a pas manqué. Tout cela était si loin du monde habituel de Soretta, et elle ne pouvait pas s'empêcher que ça l'ait touchée ainsi.

— Ils le font pour ceux qui vivent. Et parfois aussi pour ceux qui ne vivent pas, mais qui offrent malgré tout des instants de magie auxquels les parents peuvent s'accrocher pour toujours.

Les yeux de Soretta se sont remplis. — Je ne pourrais pas faire ça. Après un moment, quand elle avait retrouvé le contrôle, elle a dit — Tu crois que c'est vrai que les bébés peuvent entendre Rex ?

Billie a hoché la tête. — Absolument. J'ai entendu d'autres histoires. Même des bébés qui allaient mieux quand la voix de leurs parents passait au téléphone sur haut-parleur s'ils ne pouvaient pas être là. Soretta voyait bien qu'elle n'en doutait pas.

Billie lui a serré le bras et cette pression avait quelque chose de rassurant. — Un bébé reste une âme sœur — peu importe la taille du corps qui l'abrite — et l'amour est le lien le plus puissant entre les esprits des gens.

Soretta n'a pas pu s'empêcher de demander — Et si les bébés de Daphne ne survivent pas ?

Elle a vu aussitôt que Billie ne voulait pas penser à ça et elle a regretté d'avoir parlé trop vite.

Billie a dit fermement — Ils ont l'air stables, pour l'instant.

Stable. Soretta avait commencé à détester ce mot.

Billie poursuivit d'un ton résolu — J'ai rencontré des bébés qui étaient bien plus mal partis que Patrick et Jack et qui sont devenus des enfants vigoureux, en pleine santé. Tout ce qu'on peut faire, c'est apporter les meilleurs soins et le meilleur soutien possibles aux bébés et aux parents. Les infirmières et les médecins là-dedans sont formés pour ça. Ça aide quand les bébés malades franchissent des étapes et commencent à grandir.

Soretta regarda Billie. Elle était en admiration devant Daphne depuis qu'elle avait sauvé son grand-père, mais elle n'avait pas vraiment réfléchi au rôle de Billie en tant que médecin. À présent, elle voyait l'intelligence acérée et l'immensité des connaissances et de l'expérience de Billie. Elle comprenait vraiment l'impact qu'elle avait sur la vie des gens et se sentait humble à l'idée que Billie la considère comme une amie.

Elle aurait dû respecter cela davantage auparavant, mais elle le ferait à l'avenir. — J'imagine que c'est comme ça que tu gères les traumatismes chez toi. Tu fais juste de ton mieux et tu te démènes pour sauver les gens. Soretta secoua la tête. — Je ne pourrais pas faire un boulot aussi sous pression, ceci dit.

Billie sourit. — Eh bien, moi, je ne pourrais pas faire ce que tu fais. Tu le fais avec les animaux dont tu t'occupes. Les agneaux que tu élèves au biberon quand ils perdent leur mère, les maladies que tu guettes, ta surveillance constante de l'environnement. Tu te fais du souci pour la sécheresse, l'eau, la nourriture et les clôtures qui gardent les animaux en sécurité. Ton cœur se serre quand un animal souffre. Il faut que quelqu'un fasse ça, et moi, je trouverais ça épuisant.

Soretta sentit le nœud dans ses épaules se dénouer un peu. — Ne viens pas me dire que sauver des tout-petits ou des victimes d'accidents, c'est plus facile que le travail au ranch, dit-elle, sincère.

— Physiquement, je suis presque sûre que si. Mentalement, c'est différent, avec ses propres défis et ses récompenses quand tu sais que tu as donné à cette personne la meilleure chance de survie parce que tu as réussi à l'amener jusqu'aux soins dans un état stable.

Ça avait du sens. — Je comprends pourquoi Lorna tient tant aux collectes de fonds. Elle jeta un coup d'œil à la porte close de l'unité de soins intensifs néonatals. — Je ne sais pas comment Daphne tient encore debout. Si c'étaient mes bébés, je serais une loque.

Billie sourit. — Nous le serions tous. Mais on est aussi très forts. À l'intérieur, Daphne est en vrac. Mais elle a Rex. Et lui a elle. Il y a là beaucoup d'amour qui porte les quatre personnes de cette famille, ainsi que l'équipe de l'unité de soins intensifs néonatals.

C'était une jolie idée. — Eh bien, ça m'a fait penser que je n'aurais peut-être pas d'enfants.

Billie parla en se tournant vers la porte qui s'ouvrait, et Soretta se tourna avec elle. — Quand tu auras le bon homme à tes côtés, ce sera différent.

Soretta rougit. — Peut-être. Elle changea de sujet. — Tu appréhendes de rencontrer la mère de Jock ?

Billie soupira. — Peut-être que rencontrer la mère de Jock est quelque chose que je dois faire. Je pourrais même réussir à lâcher la culpabilité d'avoir, d'une certaine façon, laissé tomber Mia en excluant son père. Elle baissa les yeux sur ses ongles. — D'après ce que Charlie a dit, je crois que la mère de Jock a autant souffert que moi.

La porte s'ouvrit et Rex sortit. Il souriait, et Soretta avait du mal à comprendre comment il pouvait sourire après avoir laissé ses bébés vulnérables, même si les paroles de Billie l'avaient aidée.

À cet instant, elle eut comme une illumination. Elle comprit que, tout comme elle, Billie avait passé trop d'années à se blinder et à apprendre l'autonomie. Elle avait trop peur de saisir le bonheur, parce que la seule autre fois où elle s'était autorisée à faire confiance à quelqu'un, tout lui avait explosé au visage.

Elle jeta un nouveau coup d'œil à la porte close de l'unité de soins intensifs néonatals et se dit que la vie était peut-être trop courte pour ne pas viser les étoiles.

Puis Charlie arriva et la conversation cessa. Mais son cerveau bourdonnait de nouvelles idées et possibilités.

*** 

Une heure plus tard, dans les collines à l'est d'Adelaide, ils passèrent deux portails massifs.

Soretta cessa de penser aux bébés et se figea sur le siège avant. À l'arrière de la voiture, Mia et Billie s'étaient tues, surprises, tandis qu'ils remontaient l'allée bordée d'arbres jusqu'à la maison au bord de la falaise.

L'allée avait peut-être une longueur comparable à celle de Blue Hills, où des rochers et des atriplex bordaient chaque côté, mais ici, c'étaient des jardins à l'anglaise impeccablement entretenus et des pelouses immaculées.

Soretta mordilla sa lèvre et plissa les yeux devant la connivence de Charlie. Ce n'était pas du tout ce à quoi elle s'était attendue, et elle n'aurait pas dû venir.

La maison avait deux étages imposants, bien plus grande que celle de Grandad, avec même des colonnes et une tourelle de château. Les jardins étaient entourés d'arbres installés de longue date qui trahissaient des années à arroser au tuyau. Et pour couronner le tout, le manoir trônait sur un promontoire dominant la ville d'Adelaide, qui s'étendait devant eux comme une carte.

La grand-mère de Charlie se tenait en haut des marches, les mains serrées l'une dans l'autre devant elle. Elle ressemblait plus à Mia que Soretta ne l'aurait cru, et, sans trop savoir pourquoi, son ventre se tordit sous l'effet d'une nervosité soudaine.

La vieille dame sourit, ses yeux verts délavés pleins d'un accueil chaleureux, et pourtant Soretta se sentit mal habillée et impressionnée, deux sensations qu'elle détestait.

Bon sang, Charlie ! Il l'avait encore menée en bateau en omettant des faits importants. Comment diable finissait-elle toujours par se retrouver dans ce genre de situation avec un homme qui arrangeait la vérité à sa sauce ?

Des faits comme le fait qu'il devait être une sorte de millionnaire déguisé en pilote besogneux. Elle se berçait d'illusions si elle pensait qu'il lui parlait pour une autre raison que s'assurer de pouvoir rester à Blue Hills et les travailler au corps, Mia et Billie. Elle lui lança un regard venimeux qui, comme d'habitude, ricocha sur lui sans effet, et elle serra les dents en sortant de la voiture avant que Charlie ne puisse lui ouvrir la portière.

Mia jaillit de l'autre côté et Charlie entraîna d'abord Billie, le bras solidement passé sous son coude pour la soutenir, ce que Soretta devait bien admettre : c'était classe.

— Nonna, voici la docteure Williamina Green, a dit Charlie puis, en désignant sa grand-mère, a ajouté — Voici ma grand-mère, Isabel Porter.

Billie a tendu la main, que la vieille dame a prise avec une chaleur sincère et a serrée entre ses deux mains veinées.

— Appelez-moi Billie, s'il vous plaît, Mme Porter, a dit Billie, et la vieille dame a souri, s'est penchée et l'a embrassée sur la joue. Les yeux de Billie se sont écarquillés.

— Appelez-moi Isabel. Alors Mme Porter était une charmeuse, comme son petit-fils, a pensé Soretta avec humeur (plutôt à l'égard de Charlie qu'à celui de sa grand-mère), et Billie a paru se détendre, la tension qui planait autour d'elle retombant d'un coup. Pauvre petite. Elle était bien plus à bout que Soretta ne l'avait imaginé.

Soretta avait été tellement occupée à vouloir deviner les intentions de Charlie et à se faire du souci pour les bébés qu'elle en avait brièvement oublié le trac de Billie. Remettre de l'ordre dans ses propres pensées, c'était comme essayer de dérouler un vieux grillage à poules d'occasion, et elle se sentait particulièrement à cran en ce moment.

Soretta a regardé Charlie tourner son réflexe protecteur de Billie vers sa grand-mère et lui serrer les épaules.

Soretta a soupiré. Et voilà, ça recommence. L'aimer, ne pas l'aimer, l'aimer de nouveau. Par moments, elle devait lui reconnaître des qualités : il adorait visiblement sa grand-mère et, humainement, il n'était sans doute pas si mal. Mais il la rendait folle quand il ne disait pas les choses clairement ou qu'il omettait des faits pertinents.

Mme Porter a levé les yeux vers lui et son sourire est revenu, un peu tremblant, avant de se tourner vers ses autres invités, ses yeux se posant sur Mia. — Et tu dois être ma petite-fille.

# CHAPITRE DIX-NEUF

## Mia

POUR MIA, C'ÉTAIT COMME si elle avait attendu ce moment toute sa vie, mais quand il arriva enfin, elle hésita, étrangement submergée par une pudeur qui n'avait rien à voir avec les grandes maisons ou les beaux vêtements et tout à voir avec le fait de se tenir devant sa nouvelle grand-mère. Ses pas vacillants tenaient à la peur de gâcher cette chance. C'était le moment de retrouver une part d'elle-même qu'elle avait toujours eu l'impression qu'on ne lui avait pas permis d'entrevoir.

Depuis que Charlie lui avait dit qu'elle avait un cousin et une grand-mère, ce moment s'était chargé d'une attente un peu irréelle, celle que tout sonnerait juste. Que, malgré le fait que la femme en face d'elle était une inconnue, elle ressentirait un lien.

À présent, tandis qu'elle regardait cette femme majestueuse dont les coins des yeux portaient les fines marques du temps et de la douleur - des yeux qui ressemblaient à ceux de Charlie et, si elle osait l'espérer, aux siens aussi - elle sentit, soulagée, une reconnaissance subtile mais bien réelle s'éveiller quelque part dans sa poitrine.

À la lisière de son champ de vision, sa mère rôdait, protectrice, puis sa main serra celle de Mia en la rapprochant de la marche. — Voici Mia.

Les mots lui semblèrent venir de très loin. Le sourire de sa grand-mère l'attirait, ses yeux bienveillants brillaient d'un accueil que Mia ne pouvait pas manquer, et une partie de la tension qui l'avait tenue tout au long du trajet commença à s'échapper. Elle le sentait. Les commissures de sa bouche se relevèrent, une bouffée de certitude chaleureuse lui assura que tout irait bien et puis, comme sa nouvelle grand-mère, elles se retrouvèrent toutes les deux, contre toute attente, à ravaler des larmes.

De plus loin, elle entendit la voix de sa mère. — À voir les regards que vous échangez, on voit bien que c'est ta petite-fille.

Les doigts fins de Mrs Porter tremblaient légèrement lorsqu'elle tendit la main, un moment de nervosité que Mia reconnut sans trop savoir comment. C'était tout ce dont elle avait besoin. Elle fit un pas en avant.

— Non. Elle te ressemble, pas à moi, mais ses yeux sont sans aucun doute des yeux Porter. Un autre pas, puis des mains douces emprisonnèrent le visage de Mia et des lèvres tendres embrassèrent sa joue. — Oh ma chérie. C'est tellement merveilleux de te rencontrer.

Mia se pencha et leurs bras s'enlacèrent dans une étreinte lente.

Elle entendit sa grand-mère lui dire dans les cheveux : — Ta mère doit être très fière de toi.

Mia se recula, essuyant l'humidité qui embuait ses yeux, et jeta un coup d'œil à sa mère. Sa mère sourit. — Parfois, dit-elle, puis dans un murmure, — J'espère que oui.

Puis ce premier moment passa et elle recula. Charlie tendit la main, prit celle de Soretta et l'amena vers l'avant.

Mia resta en retrait et observa, l'esprit en ébullition, ravie d'absorber tout cela à l'écart de la lumière. Elle contempla sa mère, qui la regardait avec une expression étrange, comme si Mia risquait de ne plus l'aimer, ce qui était absurde. Alors elle se rapprocha de sa mère et lui serra la main ; sa mère serra si fort en retour qu'elle lui écrasa les doigts et Mia grimaça.

Charlie poussa doucement Soretta vers sa grand-mère. Sa grand-mère. Mia se permit un petit sourire à cette idée.

Charlie dit : — Et voici notre propriétaire, Soretta, celle dont je t'ai parlé, Nonna. Soretta dirige le ranch de Blue Hills et nous tient tous à carreau.

Les yeux de Soretta lançaient de nouveau des étincelles et Mia se demanda ce que Charlie avait bien pu faire pour l'agacer cette fois. — On dirait que tu me fais passer pour un flic, dit Soretta.

Mia et sa nouvelle grand-mère sourirent toutes les deux. — Il te fait passer pour quelqu'un qu'il admire. Bienvenue, Soretta. Toute amie de Charlie est mon amie.

Mia trouva que c'était joliment tourné. Puis sa grand-mère commença à les faire entrer et Mia passa la dernière. Elles se sourirent de nouveau tandis que sa grand-mère disait : — Entrez, tout le monde, et je vous montrerai vos chambres. Ensuite, si vous avez faim, on prendra un rafraîchissement sur la terrasse.

Le déjeuner tardif s'avéra plus détendu que Mia ne l'avait imaginé. Sans doute grâce au grand chien de berger tout ébouriffé, Reggie, qui l'adopta sur-le-champ, elle et Soretta, après l'adoration évidente qu'il vouait à Charlie ; elle pouvait chouchouter Reggie et se sentir davantage chez elle chaque fois que les fichus nerfs la reprenaient. Ce qui arrivait par moments, maintenant qu'elle regardait autour d'elle et se rendait compte que c'était vraiment une demeure grandiose. Elle appartenait manifestement à la famille de Charlie depuis des années - ce serait désormais la sienne - et, juste comme ça, elle se découvrait une autre histoire familiale, comme les autres filles. Elle espérait seulement être à la hauteur des attentes de sa nouvelle grand-mère.

Nonna dit : — Tu sais que tu pourras me rendre visite quand tu voudras. Elles étaient en train de sortir et d'empiler les albums photos que Nonna avait rangés dans le grand vaisselier de la cuisine. Mia soupçonnait qu'elle en avait des dizaines cachés quelque part, et elles devaient tous les installer sur la grande table du salon pour les examiner plus tard avec Charlie et Soretta.

Elle avait déjà fait connaissance avec les membres de sa famille passée en longeant la longue cheminée blanche du vaste salon et en détaillant les photos encadrées. Elle avait vu sa tante et son oncle disparus, les parents de Charlie, ainsi que son grand-père, lui aussi décédé, qui ressemblait à Charlie en plus âgé, et Nonna avait dit qu'elle aurait aimé que tous puissent la rencontrer. Surtout son grand-père. Mia lui avait serré la main et avait dit qu'elle voulait tout savoir sur lui, ce qui avait semblé réconforter un peu sa grand-mère.

Puis elle avait vu Charlie écolier et adolescent sérieux, et projetait de le taquiner à ce sujet la prochaine fois qu'il recommencerait à la piquer.

Mais les vraies révélations étaient venues avec les photographies de son père bébé, puis écolier et enfin jeune homme séduisant, avec ce petit quelque chose conscient de son pouvoir de charmer les femmes. Elle voyait très bien la version plus âgée de Joseph dans sa tête, et il était difficile de faire le lien entre ce jeune homme privilégié et le vagabond colérique qu'il était devenu. Mais elle ne pouvait pas dire ça à Nonna.

Nonna dit — Je crois que ça a commencé avec une jeune femme qui lui a brisé le cœur. Il paraissait devenir de plus en plus amer et coléreux, puis il s'est mis à traîner avec la mauvaise bande. Et l'alcool et la drogue l'ont changé.

Elle haussa les épaules, et Mia vit la douleur gravée sur ses traits, celle de n'avoir pas pu aider son fils. — Je ne suis pas la seule mère à qui c'est arrivé, mais c'est une tristesse dont ton grand-père et moi n'avons pas réussi à nous défaire. Elle se ressaisit. Et même Mia devina que son sourire était un peu forcé. — Mais je t'ai maintenant, et tu me rappelles tous les souvenirs heureux que j'ai de ton père quand il était petit garçon. Je crois qu'on va bien s'amuser.

À ces mots, son visage changea, paraissant plus jeune et moins marqué par les soucis. En fait, elle ressemblait à Charlie quand il mijote un plan, et Mia ressentit un élan d'amour inattendu pour cette femme courageuse qu'elle avait eu la chance de découvrir comme étant sa grand-mère.

— Nonna. D'un geste impulsif, Mia se pencha et la serra dans ses bras. — Je suis tellement heureuse de t'avoir trouvée.

Elle s'était très vite habituée à appeler Mrs Porter Nonna, et c'était amusant quand elles se mettaient à parler en même temps, d'autant que, la plupart du temps, elles allaient dire la même chose. Mia n'avait jamais éprouvé une sympathie aussi rapide et sincère pour quelqu'un qu'elle connaissait à peine et chaque minute la mettait plus à l'aise d'être ici.

Comme sa mère était retournée à l'hôpital avec Daphne, au volant de la voiture de location de Charlie, et que Soretta et Charlie étaient sortis se promener, c'était agréable d'être juste toutes les deux. Elle avait l'impression que sa grand-mère ressentait la même chose.

— Charlie a dit que tu pensais peut-être devenir vétérinaire.

Il semblait que Charlie avait raconté beaucoup de choses à sa nonna. Une vraie pie, mais elle ne pouvait pas lui en vouloir. Après tout, il lui avait déniché une famille entière, même s'ils n'étaient plus que trois.

— Ouais. J'adore les animaux. Elle baissa les yeux vers le chat qui était apparu, s'était étiré et avait décidé d'appuyer son corps souple et velu contre sa jambe.

Nonna secoua la tête de gauche à droite. — Et je vois qu'ils te trouvent une âme sœur. Sheba ne va jamais vers les inconnus, et la voilà qui t'utilise comme point d'appui. Et je crois que Reggie hésitait entre partir avec Charlie ou rester avec toi. Le chat s'étira et accrocha légèrement le jean de Mia, comme si elle savait qu'on parlait d'elle. Elles rirent toutes les deux.

Nonna demanda — Alors, où penses-tu aller à l'université ?

Adélaïde commençait à lui paraître particulièrement intéressante. Elle n'avait pas vraiment d'endroit où loger à Sydney. — Je ne suis pas sûre. Mais depuis que Charlie en a parlé, maman et moi avons évoqué Adélaïde comme option, en plus de Sydney.

Le visage de Nonna s'illumina. — Ce serait formidable. Continue à penser à Adélaïde. Tu sais que Charlie a un appartement à l'arrière de la maison ? Je pourrais aménager deux pièces à l'étage en un appartement pour toi, si tu voulais un chez-toi. Elle eut l'air penaude. — Je m'emballe. Mais même si tu préférais rester sur le campus, tu pourrais revenir ici le week-end.

Mia rit. Tout commençait à ressembler à un conte de fées. — Je commence à me dire que je ne te mérite pas. Tu vas me gâter.

Nonna s'arrêta et la regarda. — Ma chérie. Je ne vois rien de mieux que d'avoir la chance de passer les dernières années de ma vie à te gâter à l'excès. Mais je vais essayer de ne pas le faire. Ta mère a fait un travail trop remarquable pour que j'arrive et te gâche. Ses yeux pétillèrent. — Mais nous allons passer un très bon moment.

# CHAPITRE VINGT

*Soretta*

QUAND CHARLIE A PROPOSÉ de lui montrer son appart, Soretta a été ravie d'être sauvée. Elle avait conclu que Mia et Mrs Porter s'étaient découvert bien des affinités, des goûts et des dégoûts en commun. Elles étaient dans leur bulle, têtes penchées l'une vers l'autre, et n'avaient pas besoin d'elle.

Suivre Charlie dehors, c'était comme s'échapper. Son appart, qui avait son entrée sur le côté de la maison, lui a paru étrangement excitant à entrevoir. Quand elle est entrée, elle l'a trouvé meublé dans un style épuré, discret, mais ce qui s'y trouvait semblait coûteux et masculin. Punaise. Côté confort moderne, on atteignait des sommets. Rien que la chaîne hi-fi aurait payé une petite voiture. Soretta a décidé que James Bond s'y serait plu, dans cet appart avec sa vue panoramique magique sur Adélaïde. Le contraste avec le style campagnard simple de sa chambre à Blue Hills l'a frappée. Cette pensée jurait avec la fierté farouche qu'elle éprouvait pour la ferme de son grand-père. Elle se demanda s'il regardait sa maison de haut.

Charlie a dit — Nonna a fait décorer ici après la mort de mon grand-père. Pour quand je rentre à la maison. Ça me met mal à l'aise. Quel gâchis d'argent, parce que je suis un gars simple et je dors en fait mieux à Blue Hills.

Comme s'il lui avait lu dans les pensées. Elle n'a pas pu s'empêcher d'éprouver un petit jaillissement de satisfaction soulagée à ces quelques mots. Charlie a continué sans la regarder, le regard perdu sur la vue. — Je sais qu'elle avait besoin d'une distraction et elle a toujours aimé décorer, alors j'ai dit que j'adorais.

Il l'a regardée et un lent sourire a éclairé son visage. Puis une lueur malicieuse a brillé dans ses yeux. — Attends, c'est encore mieux. La chambre, quand il a poussé la porte, était décorée d'un bleu roi profond, avec un énorme lit à baldaquin recouvert de coussins noirs et d'un couvre-lit jungle noir et blanc en fausse fourrure. Elle a cligné des yeux et a ravaler un éclat de rire.

— Charlie. T'es un sacré animal. Sa voix tremblait tandis qu'elle essayait de se retenir. — Cette chambre, c'est à mourir de rire.

Charlie a levé les sourcils. — Pas tout à fait la réaction qu'un homme espère.

Elle lui a adressé un large sourire. — Il me faudrait un marchepied pour grimper là-dedans. Ce n'était pas qu'elle songeait à se glisser dans le lit de Charlie. À peine les mots sortis de sa bouche, la chaleur dans ses joues est montée d'un cran jusqu'à lui brûler la peau. Elle a évité son regard et a battu en retraite à toute vitesse. — Alors, fais-moi visiter les jardins. Sa voix lui a paru un peu étranglée, mais au moins ça lui donnait une excuse pour filer par la porte d'entrée et se réfugier au frais des massifs presque en courant. Elle entendait Charlie rire derrière elle. Elle lui avait sans doute donné la réaction qu'il espérait, cette fois. Sacré filou.

Elle a résisté à l'envie de s'éventer et a plutôt tapoté la tête de Reggie, qui les avait attendus sagement dehors.

Donc voilà l'appart de Charlie. Chanceux, Charlie, mais il fallait admettre qu'il ne se comportait pas comme un petit-fils pourri gâté. Peut-être que Mrs Porter avait eu besoin de déverser son chagrin dans la création d'un décor de rêve pour Charlie parce que, a supposé Soretta, elle n'avait pas pu le faire pour son propre fils.

La voix de Charlie a retenti derrière elle. — Tu veux remonter l'allée ? Je te présenterai un homme qui en connaît un rayon sur l'histoire agricole du coin.

— Bien sûr. Elle a marmonné le mot au chien avant de relever la tête.

Une fois qu'ils ont recommencé à marcher, elle a commencé à se sentir mieux. Ce n'avait été qu'un commentaire idiot parce qu'elle n'était pas habituée à parler à des gars séduisants qu'elle n'était pas en train de diriger. Charlie n'avait pas l'air d'en faire tout un plat, à part un moment d'amusement dont il avait bien profité. Typique. Elle était devenue tellement à cran avec lui qu'elle s'était transformée en andouille et elle allait arrêter tout de suite. Mieux valait être dehors, là où elle se sentait toujours plus à l'aise. Même si cet endroit avait le genre de jardin qu'elle avait lu dans les livres et qui ne ressemblait en rien aux paddocks secs et poussiéreux de chez elle. N'empêche, c'était ravissant, et elle aimait bien la grand-mère de Charlie, et c'était chez elle.

— L'homme qu'on va rencontrer, Tom, est ici depuis bien avant mon arrivée.

Alors, maintenant, il acceptait de lui donner quelques infos sur son passé, hein ? Elle a ravaler la remarque sarcastique qu'elle s'apprêtait à faire et a décidé qu'elle ferait bien de profiter de l'occasion d'en apprendre un peu plus. Soudain, elle s'est figuré un Charlie haut comme trois pommes, tête blonde penchée, yeux gris-vert embués de chagrin, et, sans raison apparente, sa gorge s'est serrée une minute. — À sept ans, le cœur en miettes ?

— C'est une histoire vraie, a dit Charlie.

— Sept ans, c'est très jeune pour perdre ses parents. Elle a grimacé. — Comment tes parents sont-ils morts ?

Son regard a balayé l'horizon. — Un troupeau de kangourous au crépuscule. Ils sont morts sur le coup, donc j'imagine que la voiture roulait à bonne allure.

Ça sonnait si choquant, si définitif pour un enfant de sept ans. — Tu t'en souviens ? lui a-t-elle demandé.

— C'est flou, mais oui. Nonna a des albums photo qui aident. Parfois, je me demande quelle vie j'aurais eue si mes grands-parents n'avaient pas été là pour me remettre sur pied. Il a baissé les yeux vers elle. — On a tous les deux eu la chance d'avoir des grands-parents qui sont venus à la rescousse.

— C'est ce que j'ai pensé le premier jour où tu es arrivé. Elle a plissé les yeux vers lui. — Quand tu jouais les fourbes.

Ses yeux ont pétillé. Aucune excuse en vue. — Te mettre sur une fausse piste ?

— Oui. Et ce n'était que le début. Maintenant, je découvre que tu es probablement le célibataire le plus convoité d'Adélaïde. Elle lui a lancé un regard en coin et sévère. Qu'il était plus difficile de maintenir sévère quand il la regardait comme ça.

Alors il a haussé les épaules. — C'est ton grand-père qui a 80 000 hectares. Ça m'irait très bien si Nonna léguait tout à une œuvre caritative. Il a souri. — Ou à Mia. Alors, tu te souviens de tes parents, au moins un peu ? Il a changé de sujet.

— Mon père est mort dans un accident à la ferme juste avant ma naissance, et ma mère peu de temps après ma naissance. Donc je n'ai connu que mes grands-parents.

—Je suis désolé.

Elle haussa les épaules. Elle ne s'était jamais sentie orpheline. —Je n'ai pas de photos de moi avec eux, mais comme toi, j'ai de la chance avec mes grands-parents.

Ils contournèrent un virage et l'homme au loin s'arrêta, fit un signe de la main, puis se pencha de nouveau pour reprendre sa taille jusqu'à ce qu'ils se rapprochent.

—Bonjour, Tom. Charlie et Tom se serrèrent la main, et il y avait beaucoup d'affection véritable dans leur poignée. Soretta en eut le cœur réchauffé et se sentit, d'une certaine manière, rassurée que tant de gens soient heureux de voir Charlie. Il était donc respecté et apprécié, ce qui voulait dire qu'il était normal qu'elle aime autant sa compagnie.

—Bonjour, Charlie, mon garçon. Et qui nous amènes-tu là ?

—Soretta Byrnes. Il fit un geste entre eux deux. —Tom Nuckley. Soretta vient d'une grande propriété appelée Blue Hills, derrière Mica Ridge, du côté de Broken Hill.

—Je connais Blue Hills. J'y ai travaillé comme tondeur de moutons avant votre naissance, jeune fille. Votre grand-père, c'est Lachlan Byrnes ?

Elle acquiesça. —Le monde est petit.

—Encore plus petit si on le mesure en exploitations ovines, dit Tom d'un ton avisé. —Votre grand-père est un brave homme.

Waouh. Comme c'était agréable. —Merci.

Charlie regarda Tom. —Alors, comment va Colin ?

Le vieil homme releva fièrement la tête. —Ça va bien. Les tests de dépistage reviennent toujours négatifs, donc il tient sa part du marché.

—Tant mieux pour lui, dit Charlie en hochant la tête. —J'ai amené la nouvelle petite-fille de Nonna, Mia, lui rendre visite. C'est une chouette gamine.

Les yeux bleus délavés de Tom pétillèrent. —Oui. Il y a eu une certaine effervescence discrète à ce sujet. Les deux hommes échangèrent un sourire. —Ta nonna apprécierait de pouvoir compter sur quelqu'un d'autre que toi pour lui redonner le sourire. Puis, sans prévenir, le doux sourire de Tom s'effaça et sa bouche se durcit. —Tu as découvert comment Jock est mort ?

Le visage de Charlie laissa paraître peu d'émotion. —Un accident. Un virage. Trop vite.

Tom hocha la tête d'un air sombre. —Je ne devrais pas le dire, mais je me dis que ça ne m'étonne pas.

—Je repasserai te parler tout à l'heure, lui dit Charlie.

Soretta avait été détournée par le chien, et maintenant elle regarda l'un puis l'autre et vit Tom hocher une fois la tête avant de détourner le regard. —Oui.

—Alors, comment va la sécheresse à Mica Ridge ? demanda Tom à Soretta. Ça recommence à se dessécher ?

—Mieux que l'an dernier. La nappe phréatique tient.

—Là-bas, ça devient sacrément sec. Son regard balaya la verdure qui les entourait. —Rien à voir avec ici.

—Carrément, dit Soretta. —C'est un autre monde. En bien des points, se surprit-elle à penser.

—Saluez votre grand-père de ma part, dit Tom, et Charlie tendit la main en guise d'au revoir. Ils se serrèrent la main et Soretta inclina la tête devant l'homme plus âgé. —Ravie de vous avoir rencontré.

Charlie fit un signe de tête vers le bord de la falaise. —Soretta et moi descendons en ville avec la voiture de Nonna. Tu as besoin de quelque chose ?

—Non, j'ai tout ce qu'il me faut.

—À plus tard, alors. Et, tout aussi vite, Soretta s'était laissée entraîner. Adieu les discussions agricoles.

Soretta leva la main en guise d'au revoir et lui emboîta le pas. —C'était quoi, tout ça ?

Charlie hésita avant de répondre. —La dernière fois que je suis rentré, le fils cadet de Tom s'est fait droguer son verre dans une boîte à Adelaide avec de l'ice. Après ça, il est parti dans une virée violente qui a choqué tout le monde.

Soretta jeta un regard en arrière vers Tom, qui avait repris sa taille.

—On n'a jamais su qui lui avait refilé ça, continua Charlie, mais j'ai réussi à faire ajourner l'affaire jusqu'à ce que Colin puisse prouver que c'était un épisode isolé, indépendant de sa volonté. J'ai dédommagé les victimes autant que possible pour les dégâts. On espérait éviter que Colin se retrouve avec un casier. Tom, bien sûr, était dévasté.

—Où est Colin maintenant ?

—Il travaille pour un ancien patron à moi. Il y a une possibilité d'apprentissage. Ça s'annonce bien.

—Donc il aurait été jugé si tu n'étais pas intervenu ?

—Le procès aura quand même lieu, mais le dossier est désormais plus favorable à Colin, pour qu'il ait une audience équitable.

Un souvenir lui revint de la nuit où elle avait été envoyée marcher avec Charlie. —C'est pour ça que tu as réagi quand Mia a parlé de l'ami de Trent ? Wally ? Soretta regarda de nouveau le vieil homme au loin et se demanda à voix haute. —Tu te demandais si ça avait pu lui arriver et que c'est comme ça qu'il s'est retrouvé embarqué ?

—Parfois, tout n'est pas noir ou blanc. Ils ont essayé de faire chanter Colin pour qu'il rejoigne leur réseau de drogue avec quelque chose qu'il avait fait pendant l'épisode ; c'est comme ça qu'ils opèrent, ils utilisent le chantage pour infiltrer les familles du coin. Heureusement, il est venu me voir.

Elle se demanda s'il pensait à sa position intransigeante quand il s'agissait de juger les gens. Après tout, elle aussi s'était brûlée avec le mensonge, et cela avait failli coûter Blue Hills à son grand-père. Peut-être qu'il ne la jugeait pas, mais elle en gardait des doutes qui la mettaient mal à l'aise.

Au moins, cela expliquait sa discussion sur la violence liée aux drogues ce soir-là à Blue Hills. Heureusement, Charlie changea de sujet. —Laissons tout ça de côté pour l'instant et concentrons-nous sur Adelaide. Je me disais qu'on pourrait aller à la plage demain.

— D'accord. Elle n'était pas du genre à s'attarder sur ce qui se passait en dehors de la station, sauf si nécessaire. — Donc j'en déduis qu'on fait les touristes dans le coin aujourd'hui ? Soretta savait que Mia et sa grand-mère avaient prévu des choses, et Charlie semblait aussi content qu'elle de faire de même.

Ils revinrent vers la maison. — Je pensais qu'on commencerait par le belvédère — on voit l'autre côté d'Adelaide s'étaler — ensuite tu décideras où tu veux aller.

La brousse couvrait les collines sur le côté de la maison. — C'est loin ?

— Pas vraiment, on est dans les collines de toute façon. On n'est pas obligés d'aller directement en ville. On pourrait flâner sur un des sentiers du belvédère si tu as envie de te dépenser.

Elle secoua la tête. Pas aujourd'hui. — Se dépenser pour le principe me paraît inutile. Se dépenser parce qu'il y a tant à faire, c'est différent.

Il baissa les yeux vers elle tandis qu'ils avançaient sur l'allée de gravier. — Je vois bien que c'est différent. La station te manque ? Il avait l'air sérieux.

Elle haussa les sourcils. Bon sang. — Je ne suis partie que depuis un jour. Je gère, merci.

Pourtant, il ne l'était peut-être pas, car il se contenta de lui adresser un large sourire. Elle ne savait jamais à quoi il pensait, ni ce qu'elle venait de dire qui le faisait sourire, ni ce qui se passait entre eux, bon sang. Tout cela était très déroutant.

Ils montèrent en voiture jusqu'au belvédère de Mount Lofty, et les fourrés denses qu'ils traversèrent, ainsi que l'immense tour de guet d'urgence, lui rappelèrent qu'ils étaient ici en plein pays des feux de brousse. Les tristement célèbres Adelaide Hills.

— La maison de ta grand-mère a-t-elle déjà été menacée par le feu ?

— Tom dégage bien tout autour de la maison et on a des tuyaux d'arrosage d'urgence si le feu s'approche. Les plus vieux amis de ma grand-mère ont perdu leur maison. Tu la verras en repartant. Les tours de pierre et la coque en grès sont encore là, mais c'était une perte tragique d'un superbe bâtiment patrimonial.

Soretta pensa à la maison. — Autour de la maison, à Blue Hills, il n'y a pas grand-chose à brûler, l'atriplex est rare et, la plupart du temps, les feux sont assez faciles à maîtriser. Elle jeta un regard autour d'elle. — Mais ici, la broussaille est épaisse et je l'imagine très bien grimper à toute allure sur ces collines.

Il hocha la tête, sombre. — C'est alerte maximale chaque été. Il y a une maison blottie dans chaque ravin, partout dans ces collines. Et les routes sont étroites et souvent surplombées par les arbres. Un cauchemar pour les pompiers.

— Je me souviens que mon grand-père parlait du Mercredi des Cendres. C'était par ici, n'est-ce pas ?

Son visage se durcit. — Oui. 1983. Vingt-huit personnes ont perdu la vie ici et des centaines de maisons. Avant ma naissance. Ici, tout a été détruit, sauf la tour de guet et l'obélisque.

— Il y a du bon à avoir son voisin le plus proche à des kilomètres et pas grand-chose à brûler, dit-elle, amère. Elle était reconnaissante de n'avoir jamais eu à affronter un feu pareil à Blue Hills.

Ils traversèrent le centre touristique et ressortirent de l'autre côté vers l'esplanade. Adelaide s'étalait en demi-cercle devant eux, et il lui indiqua la direction de l'aéroport d'où ils venaient, Glenelg et Holdfast Bay, les plages où il voulait l'emmener plus tard, ainsi que l'endroit où se trouvait, vue d'ici, la maison de sa grand-mère.

— Alors, tu veux faire quelques balades ici ? Il y a une marche jusqu'à une cascade qui prend deux heures et demie.

Elle haussa les sourcils. — Pas aujourd'hui. Elle s'arrêta et lut attentivement les informations sur un panneau devant le sentier dont il parlait. — Et apparemment, il y a ici un champignon de pourriture des racines que je vais éviter de ramener chez moi sur mes baskets, merci bien.

— Le champignon de pourriture des racines. Il éclata de rire. — C'est bien ça. Tu serais la seule personne à tout lire. Cela dit, là-bas, il mourrait de soif.

Il rit de nouveau et Soretta sentit ses lèvres tressaillir tandis qu'elle se laissait gagner par l'humour et la chaleur propres à Charlie.

Le reste de l'après-midi passa comme un éclair coloré, ponctué de sourires, et elle commença à se rendre compte qu'elle n'avait pas envie que ça s'arrête. Du fish and chips doré, enveloppé de papier blanc, dégusté sur une jetée, une brève marche les pieds nus dans les vagues bleu aigue-marine et la promesse d'une baignade demain — la mer écumante reflétant le ciel saphir et les mouettes planant — étaient des choses qu'elle n'avait pas revues depuis ses années de pensionnat, avant un retour tranquille vers les collines, au rythme d'un coucher de soleil rouge sang et sur fond de musique country.

Elle jeta un coup d'œil à son profil marqué pendant qu'il fredonnait. — Je ne savais pas que tu étais fan.

— Je croyais que c'était obligatoire quand on vivait à Blue Hills, la taquina-t-il, et elle se demanda comment elle avait pu passer à côté.

Les grilles apparurent, imposantes, et l'inquiétude qu'elle croyait avoir terrassée lui noua de nouveau l'estomac. — Merci pour la visite aujourd'hui, Charlie. Elle avait l'air d'une gamine à qui on venait d'offrir une friandise.

— Je me suis ruiné. T'emmener manger un fish and chips sur une jetée, c'est beaucoup demander. Je n'en reviens pas de voir comme tu es exigeante.

Elle haussa les épaules. — C'est là que je voulais aller.

Il sourit. — Tes désirs sont des ordres. Il tourna le volant et ils passèrent entre les imposantes grilles en fer. — Mais la prochaine fois, je t'emmène aux endroits que je veux te montrer.

Elle contempla son profil puissant et tenta de ne pas soupirer à l'idée qu'il serait parti dans trois mois et qu'elle serait à des centaines, voire des milliers de kilomètres, dans son élevage de moutons. — Qui te dit qu'il y aura une prochaine fois ?

— Moi, dit Charlie calmement, et Soretta sentit la chaleur lui monter aux joues tandis qu'il arrêtait la voiture au pied des marches de la maison.

Elle se dit que le temps dirait s'il le pensait vraiment.

***

Le lendemain, ils l'ont passé à la plage comme Charlie l'avait promis, l'eau claire et fraîche et les vagues qui la frappaient tandis qu'elle se tenait debout, émerveillée. Charlie nageait comme elle s'y attendait, avec puissance, grâce et une énergie inépuisable. Elle n'était pas vraiment nageuse. Elle savait flotter et profiter des vagues tant que ses pieds touchaient le fond sablonneux.

Une fin d'après-midi étonnamment apaisante à feuilleter les albums photo de Mrs Porter, pleins de clichés de Charlie et du père de Mia, fit glousser Mia et Soretta et grimacer Charlie, si bien que Soretta commença enfin à se détendre un peu malgré la grandeur des lieux.

Plus tard, ils sont sortis faire un tour en voiture à travers la ville pour admirer les lumières et les restaurants et regarder la lune se lever au-dessus de l'océan, avant de rentrer à la maison pour dormir. Leur vol de retour se profilait pour le matin. Charlie avait prévu de reprendre le travail mardi, pour que demain ne soit pas précipité.

Elle devait admettre qu'elle avait apprécié une première visite de la ville avec Charlie qui lui faisait découvrir les lieux et la couvait d'attentions, et elle aurait aimé pouvoir parler à quelqu'un de ce qu'elle ressentait.

Mia avait décidé de rester une semaine de vacances supplémentaire auprès de sa nouvelle Nonna, et la dame âgée n'arrêtait pas de sourire.

Billie avait rapporté que les tout petits Jack et Patrick surmontaient un nouvel obstacle chaque jour. Les jumeaux allaient et venaient comme des hochequeues, entre les bonnes nouvelles qui prenaient de la hauteur et ces moments de détresse en piqué qui survenaient encore avec une fréquence inquiétante, tandis que Daphne et Rex maintenaient une veille de tous les instants. Soretta se souvint de sa conversation avec Billie sur des bébés qui s'accrochent et décida qu'envoyer aux bébés des pensées positives avait plus de sens que de se torturer à l'idée qu'ils se dégraderaient à nouveau.

Billie paraissait la plus détendue que Soretta l'avait vue depuis leur arrivée, souriant à son portable tandis qu'elle murmurait pendant des heures à Morgan, la nuit dernière, et heureuse que Mia rentrerait désormais avec elle sur un vol commercial à la fin de la semaine.

Soretta pouvait admettre qu'elle attendait avec impatience le lendemain, quand elle et Charlie prendraient l'avion pour rentrer, rien que tous les deux, et l'appel de Tess après le dîner l'avait rassurée : elle n'avait qu'à savourer les moments avec Charlie au fur et à mesure qu'ils se présenteraient.

*\*\*\**

Après une nuit de sommeil remarquablement réparatrice, les pieds nus de Soretta trottinèrent sur le magnifique tapis oriental. Chaque fois qu'elle marchait dessus, sans savoir pourquoi, elle pensait à sa grand-mère. Sa chère grand-mère aurait adoré les verts et rouges éclatants et la façon dont le motif semblait rayonner depuis le sol.

En passant devant un miroir doré, elle se dit que même si la maison était très impressionnante, le foyer d'Isabel avait encore des recoins propices à la contemplation, et il avait une âme de famille, comme Blue Hills en avait une avant la mort de sa grand-mère, une chaleur et une convivialité qui étaient revenues comme par magie quand les pensionnaires s'étaient installés. Elle commençait à comprendre pourquoi la grand-mère de Charlie était si enthousiaste d'avoir découvert Mia et la perspective d'une famille entière à ajouter à sa vie.

Il y aurait toujours juste elle et Grandad. Et peut-être Lorna. Lorna avait changé les choses et elle devait lui en être reconnaissante. Elle avait hâte de rentrer chez elle et de laisser derrière elle l'animation de la ville. Le vol ne lui faisait pas peur cette fois, pensa-t-elle, et elle se dit qu'elle pourrait s'habituer à avoir une vue d'oiseau sur la campagne si l'occasion se présentait. Et il y avait cette fierté discrète face à l'adresse évidente de Charlie aux commandes.

Hier, à Glenelg Beach avec Charlie, cela avait été amusant et léger, donc la promiscuité ne l'inquiétait pas trop, mais ses pensées agréables déraillèrent quand elle entendit son nom et elle hésita devant les portes coulissantes de la salle du petit-déjeuner qui donnait sur la terrasse.

—Soretta, c'est la brousse. Elle vit et respire l'exploitation. Elle a hâte de quitter Adélaïde. C'était la voix de Charlie et elle ne put retenir ce pincement au cœur, cette impression de trahison à l'idée qu'il parle d'elle dans son dos. Pourquoi s'en étonnait-elle ? Toute la douce anticipation du vol s'évanouit comme si elle n'avait jamais existé. Il n'y avait rien de mal à être de la brousse.

Elle n'entendit pas ce qu'Isabel disait.

Puis la voix de Charlie reprit. —Je ne sais pas si je resterai à Mica Ridge. J'ai fait ce que tu m'as demandé et maintenant, c'est à toi et à Mia.

Donc il avait toujours su qu'il repartirait. Merci bien, Charlie Fennes.

Son appétit pour le petit-déjeuner s'envola. Elle fit volte-face sur ses talons et s'éloigna, se mordilla la lèvre et ignora le picotement qui lui montait aux yeux. Était-elle trop déterminée ? Et alors si c'était le cas ? Elle n'avait jamais prétendu être autre chose que ce qu'elle était. Contrairement à quelqu'un qu'elle connaissait !

\*\*\*

—Hélice libre ! lança Charlie sur le tarmac désert de leur coin à l'écart de l'aéroport d'Adélaïde, où un de ses amis avait un hangar pour avions privés. L'hélice commença à tourner.

Soretta était raide sur le siège avant, la ceinture bouclée et vérifiée par Charlie, qui avait jeté un coup d'œil à deux reprises à son expression fermée sans chercher à en connaître la raison. Elle serra les mains l'une contre l'autre.

Eh bien, il pouvait toujours deviner jusqu'à la Saint-Glinglin — ou pourrir sur place —, elle s'en fichait pas mal. Soretta fixait studieusement par la fenêtre de gauche et ruminait les moyens de pousser Charlie à retourner en ville et à quitter sa maison. À quitter sa vie, même si ça allait être un peu délicat tant qu'il resterait travailler chez FDS.

Ils roulèrent au pas pendant ce qui sembla une éternité jusqu'à se retrouver sur une bretelle d'accès à la piste, Charlie murmurant à la tour de contrôle. Finalement, ils se rangèrent en queue d'une longue file d'appareils en attente de décollage.

Elle n'avait qu'à demander à Grandad de lui dire de partir, mais alors Grandad voudrait savoir pourquoi, et tomber amoureuse de quelqu'un qui la prenait pour une plouc de la brousse n'était pas une bonne raison de le mettre à la porte. Surtout que Charlie avait promis à Grandad de lui construire des retenues d'eau à Blue Hills.

Elle ricana intérieurement. Il suffisait de les creuser une par une sur quelques week-ends. Ils avaient même décidé où les mettre (une autre compétence apparente qu'il avait acquise sur quelque chantier perdu dans un pays du tiers-monde). Ça aurait été sympa qu'ils lui demandent à elle ce qu'elle pensait des barrages et de l'endroit où les installer.

Non. Grand-père ne lui dirait pas de partir de sitôt juste parce que Soretta boudait.

Elle aurait encore aimé avoir quelqu'un à qui en parler. Lorna ne servait à rien. Elle était trop occupée à jouer les entremetteuses, et Mia avait montré qu'elle était tout aussi désespérante. Aucun doute que sa nouvelle cousine le portait aux nues, Charlie et ses fesses bien fermes.

Billie était, à juste titre, accaparée par ses inquiétudes pour les jumeaux et Morgan. Une pensée qui lui noua l'estomac ; elle n'avait pas eu de nouvelles ce matin de leur état.

Les jumeaux étaient des montagnes et ses soucis à propos de Charlie des taupinières. Ou des fourmilières, ce qui ferait plus australien. Elle soupira. À l'échelle de tout ça, elle savait qu'elle était ridicule de se prendre la tête pour ce type.

Elle se souvenait à quel point les bébés de Daphne avaient été minuscules, leur visage et leur petit corps rosés déformés par les tuyaux et les moniteurs, et combien Rex paraissait calme quand il leur parlait sous l'œil vigilant de l'infirmière de néonatologie. Ses problèmes étaient minuscules comparés à ceux de Daphne et de Rex.

Peut-être qu'elle pourrait en parler avec Tess. Elle se sentait à l'aise avec elle. Apparemment, elle savait écouter mieux que personne, selon Billie.

Soretta regarda Charlie tirer légèrement sur le manche de l'appareil et la piste disparut derrière eux. Rien que tous les deux dans le cockpit, un vide béant régnait à l'arrière, là où les autres avaient été à l'aller. Bon sang. Quelle idiote d'avoir jamais cru qu'il l'appréciait.

Elle n'avait qu'à se remettre à ce qu'elle savait faire et le temps s'occuperait de Charlie Fennes. Il repartirait aussi vite qu'il avait volé jusqu'ici.

La voix posée de Charlie s'immisça dans ses pensées. —On a un souci ? Quelque chose qui ne va pas ?

Soretta refixa son regard par le hublot, constata qu'Adélaïde était derrière eux et qu'elle l'avait manquée, mais ne tourna toujours pas la tête. —Rien.

—Allez, crache le morceau. Qu'est-ce qui te tracasse ? Tu es coincée ici avec moi comme une mouche pendant deux heures, autant jouer franc jeu. Sa voix venait buter avec insistance contre le mur qu'elle avait érigé. Charlie avait l'air amusé. Typique. Évidemment qu'il s'amusait quand elle était malheureuse.

Ça la fit se retourner d'un coup. —Jouer franc jeu ? Moi ? De la part du maître de la dissimulation ? Elle secoua la tête.

—Tu secoues encore la tête. Sa manière de la regarder semblait presque indulgente, et pourtant il était pressé de s'en aller. Il se prenait pour qui, ce type ?

—Quelle dissimulation ? Les yeux de Charlie glissèrent vers elle puis revinrent à sa surveillance constante du trafic aérien autour d'eux.

Malgré elle, son regard fut attiré par ses mains, douces sur les commandes, guidant l'appareil par des mouvements à peine perceptibles, et elle se rappela, sans savoir pourquoi, la façon dont Daphne disait aimer regarder Rex piloter, comme s'il faisait corps avec l'avion plutôt que de le faire voler. Ça, elle pouvait le comprendre. Puis elle se rappela que cet homme à côté d'elle l'agaçait prodigieusement.

—Je t'ai entendu dire à ta grand-mère que j'étais une plouc de la campagne, lâcha-t-elle.

—Ah oui ? Il lui jeta un nouveau coup d'œil et, cette fois, il n'y avait pas d'amusement, mais pas de contrariété non plus sur son visage. —Et tu ne l'es pas ? Je veux dire, de la campagne.

Qu'était-elle censée répondre, maintenant ? —Ma place est à Blue Hills. Oui.

Il haussa les épaules. —Regarde les choses de mon point de vue. Mia a retrouvé ma grand-mère et mon contrat de trois mois va bientôt se terminer. Il la désigna du doigt. —Tu me plais. Beaucoup. Mais tu me supportes à peine. Je mets Billie mal à l'aise. J'ai fait ce pour quoi je suis venu. Ton grand-père est bien, mais, bien sûr, sa première loyauté va vers toi. La seule personne dont je sois sûr, c'est Lorna.

Chère Lorna. Si seulement elle arrêtait de jouer les entremetteuses.

Il balaya de nouveau le ciel du regard. Puis il soupira et ses yeux se posèrent sur son visage un instant.

Il avait encore réussi à la mettre en tort. Bon sang. Elle détourna la tête et ferma les yeux. —Tu m'épuises.

Soretta rouvrit les yeux et fixa droit devant elle, en songeant au fait que Charlie se souciait des gens qu'il ne connaissait pas très bien, et que ce n'était pas juste de dire qu'elle le supportait à peine ; elle n'était simplement pas très douée pour montrer qu'elle aimait quelqu'un.

—Merde, lâcha Charlie sans prévenir. —Je vais me poser.

Elle était en train de se dire que Charlie faisait partie des types bien et qu'elle avait tout gâché. Ses mots mirent donc une seconde à percer. —Se poser où ? Pourquoi ?

Puis elle vit la tache à l'horizon, un nuage rouge qui s'étirait latéralement. Une brume de particules minuscules qui masquait la terre derrière lui.

—C'est une tempête de poussière ? Elle ne put s'empêcher d'énoncer l'évidence. Et eux se trouvaient en avion, à mi-chemin entre Adélaïde et Mica Ridge. Elle en avait déjà vu au sol, ces tempêtes en spirales gorgées de particules — Mica Ridge connaissait des périodes sèches propices aux tempêtes de poussière — mais jamais depuis un tel point de vue, et un frisson lui parcourut l'échine. Leur petit appareil tressaillit et vibra quand les vents d'avant-garde s'étirèrent vers eux, et le pouls de Soretta s'accéléra.

Se poser semblait une excellente idée. Le mur se transforma rapidement en couverture brune tourbillonnante prête à effacer la terre en dessous, leur mordant les talons depuis la direction d'où ils venaient, et Charlie se concentrait pour les amener au sol avant qu'il ne les rattrape et que la visibilité ne commence à faiblir.

L'orage semblait surgir du désert et gagner en intensité à mesure qu'elle le regardait s'étirer vers eux. C'était presque comme s'il avait été invoqué par un ancien esprit aborigène lié à la terre et au ciel. — On ne peut pas monter plus haut ? demanda-t-elle, sans vraiment s'attendre à une réponse, et regretta aussitôt d'avoir interrompu les pensées manifestement importantes de Charlie.

Sa voix paraissait imperturbable tandis qu'il dirigeait méthodiquement le petit avion vers le sol. — Je n'aimerais pas me trouver au-dessus quand ça passera, et on n'a aucune idée du temps que ça va durer. Si on fait ça, on ne verra peut-être pas le sol pour atterrir avant deux heures. Je vais les prévenir qu'on effectue un atterrissage forcé. Si tu vois le moindre signe de vie, dis-le-moi et on mettra le cap dessus.

Charlie était à la radio. — Mayday. Mayday. Mayday. Ici Delta Foxtrot Alpha. Broken Hill, vous me recevez ? Il y eut un grésillement. Des bribes de mots hachés et des instructions indéchiffrables.

Charlie leur annonça posément qu'il se posait et pourquoi, donna leurs coordonnées, et ils répondirent par une transmission encore hachée.

Soretta essaya de reconnaître où ils étaient, mais elle n'avait pas beaucoup volé et tout paraissait si différent vu d'en haut. Nul doute que Charlie lui dirait où ils étaient une fois au sol.

— Il y a un hangar et un réservoir surélevé là-bas. Elle montra du doigt. On aurait dit aussi une éolienne.

Charlie les aperçut, hocha la tête et orienta l'avion vers ces constructions isolées. Le mur de poussière continuait d'engloutir la lumière du soleil et elle s'étonnait de se sentir encore si calme. Elle se doutait qu'elle avait une confiance peut-être excessive dans le pilote et espérait simplement qu'elle était ancrée dans la réalité. Elle jeta un nouveau coup d'œil au visage de Charlie et y relut du calme et une tranquille assurance. D'accord. Si tu le dis. Elle ne remit pas en question cette foi immédiate. Au lieu de ça, elle resserra sa ceinture d'un cran et s'adossa au siège. Puis le vent les frappa de plein fouet, comme un train, et son estomac ne fut pas le seul à se dérober.

# Chapitre Vingt et Un

## *Tess*

Tess apprenait à accepter le rythme plus lent de Mica Ridge. Elle avait perdu une demi-heure de sa pause déjeuner parce qu'on l'avait retenue à la station-service, où elle était allée faire le plein.

On ne l'avait même pas laissée mettre l'essence elle-même. Le pompiste, un métier disparu dans la petite ville d'où elle venait, avait voulu lui parler du Relais pour la vie annuel qu'ils organisaient pendant qu'il lui faisait le plein. Elle aurait pu regarder défiler un à un les centimes que sa voiture sirotait — vingt-deux, vingt-trois, vingt-quatre — tant l'affichage tournait lentement. Elle n'aurait jamais cru que le cadran puisse tourner à cette vitesse.

— Ma mère a survécu à un cancer du sein, lui avait-il dit avec fierté. — C'est ma deuxième année comme organisateur de l'événement de collecte de fonds à Mica Ridge.

Elle cligna des yeux. — C'est super. Vous avez beaucoup d'inscrits pour la marche ? Ils se turent tous les deux quand un camion à bétail passa avec un chameau dedans. Ce qui était insolite, c'était le nœud rose autour du cou du chameau.

— Pas mal. Il inclina la tête. — Ce type s'inscrit avec le chameau. Il est en pleine recherche de parrainages. Le compteur continua de grimper. Soixante-quinze, soixante-seize. — Et l'équipe du FDS ? Vous pensez qu'ils s'inscriront ?

Tess résista à l'envie de jeter un coup d'œil à sa montre. Elle inscrivit son nom pour la marche, discuta de la possibilité — oui, elle demanderait aux autres membres du FDS s'ils rejoindraient le relais —, tout cela avant même que sa voiture atteigne la barre des 10 dollars. Oui, elle était sûre qu'ils trouveraient des parrains, dit-elle, jusqu'à ce que, enfin, le réservoir soit plein. Mais il fallait qu'elle attende qu'il lui lave le pare-brise, non, elle n'était pas pressée, et non, elle n'avait pas remarqué que la pression des pneus semblait un peu basse. On la laissa enfin tendre sa carte de crédit et payer. Elle apprenait vraiment à lever le pied ici.

Ce n'était pas tout ce qu'elle apprenait. Le chameau repassa et cracha dans sa direction. Elle eut un petit rire. Elle réapprenait à s'ouvrir et à savourer les choses. Respirer le parfum des roses — et même celui des chameaux — qui prospéraient si glorieusement à Mica Ridge on ne savait trop pourquoi. Elle passa devant le tribunal local et les rosiers Peace luisaient comme des visages jaune pâle et rose au soleil. En un laps de temps incroyablement court, elle s'était laissée emporter par l'atmosphère chaleureuse et bienveillante de Blue Hills, qui rejaillissait sur son travail avec Billie et Soretta à la base.

Elle apprenait à s'attacher sans la peur d'avoir à nouveau le cœur brisé comme avec Victor, parce qu'elle laissait les gens s'approcher. Elle nuança. Pas trop près, toutefois. Elle voyait maintenant qu'elle s'était tant repliée que sa carapace était devenue presque permanente, et Mica Ridge l'avait sauvée in extremis de rester à jamais figée derrière « le mur ».

À son retour à la base, elle se faufila à l'étage jusqu'à la salle de contrôle pour vérifier l'heure de départ d'un vol prévu pour la journée de clinique du lendemain.

— Alerte météo extrême. Elle entendit Hector attirer l'attention de Morgan sur la notification en franchissant le seuil et elle observa son visage. L'homme qui, la veille encore, lui avait demandé de ne pas l'oublier si elle avait envie de compagnie masculine, Hector, avait un visage bienveillant, toujours un sourire chaleureux pour Tess, mais aujourd'hui il avait l'air préoccupé. Elle ne lui avait encore jamais vu cette expression.

Ce n'était pas le moment de demander quoi que ce soit à Morgan. Elle appuya l'épaule contre le mur et attendit une ouverture, mais sa question fut oubliée quand l'ambiance de la salle de contrôle passa de détendue à intense en une fraction de seconde.

— Tout le monde est au sol ici, dit Morgan, mais une question restait en suspens tandis qu'il regardait le pilote.

Le front d'Hector se plissa d'inquiétude. — Tempête de poussière entre nous et Adelaide. Grosse, et elle se renforce vite. Billie ne rentre pas en avion aujourd'hui, n'est-ce pas ?

Morgan consultait déjà le site du Bureau of Meteorology pour avoir des détails. — Non. Elle et Mia restent jusqu'à vendredi et rentreront sur un vol commercial. Mais Charlie et Soretta devraient être en route. Il se leva et alla jusqu'à l'ordinateur d'Hector. — Il a pris un des téléphones satellite ?

— Non. Un long silence s'installa tandis que Morgan fronçait les sourcils.

— Veillez à ce qu'il en prenne un la prochaine fois. Il jeta un coup d'œil à sa montre. — Il est midi.

Tess avait presque l'impression d'entendre le cerveau de Morgan tourner à plein régime.

Il tambourina des doigts sur le bureau. — Ils devraient être de retour et je m'attendrais à ce qu'il appelle.

Il sortit son portable de sa poche. — Je vais appeler Billie. Demandez à quelle heure ils ont quitté Adelaide.

Il désigna du menton le téléphone du bureau. — Essayez la tour d'Adelaide et voyez s'ils ont eu des nouvelles depuis le décollage. Hector s'exécuta aussitôt et composa le numéro.

Tess voyait bien que tempêtes de poussière et avions ne faisaient pas bon ménage. Ses nerfs commencèrent à se crisper à l'idée que Soretta et Charlie puissent avoir des ennuis. Bien sûr que non. Mille raisons faisaient qu'ils devaient aller bien. Une mince lame d'angoisse commença pourtant à s'infiltrer jusqu'au bout de ses doigts et à remonter le long de ses bras comme de l'encre noire sur de la craie. Elle avait froid. Et de plus en plus froid. Soudain, le sentiment d'angoisse insidieuse qu'elle avait ressenti le jour où elle avait vu le policier devant chez elle revint. Et lui rappela que tout le monde est humain. Mortel. Fini. Elle secoua la tête et tenta de chasser ces pensées.

Charlie était un excellent pilote et ferait ce qu'il fallait pour les garder en sécurité. Morgan avait déjà un plan, et elle se sentait chaque jour un peu plus impressionnée par le médecin responsable. C'était l'homme qu'il valait mieux avoir à ses côtés si quelque chose arrivait.

Son estomac se noua. Il ne leur serait rien arrivé. Soit ils seraient rentrés, soit ils seraient posés quelque part en attendant que la visibilité revienne.

À la maison. Un éclair de terreur la transperça, lui rappelant ce que l'on ressent quand quelqu'un ne rentre pas quand on l'attend, quand il ne rentre jamais, et elle refoula ce souvenir avec une détermination maladive. C'était dingue à quel point elle tenait déjà à ces gens, mais elle refusait catégoriquement d'emprunter ce chemin-là. Elle détendit les muscles crispés de sa nuque et chercha de quoi se distraire.

Elle avisa un découpage de journal bruni, encadré au mur derrière une vitre poussiéreuse ; elle l'avait déjà remarqué, sans le lire jusqu'au bout. Il lui parut soudain impératif de le lire en entier. Pour se concentrer sur quelque chose, n'importe quoi.

C'était un découpage du *Herald* datant de plus de quatre-vingts ans.

## « ATTERRISSAGE FORCÉ »

*The Herald 11/12/1935* Un avion pionnier. Gannet dans les tempêtes de poussière. (DE NOTRE ENVOYÉ SPÉCIAL) TARTNA POINT, MARDI.

Le monoplan Gannet, piloté par le commandant de bord Small, qui inaugurait l'extension de la ligne de W.A.S.P. Airlines vers Broken Hill, a été contraint d'atterrir à cause de tempêtes de poussière dans un poste pastoral voisin, cet après-midi, à environ 183 km de sa destination.

Le trajet de Sydney à Wilcannia s'est déroulé rapidement et sans incident, l'appareil arrivant vers treize heures. Il est reparti peu après et s'est vite heurté à de violentes tempêtes de poussière. Le pilote

Small a viré au sud et a tenté de repérer la ligne de chemin de fer Menindee–Broken Hill. La visibilité était mauvaise et Small a constaté qu'il lui était impossible de sortir de la poussière. C'était comme voler dans un brouillard épais, et on n'apercevait le sol à travers la poussière qu'à de rares moments.

Apparemment, Small a dépassé la voie ferrée sans la voir, si bien que l'appareil s'est complètement égaré. Il a tournoyé dans les tempêtes de poussière pendant environ une heure et demie, le pilote cherchant un endroit pour se poser près d'une habitation. Finalement, il a aperçu une cabane avec une cuve à côté et a décidé d'atterrir à proximité.

Small a effectué un atterrissage habile, et l'appareil s'est immobilisé non loin de la cabane. Il s'est avéré qu'il s'agissait d'une cabane de gardien de clôtures appartenant à un poste pastoral inhabité, mais, heureusement pour le pilote et les passagers à bord, il y avait un téléphone dans la cabane.

Un message a été téléphoné à Carstair Station, à environ 32 km. Les passagers, parmi lesquels M. W. Kingsford Smith, directeur de W.A.S.P. Airlines, et l'infirmière en chef Wade, de l'hôpital de Wilcannia, ont été conduits en voiture à Cuthera Station, sur la rivière Darling, où ils ont été reçus par M. L. Crosier. Ils y sont restés jusqu'au soir, puis sont repartis pour Broken Hill, qu'ils pensaient atteindre vers minuit.

Le pilote Small est resté auprès de l'appareil, qui n'a subi aucun dommage et dispose de suffisamment d'essence pour achever le trajet. Il décollera dès que les tempêtes de poussière cesseront.

Le message ci-dessus a été téléphoné par notre envoyé et reçu au bureau du Herald, après avoir été retransmis depuis Adélaïde ».

Morgan avait bien dû le dénicher quelque part. Peut-être que Lorna le lui avait donné. Lorna croyait aux fins heureuses et aurait adoré cette histoire. Penser à Lorna avait un effet apaisant sur Tess, parce que Lorna résistait à l'épreuve du temps.

C'était une issue heureuse pour une histoire avec un avion antique, alors a fortiori pour le modèle moderne dans lequel se trouvait Charlie. Oui. Charlie et Soretta attendaient sûrement que ça passe, eux aussi. Tess croisa subrepticement les doigts dans le dos. C'était ridicule de tirer un peu de réconfort d'une vieille coupure de presse, mais elle s'en contenterait. Ils allaient s'en sortir.

Morgan remit son téléphone dans sa poche. — Billie a dit qu'ils sont partis ce matin après neuf heures. Ils devraient avoir atterri, maintenant.

Il composa le numéro suivant et eut un bref échange avec son interlocuteur avant de reposer le combiné, plus lentement cette fois.

— Broken Hill a reçu un appel à onze heures, mais la liaison était mauvaise. Charlie s'est probablement posé quelque part assez près de la maison pour attendre que ça passe, mais cela n'explique pas l'absence de contact depuis.

Hector hocha la tête, une inquiétude manifeste dans la voix. — Il y a plus que quelques zones blanches.

Tess tressaillit à l'évocation du mot mort, et Hector lui adressa un regard d'excuse en concluant : — Ils n'arrivent peut-être pas à passer, avec la couverture réseau telle qu'elle est, et on peut avoir des parasites radio à cause de la tempête. La tempête est certainement entre eux et nous.

Morgan grimaça. — Encore une raison pour laquelle il aurait dû emporter un téléphone satellite.

À ce moment-là, le téléphone de la base sonna de nouveau.

— Broken Hill. Ils les ont perdus. Ils n'ont pas eu leurs coordonnées. La voix d'Hector retransmettait les détails avec une exactitude sinistre. — Il va falloir attendre que ça passe pour essayer de communiquer avec eux de nouveau. Hector se mordilla la lèvre. — Les bons pilotes ne cassent pas les avions.

Tess eut un nouveau mouvement de recul. Ce n'était pas l'avion qui l'inquiétait.

— Dès qu'il en aura l'occasion, il mettra en route la balise de suivi. Ils ne peuvent pas être à plus d'une heure au sud-ouest. Hector et Morgan se dirigèrent vers la carte murale, et Morgan désigna du doigt une étendue aride sans le moindre signe de civilisation.

— Je parie qu'ils se sont posés.

— Ou au-dessus, incapables de voir le sol pour se poser. Mais j'ai du mal à imaginer Charlie se faire piéger comme ça.

Les hommes discutaient des probabilités comme s'il s'agissait d'une partie d'échecs, et Tess avait envie de hurler, *Et les gens, alors ?* Puis elle se sentit coupable. Ici, tout tournait autour des gens.

Morgan dit : — J'imagine qu'on recevrait un signal radio s'il était au-dessus.

— Les cisaillements de vent sont vicieux avec un front comme celui-là.

— Charlie sait ce qu'il fait.

Hector acquiesça. — Il a dû affronter beaucoup de tempêtes de poussière et de sable en Afrique. Une pointe d'anxiété perçait. — S'ils se sont posés, la chaleur sera un facteur. Il leur faudra de l'ombre. Le sourire habituel d'Hector demeurait sinistrement absent, et Tess se demanda si elle devait leur rappeler qu'elle se tenait là, à les écouter. En nage. Voilà ce qui arrivait quand on recommençait à tenir aux gens : on s'exposait à être blessé d'une manière dont on ne se remettait jamais. Et elle s'était félicitée, ce même jour, d'avoir réussi à redevenir humaine. Eh bien, elle l'avait bien cherché !

Elle commençait à souhaiter n'avoir rien entendu alors que son esprit lui dessinait l'image d'une femme épuisée, en proie à une in-solation, s'affaissant contre un appareil posé au sol.

Puis son bon sens lui rappela qu'elle imaginait Soretta et que l'image était, espérait-elle, bien loin de la réalité. Pourvu qu'ils aient touché terre à leurs conditions, elle avait probablement ordonné à Charlie de monter un abri et récupérait déjà l'eau de condensation dans l'une de ces pyramides en sacs plastique dans le sable, ou bien suivait des signes invisibles vers un ancien puits aborigène.

À moins qu'ils ne soient blessés. Ou pire. Voilà pourquoi elle avait vécu dans une bulle pendant l'année écoulée. La peur lui mordit le ventre, féroce. Ils pouvaient être morts. Comme Vic. Fauchés en pleine fleur de l'âge. Des morceaux brisés de gens qu'elle aimait, sous la chaleur accablante de midi. Elle secoua la tête. Ce n'était qu'un petit mouvement, mais il semblait partir des orteils. *Non !*

Hector la ramena à la réalité ; il avait dû voir son infime mouvement et capter la peur de Tess. — Ils sont hors contact radio depuis à peine une heure. Ça ira. Charlie a déjà été bloqué, et Soretta ne manque pas de ressources. Il s'approcha et lui toucha le bras, et la légère caresse de ses doigts parvint à lui apporter un peu de réconfort. — Ils ne feront rien d'idiot. Son ton disait clairement que s'ils osaient, ils auraient des ennuis.

La langue de Tess lui semblait collée au palais. — Je vous laisse. Prévenez-moi dès que vous aurez un contact. C'était cette vieille voix qu'elle employait avant d'arriver ici. Celle qui parlait depuis derrière le mur. Elle avait cru en avoir fini avec ce sentiment, mais il est remonté en elle comme un spectre resté en sommeil.

Dans un brouillard, elle s'est retournée et elle est redescendue l'escalier jusqu'à son cabinet, y est entrée et a fermé la porte. Elle a commencé à appeler ses patients pour prendre de leurs nouvelles et, comme venant de loin, elle entendait sa propre voix. Elle sonnait enjouée, normale. Seulement, elle ne ressentait rien.

***

On ne les avait toujours pas retrouvés à 17 h ce soir-là, bien que Hector l'ait rassurée : cela tenait sans doute davantage au positionnement des satellites qu'au fait que l'avion se soit perdu. Les équipes de recherche se disaient confiantes ; si cela ne se réglait pas avant, elles pourraient les localiser au lever du jour. Elle s'efforçait de ne pas imaginer qu'ils étaient blessés — pitié, pas en train de mourir — attendant toute la nuit qu'on les retrouve. Tess avait conduit jusqu'à la maison plus lentement que d'habitude, comme si elle pouvait aider le couple égaré en redoublant de prudence.

Les recherches seraient interrompues à la nuit tombée pour reprendre le lendemain matin. Morgan était allé voir le grand-père de Soretta et lui avait parlé d'un ton rassurant, mais personne ne pouvait rien promettre.

Quand Tess est entrée dans la cuisine, Lachlan était assis à la table, les yeux fixés sur le téléphone. Il a relevé la tête avec espoir, puis avec résignation en voyant que c'était Tess. Tess s'est approchée et a posé ses doigts sur son épaule, et il a hoché la tête en lui tapotant brièvement la main. Puis Lachlan s'est levé. — Si tu es rentrée, il vaut mieux que j'aille nourrir les chiens.

Lorna est arrivée, a jeté un coup d'œil au visage de Tess et l'a serrée dans ses bras pendant que Lachlan sortait sur la véranda pour enfiler ses bottes. — Ça suffit, mademoiselle. Soretta et Charlie vont très bien s'en sortir. Avec un peu de chance, ça fera cesser toute leur tergiversation et ils reviendront fiancés. Il l'aura bel et bien compromise, à l'heure qu'il est.

Tess a failli rire. Lorna avait les raisonnements les plus bizarres. — S'ils vivaient dans l'Angleterre de la Régence, elle serait peut-être compromise. Puis la peur l'a de nouveau submergée. — Tu n'es pas morte d'inquiétude pour eux, Lorna ?

Lorna l'a regardée. — Et à quoi ça servirait que je me rende malade et que je m'agite dans tous les sens pour les aider ? Elle a inspiré à fond. — Je sais ce que tu traverses. J'étais une coquille vide quand mon mari est passé de l'autre côté, mais la vie continue. Chacun suit son propre chemin, et lui a suivi le sien. Je l'ai appris au fil des années. Soretta voudra que je m'occupe de tout le monde ici, et Charlie s'attendra à ce que je sache qu'il protégera cette fille. Voilà ce que je pense !

Lorna s'est retournée, a pris une autre tasse et l'a posée sur la table. — Regarde ta mine pâle. Prends une tasse de thé et écoute-moi, jeune fille. Sa voix a baissé jusqu'à presque un murmure. — Ne te retransforme pas en ce fantôme de femme que tu étais quand tu es arrivée ici. Ne gâche pas davantage ta vie à regretter le passé.

Tess a senti une torsion au creux de la poitrine. Elle s'était retranchée derrière le mur. Mais Lorna n'avait pas fini.

— Je vis ici depuis de longues années. Ce n'est pas la première fois qu'un avion doit se poser pour fuir une tempête de poussière.

Tess se rappela l'article qu'elle avait lu plus tôt et se surprit à dire : — Tu as raison. Ils vont s'en sortir. Charlie est un excellent pilote et Soretta est la jeune femme la plus débrouillarde que je connaisse.

# CHAPITRE VINGT-DEUX

## Soretta

ALORS QUE LA TEMPÊTE de poussière était presque sur eux, Soretta s'était montrée moins optimiste quant à la capacité de Charlie à la garder en sécurité — cela s'était produit peu après qu'elle avait été projetée à plusieurs reprises contre sa ceinture, comme si le siège lui-même tentait de la désarçonner tel un cheval affolé.

Le sol se rapprochait à toute vitesse, le terrain désolé et sans repères notables, et son estomac se soulevait au gré des balancements et des cahots, tandis que la peur montait et lui serrait la gorge.

Elle jeta les yeux en bas et il semblait y avoir une longue portion assez dégagée de terrain plat près du hangar qu'ils avaient aperçu plus tôt, mais les embardées et les brusques décrochages lui donnaient sérieusement la nausée. Elle fixa le visage calme de Charlie, concentré — bon sang, on aurait dit qu'il se baladait au parc ! Incroyablement, ce calme se transmit à elle comme par un fil invisible, et elle sentit son cœur se calmer un tout petit peu.

La petite cabine tanguait et claquait encore dans les poches d'air irrégulières, mais elle garda les yeux sur Charlie, ses gestes sur les commandes, sa vigilance sur leur environnement, et toujours la descente régulière alors que la visibilité diminuait autour d'eux.

Le choc et le grondement rapide du toucher des roues la tirèrent de sa contemplation, et le vacarme de l'atterrissage fut bien plus fort qu'elle ne l'avait imaginé tandis qu'ils sautaient et cahotaient sur le sol caillouteux. Heureusement, l'étendue de vallée peu profonde et déserte permit à Charlie d'éviter les affleurements rocheux et les touffes de petits buissons rabougris, qui filèrent de part et d'autre jusqu'à ce qu'ils ralentissent. Puis ce fut terminé.

Ils s'arrêtèrent. Et ils étaient entiers. Elle expira l'air qu'elle retenait. Il n'y avait pas de dégâts évidents sur l'appareil, et ils n'étaient qu'à quelques pas du hangar et du support de cuve.

Ils restèrent immobiles un instant. Soretta haletait, et le regard de Charlie parcourait les instruments, se rassurant que tout allait vraiment bien, avant qu'il ne jette un coup d'œil vers elle. Il lui adressa un petit sourire, qu'elle trouva singulièrement touchant.

— Ça va ?

— On dirait que oui. *Grâce à toi. Mon héros.* Son sourire vacilla pendant qu'elle détachait son regard du sien pour regarder par la fenêtre la poussière qui volait.

Le moulin à vent tournait comme un derviche tourneur alors que le vent forcissait dehors à l'approche de la tempête. Avec un peu de chance, la cuve en tôle ondulée rouillée contenait de l'eau, parce que tout le reste, elle pouvait s'en passer — mais pas d'eau. Ils étaient sains et saufs au sol. C'était l'essentiel, décida Soretta d'une voix intérieure tremblante, essayant de se détourner des souvenirs des dernières minutes.

De toute évidence, elle voyait maintenant à quel point Charlie serait un atout pour le Flying Doctor Service. Froid, calme, intuitif dans les atterrissages d'opportunité — que pourraient-ils demander de plus ? Une petite voix entendue chuchota, *Que pourrait-elle vouloir de plus ?* Elle fronça les sourcils et livra bataille avec elle-même. Ce n'était que le soulagement qui parlait. Et une pointe d'admiration béate après qu'il l'avait posée en sécurité. Même si la façon dont le vent avait forci indiquait que le sol n'était peut-être pas aussi sûr qu'elle l'avait espéré. L'appareil se déplaça d'une trentaine de centimètres sur le côté quand une forte rafale les frappa.

Sans autre abri contre la tempête que de rester à l'intérieur de l'appareil, les choix étaient limités. Elle avait le sentiment qu'elle n'était pas encore tout à fait sur eux, car le mur de poussière approchait toujours. L'air, en revanche, devenait plus dense minute après minute.

— Reste ici et garde ta ceinture. Charlie lui fit un signe de tête, détacha sa ceinture et attrapa du tissu sous le siège. — Je vais filer dehors et essayer de nouer quelques chiffons sur les instruments à l'extérieur de l'appareil avant que ça nous tombe vraiment dessus.

La tempête était encore à environ 1,6 km, mais son « merci » se transforma en un hoquet. Avant qu'il n'ouvre sa porte, une nouvelle et violente rafale de vent de face s'abattit sur l'avion, et les vitres et leur capsule protectrice se décalèrent, glissant un peu sous la force du grain. Charlie lâcha la poignée et refixa sa ceinture dans un même mouvement avant que l'appareil ne pivote de nouveau dans une rotation à vous soulever le cœur, comme si une main géante et invisible les avait saisis, fait tourner dans quelque jeu macabre, puis avait poussé l'avion de côté contre un arbre rabougri que Charlie avait si joliment évité. Le fracas de l'impact fut presque couvert par le hurlement du vent. Le toit se cabossa quand une branche écrasa la tôle légère, puis ils furent de nouveau tournés et repoussés dans la direction opposée, contre un talus. Puis la rafale cessa, comme si la main géante s'était lassée du tour, et lentement, tandis que Soretta inspirait plusieurs goulées d'air tremblantes, la visibilité extérieure diminua jusqu'à ce qu'on eût l'impression qu'un épais brouillard brun s'était abattu sur eux.

Soretta sentit le goût du sang dans sa bouche lorsqu'elle ouvrit les yeux, sa nuque lança et son visage la brûla là où une bouteille d'eau l'avait heurtée pendant la rotation, mais elle était vivante. Ou du moins, elle le pensait. La poussière s'abattait sur eux en un million de tourbillons brun rougeâtre martelant les vitres fendillées et s'insinuant par les aérations, et dehors ressemblait plus à l'enfer qu'au paradis sur terre.

— Ça va ? cria Charlie pour couvrir le vacarme extérieur, et quand elle le regarda, elle vit qu'il était rejeté contre son dossier comme pour soutenir un endroit douloureux, mais ses yeux étaient grands ouverts et clairs pendant qu'il la vérifiait.

Elle cligna des yeux et inspira en tremblant, puis toussa lorsque les particules fines commencèrent à tourner dans la cabine. Charlie se pencha et ferma les aérateurs.

— Ça va. Relativement. J'imagine que c'est un peu comme tomber de cheval ou se retourner en voiture.

Charlie lui sourit, et l'admiration sur son visage lui piqua les yeux. *Surtout, pas de pitié*, le somma-t-elle en silence. Elle était bien trop à vif pour ça.

Il dut capter l'ordre. — Je ne peux pas dire que j'aie fait l'un ou l'autre, mais ce n'est pas le premier avion dans lequel je me retrouve et qui ne revolera plus.

Elle leva les yeux au ciel. — Et il me dit ça maintenant.

Il jeta un regard au toit, affaissé presque au niveau de sa tête. — Ça gâche un peu mon bel atterrissage.

Elle eut un petit rire tremblant. — Je ne crois pas. J'étais très heureuse d'arriver au sol en un seul morceau, avant que ça n'arrive. Elle inclina prudemment la tête vers le maelström qui tourbillonnait contre la vitre fendue, puis grimaça quand sa nuque protesta.

— Je crois que je préfère largement valser au sol que là-haut dans les airs, dit-il philosophiquement, et elle dut reconnaître qu'elle était d'accord. Mais il ne sembla pas avoir manqué sa grimace. — Tu as mal à la nuque ?

Elle ne voulait pas qu'il s'agite autour d'elle. Elle voulait simplement quelques minutes pour savourer qu'ils étaient toujours en vie. Encore. — Un peu. Je me suis fait un faux mouvement.

À ce moment-là, il est devenu d'un sérieux mortel. — Tu sens tes doigts et tes orteils ?

Elle a remué les pieds et les doigts. Rien ne faisait mal et tous ses doigts obéissaient. — Ouais. Juste la nuque et l'épaule un peu sensibles. Elle l'a regardé. — Et toi ?

— Un mal de tête. Rien de mortel.

Soretta s'est rappelé un autre jour, quand Daphne vérifiait les pupilles de son grand-père, et comment elle avait expliqué que des pupilles inégales pouvaient indiquer une hémorragie à l'intérieur du crâne après un traumatisme. C'était un de ces instants qu'elle revoyait avec une netteté glaçante de cette journée horrible où elle avait cru perdre son grand-père adoré. — Regarde-moi. Montre-moi tes pupilles ! a-t-elle aboyé, paniquée.

Charlie a cligné des yeux et les a ouverts tout grands pour la taquiner. — Je vais bien. Puis il a souri de ce sourire doux, encore. Ça lui faisait un drôle d'effet. Elle s'était peut-être cogné la tête, finalement.

Le vent martelait l'appareil estropié et la poussière éclaboussait la carlingue avec fracas, comme un monstre qui gratterait pour entrer, mais, finalement, la grêle de poussière contre leurs hublots a ralenti, puis s'est diluée en une fine brume qui leur a permis de scruter la terre étrangère qui s'étendait devant eux.

Puis la chaleur a commencé à monter, parce que le soleil dardait de nouveau ses rayons impitoyables sur le fuselage et les vitres couvertes de poussière.

La voix de Charlie a rompu le silence. — Il va falloir trouver un peu plus d'ombre.

Le monde avait viré au brun, mais, même sous leurs yeux, le ciel continuait de s'éclaircir à mesure que le nuage principal roulait plus loin pour recouvrir l'endroit suivant. Des rafales irrégulières affûtaient les contours des objets fixes comme les arbres et les rochers, des particules en équilibre sur les arrêtes arrondies se déplaçaient, la poussière frissonnait, s'envolait en tourbillons, tandis que les particules plus lourdes, incapables de résister à la gravité, retombaient au sol en ruisselets crépitants de matière, maintenant que la force qui les portait s'était dissipée.

Soretta avait du mal à croire que ça s'était déjà déplacé. — Ça s'en va. Je pensais que ça durerait plus longtemps. Elle se sentait irréelle, comme si on venait de la téléporter sur une autre planète. — On peut dire que c'était particulier.

Elle a fixé la direction où ça disparaissait. — Ça finit où, au final ?

— La dernière grosse tempête de poussière a fini dans Sydney Harbour et même de l'autre côté de la Tasman Sea, jusqu'à Auckland.

Charlie a touché sa tête avec précaution et a cherché quelque chose de poisseux. — J'aurais dû me poser plus tôt. Il a froncé les sourcils.

— Je suis presque sûre que tu as été aussi rapide que possible. Et la rafale nous aurait quand même percutés. Elle a bougé prudemment la nuque et a senti que la raideur s'était déjà atténuée. — Qu'est-ce qui ne va pas, Charlie ? Trop d'émotions pour toi ? Moi qui te croyais un casse-cou en quête d'aventure dans des pays du tiers-monde. Elle se sentait mieux.

Il a ri à moitié. — Je préfère mille fois un cinglé à la machette à Mère Nature quand elle bombe le torse. C'est plus facile à gérer. Un cinglé, on peut le raisonner.

Elle a frémi à l'idée de Charlie et de certains des endroits où il avait traîné. — Pas toujours.

Il a haussé les épaules. — Ou les esquiver. N'empêche, ça ne fait pas le poids face à Madame Inondation, Feu et Poussière.

Elle a scruté le pare-brise. — J'aurais détesté être dehors là-dedans.

Charlie la regardait. — On dit que les cendres volcaniques, c'est pire, parce que les fibres sont dentelées.

Bon à savoir. — Alors, évitons de voler dans des cendres volcaniques. Son esprit était déjà passé à leur position et au fait qu'il faisait désormais très chaud dans la cabine de l'appareil. Il faudrait ouvrir la porte à un moment donné. Tous deux savaient qu'ils tuaient le temps pour laisser leurs corps se dérouiller.

— Tu sais où on s'est posé ? Ce serait utile.

— À peu près. Je te montrerai sur la carte. Charlie lui a semblé un peu trop évasif, et elle a affûté son regard sur lui.

— Je regarderai la carte dans une minute. Elle a observé son visage. — T'as réussi à envoyer nos coordonnées à la tour de Broken Hill ?

Il a secoué la tête. — Euh, non. J'ai essayé.

Qu'est-ce que ça voulait dire ? — Et alors ?

Il l'a regardée droit dans les yeux. — Ils ont dit quelque chose qui ressemblait à « Repeat ? » avant que ça coupe. Donc non, ils n'ont pas encore nos coordonnées.

Elle a détourné le regard vers le paysage âpre qui les attendait dehors, au-delà de la boîte métallique qui chauffait à toute vitesse. — Donc, on n'a pas la garantie qu'ils nous trouveront rapidement.

— Aucune garantie. Je doute que nos téléphones fonctionnent, mais c'est à ça que servent les balises de détresse. Il s'est penché en avant et a actionné un interrupteur. — Ça compte comme une urgence.

Elle avait oublié son téléphone. Le National Broadband Network était censé couvrir l'Australie. Ils ont tous les deux attrapé leur mobile ; cependant, une fois le mode avion désactivé, les barres de réseau sont restées vides et l'écran les a poliment informés : « PAS DE RÉSEAU ». Charlie n'avait pas l'air surpris.

Soretta a reniflé, peu impressionnée. Elle l'a regardé pousser pour ouvrir la porte, puis froncer les sourcils quand elle n'a pas bougé, coincée contre le toit déformé. Il y a appuyé l'épaule, et elle a vu les muscles se nouer sous sa chemise tandis qu'il poussait régulièrement dans l'espace exigu. La porte a émis un grincement.

Il a changé d'appui, a posé les mains à plat contre la porte et ses biceps se sont durcis en cordes quand il a forcé. La porte a de nouveau grincé, puis gémi, sans bouger. Il a jeté un coup d'œil aux autres portes, constaté qu'elles étaient toutes coincées de la même manière par le toit déformé et haussé les épaules.

— D'accord, a-t-il marmonné en lui lançant un regard sombre. — Tu peux passer par l'arrière une minute ? Je vais essayer de l'ouvrir à coups de pied plutôt que de défoncer le pare-brise et de compromettre notre abri.

— Je suis bien contente que ce soit toi qui donnes les coups de pied, a-t-elle dit et elle s'est maladroitement faufilée dans le compartiment arrière des sièges, en ignorant les protestations insistantes de sa nuque et de son épaule. Il lui semblait que des années s'étaient écoulées depuis que Billie et Mia s'étaient assises là sur la route d'Adelaide.

Elle s'adossa sur l'un des sièges et regarda Charlie se glisser à la place qu'elle occupait tout à l'heure et poser ses pieds contre la porte côté pilote. Un énorme coup donné des deux pieds plus tard, la porte éclata, libérant une pluie de poussière rouge qui tomba comme un rideau du toit tandis qu'il l'ouvrait davantage. Il laissa la poussière retomber avant de sortir prudemment.

Eh bien, voilà. C'était comme ça que faisaient les grands costauds.

Il l'aida à sortir après qu'elle fut revenue s'installer à l'avant et s'éloigner de l'épave de l'appareil lui faisait du bien.

Elle essaya de l'examiner. — Ta tête, ça va ?

Il haussa les épaules en jetant un coup d'œil autour d'eux. — Je m'en sortirai.

— *Tâche d'y veiller, répondit-elle d'un ton bourru, alors que ce qu'elle avait vraiment envie de dire, c'était : Merci, Charlie, de m'avoir fait atterrir en sécurité, d'avoir été là pendant cette dernière demi-heure folle, et d'être avec moi maintenant.*

À la place, elle observa, elle aussi, les alentours. Désertique, ça chauffait à vue d'œil et il n'y avait pas une goutte d'eau. Mais ils avaient un hangar à fouiller et peut-être un moulin à vent qui pompait l'eau du forage. — Où en est-on côté ravitaillement ?

Il inclina la tête vers l'appareil défraîchi. — On a dix litres d'eau et des rations de survie. Je ne suppose pas que tu aies une réserve illimitée de barres chocolatées dans ton sac ?

— Les barres chocolatées, très peu pour moi. Désolée.

— J'espère que tu as pris un petit déjeuner ce matin ?

C'était une mauvaise blague. — Non. J'ai perdu l'appétit en route pour le petit déjeuner.

Il secoua la tête. — En partie ma faute. Tu peux prendre mes rations.

Soretta balaya du regard l'immédiat voisinage. De la poussière dérivait encore du moulin grinçant. — Non, merci. D'abord il nous faut une autre source d'eau, parce que dix litres ne vont pas faire long feu. Elle lui jeta un coup d'œil. — Et soit dit en passant, je mangerai mes propres rations et je trouverai le reste dans la brousse s'il le faut.

— Quelle obstinée. Il haussa les sourcils vers elle. — Dans la brousse ? Tu veux dire des feuilles et des lézards ? Tu as des origines aborigènes ?

— Non, mais j'ai fait un week-end de survie à l'internat avec une aînée aborigène. Elle nous a appris à regarder les affleurements et le paysage autrement, et je m'exerce toujours à Blue Hills.

Il l'observait comme s'il ne saurait jamais ce qu'elle allait inventer ensuite. Puis il lui sourit. — Évidemment. Il n'y a pas de limites à tes talents.

Tout le monde a ses domaines, voulut objecter Soretta. Regarde-toi ! Il les avait posés en sécurité et elle s'assurerait qu'ils restent en vie jusqu'à ce qu'on vienne les secourir. Elle le toisa et le taquina : — Tu n'as aucune idée de ce que je pourrais te dégoter à manger.

Il eut un large sourire. Il était remarquablement sûr de lui pour un homme qui venait de perdre un avion dans une tempête de poussière. — Oh, je crois que si. Allez, Miss brousse, allons nous trouver de quoi déjeuner avant qu'il ne fasse trop chaud et qu'on doive se terrer.

Malgré l'horrible choc de cet atterrissage forcé et de la tempête de poussière, Soretta se rendit compte qu'elle se remettait vite. Le ton enjoué de Charlie aidait et elle n'avait jamais été du genre petite nature. Elle ne savait pas pourquoi c'était si important à afficher. — Tu n'as quand même pas faim. Les bosses sur la tête, ça ne donne pas la nausée ?

Charlie lui adressa un sourire. — J'ai entendu dire que certains perdaient l'appétit, mais ça ne m'est jamais arrivé.

Avant qu'ils ne partent en reconnaissance, il sortit un chiffon de la cabine du petit avion et se mit à épousseter en faisant le tour de l'appareil, dégageant un peu le métal brillant sur les ailes et l'arrière du fuselage pour que le soleil s'y reflète à nouveau et qu'il se détache du brun environnant.

Elle acquiesça. — Pratique, comme ça on ne le perd pas de vue et il ne sera pas manqué quand les secours viendront.

Charlie leva les yeux vers le ciel brun et le front principal qui avançait lentement au loin. — Ils ne chercheront pas avant un moment.

Une bande de cacatoès rosalbins s'éparpilla des fourrés où ils se cachaient tandis qu'ils grimpaient hors du vallon jusqu'à la butte. De là, ils purent voir le terrain couvert de poussière depuis un point dominant et, sans prévenir, il lui prit la main. Il ne la regarda pas en le faisant, et elle laissa ses doigts reposer dans les siens comme une ado timide, parce que c'était agréablement grisant, sauf qu'elle ne savait pas quoi en faire. Elle se sentit terriblement mal à l'aise, mais au moins personne d'autre ne pouvait les voir.

Il serra ses doigts. — Je suis content que tu sois en vie.

Ses joues s'enflammèrent. Il se moquait d'elle. Elle essaya de dégager ses doigts, mais il les retint facilement.

— Tu es censée dire : « Je suis contente que tu sois en vie, toi aussi, Charlie. »

— Oh. Bien sûr. Sauf qu'elle ne parvenait à penser qu'à sa grande main serrant la sienne et au fait que la peur de la dernière demi-heure semblait s'effacer rapidement au profit de la sensation de ses doigts sur les siens. Il s'arrêta de marcher. Attendant qu'elle s'arrête aussi et le regarde. Ses yeux étaient concentrés et sérieux, pour une fois. — J'aimerais te tenir la main quelques minutes. Me rassurer que tu vas bien. Ça te va ?

Elle rougit. Elle avait du mal à croire la chaleur dans ses joues et elle eut envie de détourner les yeux, mais elle ne le fit pas, résolue. Il ne faisait que lui tenir la main. Elle se plaça face à lui pour lui signifier qu'il serait à l'essai.

Elle avait envie de s'éventer et elle réalisa à quel point elle était devenue gauche, faute de contacts physiques avec des hommes. Elle avait l'habitude de diriger et, en cet instant, elle ne se sentait pas du tout comme telle. — Euh. D'accord. Souviens-toi juste que je n'ai pas beaucoup pratiqué.

Il lui sourit avec audace. — Ça va. Moi, oui.

— C'est bien ce qui me fait peur, marmonna-t-elle, et il serra ses doigts dans les siens.

Son ton resta léger. — Aucune attente.

Hmm. Elle avait entendu ça, c'était ce qu'ils disaient tous. — Ça ne te servirait à rien de toute façon. Pourtant, elle laissa sa main où elle était et ajouta même un peu de pression de la sienne. Étrange comme elle se sentait en sécurité avec sa main dans celle de Charlie.

La même terre couverte de poussière, inhabitée, s'étendait dans toutes les directions. Nulle clôture en vue, seulement un hangar presque sans toit, un support de citerne cabossé et le moulin à vent qui grinçait en tournant lentement. D'ici, on aurait dit que la conduite d'eau souterraine n'était plus raccordée. Peu importe, ce serait leur premier arrêt.

Dix minutes plus tard, sans se tenir la main, ils ont quitté l'abri en tôle brûlé de soleil, ont refermé la porte grinçante sur un sol en terre battue, ont fait le tour de la citerne, qu'ils avaient découvert s'être rouillée et percée aussi bien par le bas que par le haut, sans la moindre flaque d'eau. L'éolienne tournait, mais aucun filet d'eau ne sortait du tuyau.

— Le tuyau doit être au-dessus de la nappe phréatique, a marmonné Soretta en s'essuyant le front humide, en regrettant de ne pas avoir pris son chapeau. Elle n'avait pas pensé qu'elle aurait besoin d'un chapeau pour aller à l'hôpital ou rendre visite à la grand-mère d'un homme. Il leur fallait un endroit à l'ombre pour économiser leurs forces. L'ombre de l'aile de l'avion ferait sans doute l'affaire, mais elle voulait trouver un point d'eau de secours bien avant que cela ne devienne nécessaire.

Il n'y avait ni autre abreuvoir ni lit de ruisseau, pas de moutons ni de bétail, et, lorsqu'ils ont gravi la petite bosse, ils se sont retrouvés cernés par des ondulations clairsemées et caillouteuses, d'où ne poussaient que des touffes d'arbustes bleuâtres sur un paysage lunaire.

Restaient des vestiges squelettiques de petites plantes qu'une ancienne saison des pluies avait un temps fait prospérer, mais la vie s'en était échappée depuis des mois, sinon des années, ne laissant que des branches torses, en doigts, nues et noircies par l'âge.

Le seul arbre correct à proximité, et encore, mort et sans feuilles, s'est avéré être celui contre lequel le vent les avait plaqués.

Sur la colline d'en face, deux arbres trapus, en forme de parapluies maigres, offraient le seul autre abri du soleil qu'elle distinguait, et elle a plissé les yeux en les regardant. De ce côté de la crête, rien n'évoquait la présence d'eau.

Charlie a dit, — Tant qu'on peut encore voir le reflet de l'avion, ça ira. Elle savait qu'il voulait dire que tant qu'ils garderaient cet éclat métallique en vue, ils ne risqueraient pas de se perdre. Cet environnement n'avait rien de clément pour qui s'égarait. Il leur faudrait revenir à l'avion pour attendre les secours, et aucun d'eux n'était assez fou pour croire qu'ils pourraient marcher longtemps sous cette chaleur.

Elle a repéré un petit goulet au bout de la prochaine ondulation, trop étroit pour l'appeler une vallée, mais, d'après un souvenir de ses cours de survie, elle s'est dit que ce pouvait être un lit de ruisseau asséché.

— On fait juste un repérage rapide et on revient. Ça, là-bas, me plaît bien.

Charlie a froncé les sourcils. — On va perdre l'avion de vue.

Elle a sorti un mouchoir de sa poche. — Peut-être attacher ça en hauteur, comme ça on pourra le voir depuis la crête suivante.

Tous deux savaient qu'ici, chaque crête pouvait se ressembler, chaque ondulation rappelait la précédente et, sans même s'en rendre compte, on finissait désorienté. Perdu. Et si cela arrivait, on était condamnés.

Docile, il a levé le bras et a fixé le tissu. Elle l'a regardé faire et s'est émerveillée de sa grande envergure. Il était drôlement pratique à avoir avec soi.

Quand il a fini, il l'a surprise en train de le regarder. — Éclaireuse, en plus ?

— Je suis contente d'avoir emmené avec moi le géant du cirque. Tu en as un à toi ?

— Un cirque ? Il a penché la tête, sans savoir si elle était sérieuse. — Un mouchoir ? Non. Malgré ma nonna qui me dit d'en porter un.

— Pas bien, Charlie. Tant pis. On va espérer que celui-là ne s'envole pas et qu'on ne se perde pas.

Il a de nouveau froncé les sourcils. Puis il a levé le bras et a fait un nœud de plus. — Bien vu.

Ils sont descendus de la colline et ont fini par atteindre le sol érodé qu'elle avait repéré sous un petit gommier blanc esseulé. Les racines de l'arbre s'étaient enfoncées dans un ancien lit de ruisseau tapissé de granules rosés tirant sur le rouge, et, à chaque pas, un nouvel angle s'offrait pour que le soleil flamboie sur le mica qui recouvrait les roches. La chaleur rebondissait sur eux. Le lit du ruisseau crissait, sec à en craquer, mais il avait été humide autrefois. On voyait, en travers, de rares empreintes sans doute faites quand la boue l'avait ramolli, traces d'émeus, de kangourous, d'oiseaux, et, à l'occasion, de quelques moutons. Il y a longtemps.

Le long des parois, des dalles de roche rouge se dressaient perpendiculairement au sol, presque comme tranchées, telles des rondelles d'oignon posées sur la tranche dans un bol. Il devrait y avoir de l'eau ici. Peut-être au prochain virage ? Ou au suivant. Elle commençait à désespérer quand elle a aperçu un autre gommier.

De part et d'autre du ravin qui se resserrait, une plaque de roche gris sombre glissait depuis la colline déchiquetée, avec, en dessous, une dalle de réception. Soretta a gratté la terre avec un bâton, juste sous l'angle des roches et, après quelques centimètres de creusement, une tache d'humidité est apparue sous ses mains. En creusant un peu plus, elle a obtenu une minuscule flaque d'eau orangée. À ce stade, elle aurait accepté de l'eau verte, noire ou violette, simplement comme plan B qu'ils n'auraient, espérait-elle, pas à utiliser, mais l'orange, c'était bien, et elle pourrait creuser plus profond si besoin. Ils pourraient faire des réserves ici en cas de désespoir, mais Charlie avait dit qu'il s'attendait à ce qu'on les retrouve assez vite — aujourd'hui ou demain.

Soretta a plissé les yeux en scrutant les environs. Là, nichées sous l'arbre, à l'abri du surplomb d'un rocher ombragé, elle a aperçu de minuscules plaques d'épinards sauvages. Ils pourraient mâchonner ça s'il le fallait.

— Reposons-nous ici avant de repartir. Je veux prendre quelques minutes pour regarder sans rester en plein soleil, lui a-t-elle dit.

Ils ont appuyé le dos contre l'arbre, ont glissé et se sont assis contre le tronc rubané de blanc et de brun du gommier, pendant que la frondaison bruissait, lâchait de la poussière et, à l'occasion, une feuille sur eux. La chaleur ondulait.

Le silence est devenu aussi oppressant que la chaleur, maintenant que le vent était tombé. Soretta a cru percevoir un léger mouvement sur la gauche, mais, au premier coup d'œil, elle n'a vu que des pierres. Jusqu'à ce que les pierres bougent et qu'elle distingue la longue forme en boudin d'un lézard au dos cuirassé, aux yeux globuleux. Il a tourné son museau pointu vers elle et en a plissé l'extrémité, comme pour tester l'odeur des intrus.

Elle est restée immobile et, au bout de quelques instants, il est reparti en trottinant. Dîner, pensa-t-elle avec un tressaillement des lèvres, s'il le faut.

Il ne serait pas mauvais s'ils le faisaient rôtir dans des braises avant de fendre la peau. S'ils avaient de quoi le contenir, ils pourraient l'attraper — non pas qu'elle veuille le manger, mais au cas où ils se retrouveraient au pied du mur, elle pourrait au moins le garder vivant un moment.

— Je peux t'emprunter ta chemise ?

Une ombre est passée devant elle. Là-haut, un aigle à queue en coin décrivait des cercles. Il avait dû se terrer pendant la tempête de poussière et était de retour à la chasse, et il devait bien convoiter son lézard. Elle a fait écran de la main à ses yeux en fusillant l'oiseau du regard. — Dégage, Monsieur, il est à moi. Je l'ai vu la première.

Charlie la dévisageait, incrédule. Il a déboutonné sa chemise. Il l'a ôtée en remuant à peine, juste pour la taquiner, puis il a tiré son téléphone de la poche de son jean pour prendre une photo. — Je ne vais pas rater ça.

Elle l'ignora. — Tu proposeras, bien sûr, de le tuer si on en a besoin. Mais avec un peu de chance, quelqu'un nous trouvera avant que tu aies à le faire et on pourra le relâcher.

Après quelques faux départs, parce que le lézard ne pensait pas que se laisser capturer était une aussi bonne idée que Soretta, ils l'ont finalement enveloppé dans la chemise de Charlie. Charlie l'a porté avec précaution à travers la chaleur écrasante du désert jusqu'à l'appareil.

\*\*\*

En fin d'après-midi, ils n'avaient toujours pas entendu d'avions de recherche. Le lézard était bien à l'abri dans une boîte à biscuits en acier qu'ils avaient trouvée plus tôt dans la remise. Ils l'entendaient gratter de temps en temps.

Assis à côté de Soretta, du côté ombragé de l'appareil, ils sirotaient des rations d'eau tirées de leurs gourdes, tandis que la chaleur s'enfonçait dans la terre tout autour d'eux. — Voilà l'avantage d'un avion. Charlie a levé un doigt vers l'aile au-dessus d'eux. — Au moins, il y a toujours de l'ombre.

La chaleur semblait une chose vivante, et Soretta la respectait. — On a passé le plus chaud de la journée, encore quatre heures et ça commencera à se rafraîchir.

— Il peut falloir quelques heures pour que les coordonnées satellites arrivent. Si ça n'arrive pas avant la nuit, ils viendront demain. Mais j'espère qu'on aura de la compagnie d'ici dix-huit heures.

*Moi aussi*, pensait Soretta, parce qu'elle s'était découvert pour Charlie une admiration gênante, presque idolâtre, qui lui était tombée dessus peu après qu'il les avait tirés de l'appareil, et que lui tenir la main n'avait rien arrangé. Très probablement, se rassura-t-elle, ce n'était qu'un choc retardé, sauf que ça ne s'atténuait pas. Au contraire, le trouble semblait plus fort. — Alors, parle-moi encore de la balise que tu as activée.

Charlie a repris une gorgée d'eau puis, patiemment, s'est exécuté. — C'est un traceur satellite, donc il ne dépend pas d'une transmission en visibilité directe. La tempête ne l'affectera pas comme la radio. Le signal du traceur est capté depuis l'espace par plusieurs satellites ; si un satellite est de l'autre côté de la Terre, un autre le prendra, mais ça peut prendre des heures. Le signal est envoyé vers un centre de réception, puis redistribué à l'endroit d'où j'ai déposé notre plan de vol.

Ça se tenait. Étonnantes, toutes ces choses prévues pour les événements inhabituels. Et celui-ci entrait clairement dans cette catégorie. Puis elle a froncé les sourcils en pensant à d'autres situations que la sienne. — S'il marche si bien, comment se fait-il qu'il faille des jours, voire des semaines, pour retrouver des avions de ligne qui disparaissent ?

Il a haussé les épaules. Si elle était honnête avec elle-même, Soretta aimait bien les haussements d'épaules de Charlie : tout en muscles mouvants. Elle a détourné le regard pour sourire avant de le regarder de nouveau.

Il restait à fixer la boîte avec le lézard. — Les délais avec des avions portés disparus ? Ça peut être aussi simple que la malchance. Parfois, un appareil finit dans l'océan à une profondeur qui empêche toute réception satellitaire, ou sous la neige. Parfois, l'instrument est endommagé ou masqué par quelque chose.

— Et les tempêtes de poussière ?

Il a tourné la tête et lui a souri. — La tempête de poussière ne l'arrêtera pas.

Elle a incliné la tête en direction de la boîte à biscuits. — Donc on n'aura probablement pas à manger notre petit ami ?

— J'en doute, même si je dois avouer que l'idée de te voir croquer la première me fascine étrangement.

— Charmant. Elle a fait semblant de bouder. — Tu n'es pas un gentleman si c'est moi qui dois croquer la première.

Il a levé les yeux au ciel. — Oh, je suis bel et bien un gentleman.

— Comment ça ? Elle a entendu la sécheresse dans sa voix et elle n'a pas compris. Et puis, moins naïvement, peut-être que si. Elle sentait la chaleur lui remonter le long du cou, et ça n'avait rien à voir avec la fournaise à un demi-mètre hors de l'ombre. Mais elle n'a pas résisté à un nouveau coup d'œil en coin vers son visage.

Ses yeux ont accroché les siens. — Soretta. La voix de Charlie était doucement insistante.

— Quoi ?

Il a soupiré. — Juste une fois, tu peux ne pas dire « quoi » ? Dis « Oui, Charlie. »

Elle a ouvert grand les yeux, faussement exaspérée. — Oui, Charlie ?

Son visage avait pris un sérieux mortel. — Je suis content que tu sois saine et sauve.

Elle n'a pas compris. — Je suis contente que tu sois sain et sauf, toi aussi.

— Soretta ?

Elle lui a adressé un grand sourire. Avec une lenteur exagérée, elle a dit : — Ouuuui, Charlie ?

— Enfin. Il a soufflé bruyamment et a rapproché sa hanche de la sienne. C'était agréable. Surprenant, mais solide d'une façon rassur-ante après toute l'agitation du matin.

Comme s'il s'adressait à un tiers, il a poursuivi : — Elle a dit oui ! Il a passé son bras autour d'elle et l'a serrée contre lui. Au lieu de résister au poids de son bras, elle a savouré le sentiment d'être en sécurité, précieuse et un peu féminine. Pour une fois. Ils avaient frôlé la vraie catastrophe, et se sentir en sécurité, tenue par Charlie, ce n'était pas une mauvaise chose, se dit-elle. Encore plus agréable que se tenir la main.

Son bras pesait lourd mais c'était merveilleux, et son ventre papil-lonnait d'anticipation et de cette chaleur diffuse qui ne venait que lorsque Charlie prenait ce ton-là. Elle a frissonné légèrement. À quoi, exactement, avait-elle dit oui ?

Elle a posé le nez sur sa dure épaule et a reniflé. — Il fait une chaleur d'enfer et tu sens encore bon.

Elle sentait sa poitrine vibrer contre sa joue d'un rire contenu. Puis il a murmuré dans ses cheveux : — Il faut que je me rappelle le nom de ce déodorant, alors.

Il riait toujours d'elle, mais cette nouvelle Soretta, plus douce, a décidé qu'elle pouvait vivre avec ça. Elle a inspiré son odeur et, tout du long, son grand bras la tenait comme s'il ne la lâcherait jamais.

Il avait réussi à l'amener exactement où il voulait et elle n'était plus fâchée contre lui. Elle soupçonnait qu'elle ne pourrait jamais rester fâchée bien longtemps contre Charlie. — Tu m'as piégée, en me faisant dire oui.

— Tu es tellement têtue que c'est parfois la seule façon. Alors sa main a tourné son visage avec une incroyable tendresse, il a effleuré sa joue du bout d'un doigt fort, léger comme une caresse de plume, a penché son visage plus près et elle a su qu'il allait l'embrasser. — Et au fait, ce n'est pas un tour, a-t-il dit, et très fermement, avec l'intention claire, il l'a embrassée.

La bouche de Charlie sur la sienne a balayé pas mal d'idées. Ce n'était pas la rencontre délicate de lèvres qu'elle avait imaginée. Assis comme ça, ça aurait dû être maladroit, mais Charlie la déplaça comme si elle ne pesait rien, la posa presque sur ses genoux et orchestra l'ajustement de leurs visages avec une précision magistrale. C'était Charlie affirmant qu'il était TRÈS heureux qu'ils aient atterri sans encombre, TRÈS heureux d'avoir cet instant avant que les autres n'arrivent, TRÈS —

— Arrête de réfléchir, murmura Charlie contre sa bouche, et, miraculeusement, il devint impossible de penser tandis qu'il la guidait vers un endroit où les pensées, les décisions et les tergiversations étaient interdites, un endroit où elle ne s'était encore jamais attardée, fait de plaisir palpitant et de chaleur qui ne venait pas du soleil, mais de Charlie. Et elle en voulut davantage.

Jusqu'à ce que Charlie mette le holà — pour le bien de notre santé mentale, dit-il. Lorsqu'elle releva le visage, elle pensa, *Au diable la raison*, mais ils s'étaient arrêtés, et elle posa la tête contre son épaule en essayant de ralentir les battements affolés de sa poitrine.

Parfois, être raisonnable pouvait être un vrai casse-pieds. Ils restèrent assis en silence jusqu'à ce que leur respiration redevienne presque normale. Elle pensa à ses expériences passées en matière de baisers, très brièvement, et se rendit compte qu'on ne l'avait jamais embrassée comme il faut. Elle aimait beaucoup la façon dont Charlie embrassait.

Elle se blottit un peu plus contre lui. Pensa à l'homme à ses côtés. Qui la tenait. Pensa à sa vie avant qu'il ne vienne ici. Elle ne savait pas pourquoi, mais ce n'était pas tant aux filles d'avant qu'elle pensait qu'à la solitude d'avant qu'il avait dû connaître. Elle pensa au fait qu'ils étaient tous les deux orphelins, même s'ils étaient aimés par leurs grands-parents. Pourtant, elle sentait la barrière qu'il maintenait entre lui et le monde. Charlie avait dressé un mur. Il avait essayé de le cacher, mais elle l'avait vu.

Elle rompit le silence entre eux en essayant d'expliquer où la menaient ses pensées. — Quels sont tes démons, Charlie ? Je sais qu'il y a en toi des démons qui te font mal.

Dans les années à venir, elle se souviendrait toujours de la façon dont il l'avait regardée alors. Au milieu d'un paysage désert, après leur premier baiser. Comme s'il ne l'avait jamais vue. Comme s'il n'avait jamais vu personne comme elle. Pourtant, elle n'avait fait que dire ce qu'elle pensait.

Sa voix tomba, basse et encore étonnée. — Mes démons ?

— Ouais. Elle releva la tête et soutint son regard. — Qu'est-ce qui te réveille la nuit et fait que tu ne dors que quelques heures ?

Il dit lentement : — Je ne suis pas sûr de vouloir les prononcer à voix haute.

Son cœur se serra. Elle avait envie de le serrer dans ses bras, parce que ce grand gaillard solide était vulnérable et qu'elle, la personne la moins perspicace du monde, le voyait quand personne d'autre ne le pouvait.

Elle dit simplement : — Je tiens à toi. Dis-moi.

— Je n'ai jamais eu la chance de rendre mes parents fiers. Puis mon grand-père est mort, et Jock est revenu encore et encore pour « emprunter » à Nonna. Je pensais que le père de Mia finirait par la ruiner et, même si je ne pouvais pas l'empêcher de lui donner ce qu'il voulait, je devais m'assurer que nous avions un plan B. Pour mes parents. Pour mon grand-père. C'est ce qu'il aurait voulu. Et c'est ce que je voulais pour Nonna.

— Je suis devenu très déterminé à être suffisamment autonome pour m'occuper d'elle si Jock réussissait à la ruiner. Et puis il a haussé les épaules. Comme si ce qu'il venait de lui confier n'était rien.

Elle savait que non. Il devait s'assurer qu'il pouvait subvenir aux besoins de la femme qui l'avait recueilli et aimé comme un petit garçon de sept ans au cœur brisé avait besoin de l'être.

— C'est pour ça que tu es parti à l'étranger ?

— Pour accélérer ma carrière. Et je l'ai vraiment fait passer à la vitesse supérieure. Il détourna le regard vers la chaleur tremblante au loin. — Je suis revenu à l'abri financièrement et riche d'expérience. Je ne me plains pas, mais je sais que l'isolement et le fait d'être confronté à quel point la vie ne vaut pas cher dans un pays en développement m'ont affecté.

— Qu'est-ce que tu veux dire ?

Il reposa les yeux sur elle et leva une main comme s'il cherchait ses mots. — Ségrégation. Isolement. Aucun réseau d'amis. Trop de périodes de congé à se lâcher après avoir été enfermé avec des hommes blasés de tout. J'ai travaillé pour deux entreprises valant plusieurs millions et aucune n'a essayé de sauver ne serait-ce qu'une seule vie dans la rue, mais elles savaient pomper le pétrole dans l'océan et gagner de l'argent en faisant voyager par avion les gens du secteur pétrolier aux quatre coins du monde. Je commençais à devenir aussi insensible que ces boîtes parce que je ne faisais rien pour aider. C'est pour ça que j'aime autant le travail que je fais maintenant. J'en suis fier.

— Mais tu mettais de côté pour ta grand-mère.

— Au final, Grand-père avait plus que pourvu à ses besoins. Son petit rire sec brisa le silence. — Heureusement, le charme s'est rompu quand elle m'a rappelé. J'avais presque oublié pourquoi j'étais parti.

— Alors, comment tu te sens à l'idée de partager ton héritage avec Mia ?

— Si je pouvais faire à ma guise, Nonna vivrait jusqu'à cent ans pour rattraper le temps perdu avec elle, puis elle laisserait tout à Mia. Ça, au moins, c'est un poids en moins sur mes épaules. Et je peux vivre ma vie sans m'inquiéter. Mia m'aidera à la rendre heureuse.

Puis il posa les yeux sur elle et l'expression de ses yeux, d'ordinaire si difficile à déchiffrer, devint d'une clarté limpide. Personne ne l'avait jamais regardée ainsi. Soretta sentit sa gorge se nouer.

— Et puis je t'ai trouvée, dit-il. — Comme un éclair tombé du ciel bleu au-dessus de Mica Ridge. Malgré ton côté sans chichis, ta franchise inflexible, ton autonomie et ton indifférence totale aux ruses féminines, j'ai été attiré dès la première seconde. Puissamment, irrésistiblement attiré. Et tu es devenue une source d'émerveillement inattendue.

De l'émerveillement ? Elle ? Foutaises. — Pas dès le premier instant.

— Absolument. Il eut un grand sourire. — Depuis ce tout premier regard où je t'ai vue entourée des chiens, avant même que tu ne bondisses sur les marches, avec le balancement de ta queue-de-cheval et ton air simple, les pieds sur terre. Jusqu'à tes règles sur l'utilisation de l'eau de la citerne et le fait de ramasser derrière moi. Il sourit de nouveau. — Tu m'avais eu. Il prit ses doigts dans les siens et les serra légèrement. — Juste là, dans cette petite main costaude.

Il était un peu ridicule et pourtant une partie d'elle avait envie de le croire. Elle essaya de retirer sa main pour découvrir qu'il n'en avait pas fini avec elle. Sans détourner le regard, il l'amena lentement à sa bouche et embrassa la paume calleuse, puis l'intérieur doux et sensible de son poignet. — Mais à part le jour où nous sommes montés pour voir le lever du soleil et où j'ai dû te dire quelque chose qui allait te mettre en colère, je n'ai jamais eu l'occasion d'être seul avec toi. Il leva les yeux vers le ciel. — Il a fallu une tempête de poussière de folie pour te faire t'asseoir et m'écouter, et je ne laisserai pas ce moment filer sans poser les choses.

— Mettre quoi au grand jour ?

Il sourit. Il lui serra à nouveau la main, puis accrocha son regard et le retint dans le sien. — Que j'organise ma vie en te comptant dedans, Soretta.

Elle n'arrivait pas à croire qu'il venait de dire ça, mais dès qu'il l'a dit, toutes ces choses que Tess avait décrites se sont produites, ces sensations qu'elle ressentirait, la joie de l'instant ; elle a réalisé qu'elles étaient vraies avec Charlie.

Oui, elle guettait le moment où il passerait la porte, et oui, elle attendait ces regards particuliers qu'il lui lançait et qui disaient qu'elle l'avait fait sourire.

Et il la faisait se sentir bien, c'était indéniable, même s'il y avait aussi quantité de moments où il lui donnait envie de s'arracher les cheveux. Mais, le plus souvent, c'était parce qu'elle avait dit une bêtise faute de lui avoir fait confiance.

Charlie scrutait son visage comme s'il pouvait lire les pensées af-folées qui se poursuivaient dans tous les sens, comme des moutons idiots dans un enclos. Tant mieux s'il pouvait lire ce qu'elle pensait, car elle n'avait aucune idée de la façon de le dire.

Sa voix était douce, et quelle sincérité. — Je veux me tenir à tes côtés et être le roc que tu mérites pendant que tu fais de Blue Hills tout ce que tu envisages dans ce grand projet à toi, dit-il. — Mais surtout, je veux me réveiller le matin avec toi à mes côtés. Il a haussé les épaules. — Je suis tombé amoureux de ma logeuse.

L'idée lui paraissait trop énorme. Charlie amoureux d'elle ? La personne la moins pourvue de charmes féminins ? Elle n'avait même jamais essayé d'attirer son attention. — Comment tu sais que j'ai un grand projet ? Sa voix peinait à sortir, parce que ses mots à lui étaient si inattendus, si difficiles à croire, mais Charlie avait promis de ne plus jamais lui mentir.

— Parce que je t'observe et t'admire à la moindre occasion, et je vois ta vision. Il a posé son front contre le sien. — Je sais que c'est tôt, mais j'ai attendu longtemps pour trouver quelqu'un comme toi, et j'ai peur que quelqu'un d'autre ne te chipe si je vais trop lentement. Et tu es une personne pragmatique. Je compte là-dessus. Alors je fais des plans pour l'avenir. À voix haute. Et je suis prêt à l'annoncer au monde dès que tu ressentiras la même chose.

Tout cela avait pris une ampleur qu'elle n'avait pas imaginée. — Déclarer quoi ?

— Que je veux t'épouser.

Elle inspira à fond et retint son souffle. Le choc, la peur et l'exaltation se sont mêlés, et elle s'est de nouveau transformée en ce troupeau de moutons, jusqu'à ce que la voix de Charlie la rassemble calmement.

— Je veux m'installer à Mica Ridge, continua-t-il. — Voler pour le FDS, parce que j'ai enfin trouvé une vocation qui en vaille la peine, au-delà du simple plaisir de voler, et je suis bon dans ce que je fais. Ils ont besoin de mes compétences. Voler pour le FDS est incroyablement utile, ce n'est pas géré pour le profit des grandes entreprises, c'est pour des personnes bien réelles, des âmes si généreuses que c'est un privilège de pouvoir aider. Je ne m'y attendais pas.

Il s'est tourné vers elle et elle s'est enfin rappelé d'expirer, parce que sa tête avait commencé à tourner à mesure que chaque nouvelle révélation lui coupait le souffle.

Il a dit : — Je ne m'attendais pas non plus à rencontrer ici une femme au caractère bien trempé, un vrai diamant, avec ta queue de cheval, mais c'est le cas. Et un jour, je t'épouserai. Pour pouvoir te regarder, t'admirer et simplement être là quand tu auras besoin de t'appuyer sur moi. J'ai décidé que je voulais passer ma vie à faire ça. On fondera une dynastie. Et nos enfants aimeront Blue Hills comme toi.

La tête de Soretta tournait. Il qualifiait ses plans de grandioses ? Les siens étaient ficelés jusqu'à son boulot pour le reste de sa vie et, au centre, il y avait elle, comme sa femme, avec leurs enfants, à Blue Hills.

Elle n'avait toujours rien dit et, pour la première fois, il parut incertain. — Mon Dieu, j'espère que tu as entendu ce que je viens de dire, parce que ce serait terriblement gênant d'avoir à tout répéter. Tu dois me dire à quoi tu penses.

— Oh. Pardon. Malgré le choc, elle avait en fait eu une image très claire de leur vie future, avec des garçons robustes aux cheveux blonds, des filles à la queue de cheval et des chiens courant à travers les pâturages, et des mares pleines d'une eau rouge-brun, et des moutons et des bovins bien gras, et Charlie lui tenant la main sur la véranda pendant qu'ils regardaient tout cela se dérouler sous leurs yeux. Avoir trouvé quelqu'un qu'elle aimait et, en plus, ne plus jamais avoir à craindre de perdre la terre qu'elle aimait, parce que Charlie l'aiderait physiquement et, réalisa-t-elle soudain, probablement aussi financièrement.

Elle s'est penchée et l'a embrassé, puis s'est raclé la gorge. Et, par bonheur, les mots sont sortis. — Je me dis que tout ça a l'air sacrément bien, Charlie.

Il a hoché la tête et, à côté d'elle, sa poitrine s'est soulevée de soulagement tandis qu'il riait. — Ma femme de peu de mots.

\*\*\*

Le lendemain matin, ils ont entendu le 4x4 de la police avant de le voir. Soretta avait somnolé dans la fraîcheur des premières heures, parce qu'elle savait que Charlie resterait éveillé. Elle le savait parce qu'il le lui avait dit et lui avait suggéré de fermer les yeux. Elle se sentait desséchée et affamée — ils n'avaient pas mangé le lézard — et incroyablement heureuse. Et en s'éveillant tout à fait, elle était tout de même un peu déçue qu'on les ait retrouvés si vite. Elle s'étira et se releva. Elle alla jusqu'à la boîte en métal et relâcha le lézard.

# CHAPITRE
# VINGT-TROIS

*Tess*

LE LUNDI AVAIT ÉTÉ une journée déjà bien assez chargée, avec Charlie et Soretta portés disparus pendant la nuit avant qu'on ne les retrouve, et elle s'était rendu compte que Lorna avait eu raison. Peu importait où elle irait, il y aurait toujours des gens à aimer, des gens dont s'inquiéter et la perspective de la perte, et il y aurait toujours un vide dans son cœur depuis la perte de Vic, mais cela n'excusait pas de ne pas être entière. Elle devait essayer de l'accepter et vivre la tête haute, en faisant quelque chose dont elle était fière.

Le mardi, Tess eut l'occasion d'être satisfaite d'avoir gagné du terrain dans la mise en place d'un service. Le répondeur clignotait avec insistance lorsqu'elle arriva au travail et elle posa son sac pour écouter. À l'écoute, une voix d'homme qu'elle ne reconnut pas lui demandait de le rappeler à cause d'inquiétudes concernant Agnes.

Elle s'assit à son bureau, composa le numéro, puis laissa sonner, de plus en plus mal à l'aise. Malgré plusieurs autres tentatives, personne ne répondait à l'autre bout, et elle tapota des doigts sur le bureau en cherchant quoi faire.

Puis son téléphone sonna et elle se jeta dessus, espérant que ce serait Agnes, mais c'était une autre cliente qui demandait de décaler un rendez-vous, et sa journée s'accéléra à partir de là.

Tess essaya le numéro d'Agnes toutes les demi-heures jusqu'à l'heure du déjeuner, au cas où sa cliente serait sortie dans le paddock et qu'elle la joindrait à son retour à la maison, à la pause clope ou au déjeuner. Mais personne ne décrochait.

Tess fit part de son impossibilité de joindre Agnes à Morgan, qui admit que c'était préoccupant, mais que cela relevait de la police, pas du FDS. Elle pouvait très raisonnablement demander au sergent Davies d'organiser la venue de quelqu'un de Broken Hill pour aller prendre des nouvelles d'Agnes.

Plus tard dans la journée, l'agent de police la rappela. On avait signalé qu'Agnes était au lit, se reposait et était prise en charge par l'ouvrier agricole, qui avait baissé le téléphone pour ne pas la réveiller. Agnes serait heureuse que Tess vienne lui rendre visite, car elle avait quelques questions. S'il te plaît.

Soulagée, Tess attendit la nuit, quand l'ouvrier serait revenu, puis appela pour confirmer son intention d'arriver en avion le lendemain.

***

Le lendemain matin, Hector se posa au domaine d'Agnes avec un cahot ; son atterrissage n'était pas aussi doux que ceux de Rex, ni même de Charlie, mais Tess se moqua d'elle-même et décida de résister à la tentation de comparer les pilotes. Surtout des pilotes qui méritaient un peu de compassion, car Hector, qui ne disait jamais grand-chose, l'avait invitée à sortir discrètement — sans succès. Cela restait un bel atterrissage sur une piste très sommaire. Un groupe de kangourous avait bondi juste avant l'approche finale et Hector commenta, philosophe, la faune sauvage tandis qu'ils s'arrêtaient.

À l'approche, ils avaient aussi vu l'isolement désolé de la maison de la station, les quelques hangars, les rares moutons, un ruisseau à sec, et les retenues d'eau à un tiers pleines — elle avait appris qu'il valait mieux dire un tiers plein que deux tiers vide. Tess se demanda comment Agnes ne se sentait pas seule ici et ne fut pas surprise qu'elle n'arrive pas à garder du personnel longtemps.

Par la fenêtre, elle aperçut un pick-up double cabine gris, couvert de poussière, qui attendait de venir les chercher. Faute d'ombre, le conducteur restait assis dans la cabine pour se tenir à l'abri du soleil. Pour le reste, l'endroit semblait désert.

Quand elle et Hector traversèrent la piste de terre vers lui, la porte s'ouvrit et un homme descendit. Il leva la main et son chapeau en guise de salut.

— Montez, dit-il, le visage aussi impassible que la terre desséchée. Tess avait bien l'intention de le faire, mais elle se dit qu'il valait mieux avoir l'invitation.

— Vous devez être Wilson, dit Tess en se glissant à l'arrière. Hector partagerait l'avant. — Celui à qui j'ai parlé ?

L'homme ne se retourna pas, se contenta de jeter un coup d'œil dans le rétroviseur. — Ouais. Elle n'est pas beaucoup sortie du lit depuis quelques jours.

Hector referma la portière passager en s'installant. — Un beau paquet de kangourous juste avant qu'on se pose.

L'homme fit vrombir le moteur et s'éloigna de l'avion garé. — Ils commençaient à se rapprocher de la piste, alors j'ai dû les faire filer.

— Vous êtes ici depuis longtemps, Wilson ?

— Non.

Il n'ajouta rien de plus et Tess renonça à jouer les aimables pour profiter du paysage.

Elle était là pour voir Agnes. Hector semblait content de rester silencieux et de regarder autour de lui. Elle pouvait en faire autant. Elle avait appris quelque chose depuis qu'elle était ici.

Quand ils arrivèrent à la maison, un bouvier australien renifla avec méfiance autour des chevilles de Tess tandis qu'elle descendait, et elle espéra qu'il n'allait pas décider de lui croquer un bout de mollet pour le plaisir. Elle ne s'était encore jamais fait mordre et ne voulait pas commencer maintenant avec ce chien, qui n'avait pas l'air d'être passé par l'école du chiot pour y apprendre les bonnes manières.

Wilson dut juger que c'était possible, car il le chassa d'un geste jusqu'à ce que le chien se laisse retomber à l'ombre de la véranda.

Deux poules tachetées de brun caquetèrent et grattèrent la poussière au pied des marches puis se hâtèrent de se cacher dans une collection de rosiers étonnamment vigoureux. Les rosiers semblaient hocher narquoisement leurs têtes rouges à l'adresse de la terre desséchée alentour. De toute évidence, Agnes leur réservait l'eau de vaisselle, et des signes montraient qu'ils venaient d'être arrosés. Tess se réchauffa un peu à l'égard de Wilson : si Agnes n'était pas sortie du lit, c'était sans doute lui qui s'en était occupé.

Malgré le paysage aride, une beauté troublante flottait sur les paddocks au loin, qui s'étendaient à perte de vue. Une ombre d'arbres suivait la courbe d'un bord, le long du lit asséché du ruisseau qu'ils avaient vu en arrivant, et, derrière la maison, une colline solitaire, couronnée de rochers ocres, avec un moulin à vent qui grinçait lentement dans la brise légère. Cela ressemblait beaucoup aux pages du calendrier qu'on lui avait offert il y a tant de semaines.

Tout bien considéré, l'endroit apaisait Tess sans qu'elle s'obsède du manque d'eau. Cela dit, il était bien trop isolé de Mica Ridge à son goût, même si elle comprenait pourquoi Agnes avait voulu rentrer chez elle.

Ils ont gravi les marches menant à la véranda de devant et Wilson a retiré ses bottes, Tess l'imitant avec ses chaussures. Hector s'est assis sur le fauteuil à bascule en bois, devant la porte, et a fait un signe de tête vers l'intérieur. — Je reste ici, à moins que tu aies besoin de moi.

Tess a inspiré, sans savoir ce qu'elle trouverait à l'intérieur, mais elle aimait qu'il reste à portée de main et espérait de tout cœur qu'elle n'aurait pas à faire appel à lui. Pourtant, quand elle a jeté un coup d'œil autour d'elle, la véranda lui a paru fraîchement balayée, et le couloir en bois à l'intérieur luisait, exempt de poussière. Wilson lui a fait signe d'aller vers l'arrière de la maison, le long du couloir central. Il devait être doué pour le ménage autant que pour l'arrosage des rosiers.

— Elle est dans la dernière pièce à droite. Il s'est arrêté et Tess a jeté un regard de côté dans la cuisine en passant : la vaisselle séchait bien rangée sur l'égouttoir et les plans de travail étaient dégagés. Soit Agnes se traînait dans la maison, soit Wilson avait des talents de gouvernant pas si cachés que ça. Sans le voir, elle l'a entendu remplir une bouilloire.

Elle a chassé sa curiosité au sujet de l'homme et, d'une voix assez forte, a dit — Agnes ? C'est Tess. L'infirmière. Ça te va si j'entre ?

— Par ici, répondit la voix revêche ; mais malgré la tentative d'autorité, Tess entendit la faiblesse dans la voix d'Agnes.

Quand elle a vu Agnes pour la première fois, son estomac s'est noué. Frêle et pâlotte, la patronne semblait avoir perdu l'étincelle de vitalité qui avait donné à Tess l'assurance qu'elle pourrait se débrouiller sans aide. Agnes a tenté un regard noir, mais il est tombé à plat quand Tess s'est approchée et s'est laissée tomber sur la chaise en bois à côté du lit.

— Tu m'en veux d'être là ? a demandé doucement Tess, et la vieille dame a grogné — Oui, mais ses yeux étaient pleins d'une résignation lasse. Sa peau paraissait pâle et cireuse sur la taie d'oreiller blanche, ses cheveux formaient un halo gris et coupé court, fait de mèches molles.

*Oh, Agnes*, pensa Tess, regrettant de ne pas avoir insisté davantage pour venir. — Qu'est-ce qui s'est passé ?

— Ma faute. Je suis allée marcher pendant que Wilson était au pâturage du fond. Elle a secoué la tête, agacée. — Oui, oui, je sais que je n'aurais pas dû, et quand je me suis retrouvée en plein soleil, c'était comme si on m'avait attaché des poids en plomb aux jambes. Ça m'a frappée de plein fouet. Alors je me suis appuyée contre la clôture et après je ne pouvais plus *fichument* bouger.

Tess pouvait l'imaginer. Sa belle-sœur avait fait quelque chose de similaire, poussant son corps juste un peu trop après un traitement et s'était retrouvée à court de réserves. — Comment as-tu fait pour revenir ?

Agnes a fait un signe de tête vers la cuisine. — Il m'a portée. Quand il m'a trouvée. C'était lundi après-midi. J'étais restée là la majeure partie de la journée et depuis, je n'ai pas réussi à aller plus loin que la salle de bains.

— Déshydratation aussi, alors. Elle avait de la chance d'être en vie.
— Tu as pris un coup de soleil ? Tess nota le linge couvrant la carafe d'eau et le verre plein posé à côté du lit.

— Non, répondit-elle, la voix encore chargée de dégoût pour sa propre faiblesse. — J'avais des manches longues et mon chapeau. J'ai même pensé que je pourrais y rester. Il a voulu appeler le médecin volant, mais je lui ai dit qu'il allait déguerpir s'il le faisait. Il me fait boire de l'eau toutes les heures et il me vérifie toutes les deux heures. Il a dit qu'il ne sort pas de la journée tant que tu n'auras pas dit que ça ira.

Le taciturne Wilson venait d'entrer dans le top 10 de ses personnes préférées. — Alors, tu as eu de la chance que Wilson soit là.

— Pff. Sacré bougre, celui-là. Mais elle le dit avec une affection ironique.

Tess résista à l'envie de regarder vers la cuisine pour s'assurer que sa grande carcasse ne se tenait pas dans l'embrasure. — Il est ici depuis longtemps ?

— Non. Je l'ai pris en stop.

Elle a regardé Agnes, exaspérée. — Tu sais que tu ne devrais pas prendre des auto-stoppeurs !

— Qui le dit ? C'est une aubaine. Les gens qu'on connaît peuvent être pires que ceux qu'on ne connaît pas.

Tess sentait une bulle de rire retenu lui monter dans la gorge. Sans doute à moitié parce qu'Agnes redevenait elle-même, malgré la grosse épreuve qu'elle venait d'infliger à son corps.

— D'accord. Je te l'accorde. Et la maison est très bien tenue. Mais il vient d'où ?

Agnes a haussé les épaules. — Je sais pas. M'en fiche. Et lui non plus ne sait pas.

— Comment ça, il ne sait pas ?

— Il s'est cogné la tête. Il ne se souvenait plus de son nom. Je l'appelle Wilson. Comme le ballon dans le film.

Ça devenait de pire en pire. Elle a chuchoté — Il pourrait être un psychopathe. Tu l'as signalé ?

— À qui ? fit Agnes en rentrant une épaule maigre. — Les dingues ne restent pas dans les parages quand leurs patronnes ont de la radio-thérapie et qu'il faut garder la propriété. Ou s'inquiéter et appeler des infirmières.

Difficile de contester ce dernier point. Et Tess devait accepter qu'Agnes était indépendante et probablement l'une des personnes les plus coriaces qu'elle connaissait. Sacrée Agnes. Et oui, merci à Wilson de s'être occupé d'elle. Ça ne la regardait pas. — D'accord. Très bien. Alors, tu te sens mieux qu'hier ?

— Un peu. J'ai mangé un œuf ce matin. Elle a grimacé, et son visage ridé paraissait plus fripé que d'habitude. Elle a reniflé de nouveau et a dit d'un ton irritable — Ça va durer combien de temps, cette épuisement ?

Tess sentait le sourire essayer de s'échapper. — Si tu ne refais pas un coup de chaleur, tu devrais commencer à te sentir mieux d'ici deux ou trois jours, ou une semaine au plus.

— L'ennui me tue. Agnes a foudroyé le plafond d'un tel regard que Tess se dit que la peinture devrait s'écailler par bandes et leur tomber sur la tête.

— Solide, ce plafond, murmura-t-elle, et, soulagée, elle vit la bouche d'Agnes tressaillir. Elle chercha une diversion. — Tu sais tricoter ?

— Bien sûr, grommela-t-elle, encore plus bougonne.

Son regard a parcouru la pièce. — Alors, pourquoi pas des seins tricotés. Comme celui que tu as sur le banc, là-bas. Elles ont toutes deux jeté un coup d'œil au sein rond, tricoté, blotti à côté de la pile de vêtements bien pliés.

Agnes n'a eu qu'un infime éclair d'intérêt, mais Tess l'a vu. Soulagée, elle a ajouté, — J'ai un modèle, des pelotes de laine et des aiguilles à tricoter dans mon sac. Lorna Lamerton en fait et on a besoin d'une autre source parce qu'elles ont beaucoup de succès.

— Lorna. La femme du médecin ? Elle était une bonne infirmière, je lui reconnais ça. Agnes a reniflé de nouveau. — Je suppose que je pourrais. Agnes a pris une mine de martyre.

Tess a repris, — Tu pourrais t'installer sur la véranda et tricoter.

— Hum. Elle a levé les yeux au ciel. — Et me balancer comme une vieille en train de tricoter ?

— Exactement. Tess a souri. — Je l'imagine très bien.

Agnes a plissé les yeux. — Tu es trop impertinente, jeune fille. Mais enfin, il était là, ce minuscule éclat qui grandissait et qui n'y était pas avant. — Je suppose que je pourrais faire quelques petits seins. Et garder un œil sur Wilson pendant qu'il travaille.

Tess a pincé les lèvres et a essayé d'avoir l'air sérieuse. — Juste le temps que tu puisses reprendre les gros travaux.

— Hum. Puis, contre toute attente, elle a dit, — Merci d'être venue.

— Oh, eh bien. La bonne personne arrive au bon moment. C'étaient les mots d'Agnes et elles le savaient toutes les deux.

— Espèce de petite effrontée, a grommelé Agnes.

\*\*\*

— Drôle de type, a dit Hector, après qu'ils se sont élevés au-dessus de la station et ont fait onduler les ailes en signe de salut.

Tess regardait la station s'éloigner en dessous. De longues étendues de brun et d'orange s'étiraient vers l'horizon, le serpent de lits de ruisseaux maigres traçant des lignes dans le sable. — Elle l'a trouvé en train de faire du stop. Agnes dit qu'il ne se souvient plus de son vrai nom.

— On dirait qu'il s'y connaît un peu en travail de station. Hector devait être d'humeur à parler. Ce n'était pas son genre, mais elle avait découvert que sa nature réservée pouvait être très apaisante. Peut-être, platoniquement, pourrait-elle envisager un repas avec lui pour la compagnie. Quand il parlait, Hector la faisait généralement sourire. Tess s'est rendu compte qu'elle appréciait sa compagnie sans exigence et elle savait que Morgan le respectait.

Tess repoussa cette idée au second plan et laissa courir son regard sur le paysage, cherchant une habitation qui pourrait être voisine d'Agnes. — Eh bien, elle a besoin de quelqu'un pour faire le boulot en ce moment. Tu crois qu'il fait semblant d'avoir perdu la mémoire ?

Il a secoué la tête. — Ça ne colle pas avec l'inquiétude qu'il a pour sa patronne. Hector a incliné l'avion pour changer de direction et ses mains restaient détendues et sûres. — Il m'a offert un verre d'eau et m'a dit qu'il appréciait que je t'aie amenée.

— Tu vois le bon chez les gens, n'est-ce pas ?

— Il y a du bon en chacun. Quelque part. C'est bien que tu aies pu voir Agnes aujourd'hui, elle avait besoin de toi.

C'était la plus gentille chose que quelqu'un lui ait dite depuis longtemps. — Je suis contente que tu m'aies emmenée, moi aussi. Merci, Hector.

Ses pensées revinrent à Agnes et à la façon dont elle avait dit que l'homme avait pris soin d'elle. Les gens prenaient soin les uns des autres et la vie continuait, et aujourd'hui elle avait fait la différence en aidant Agnes à se montrer plus patiente pendant sa guérison.

Il y aurait bien des jours où elle repartirait d'une station en sachant qu'elle avait fait un peu, que cela comptait beaucoup pour les solides survivants restés sur place, mais il y avait toujours davantage à faire. Et maintenant, elle avait davantage confiance en sa capacité à relever les défis. Être à la hauteur. Ce qu'elle ne savait pas, elle l'apprendrait, et ce qu'elle ne pouvait acquérir, elle l'improviserait. Elle soupçonnait aussi qu'ici, au cœur de l'Australie, elle avait découvert qu'il était normal d'être triste et dévastée d'avoir perdu Victor, mais qu'il pouvait aussi être normal de s'autoriser à être heureuse et à tourner son regard vers l'avenir.

***

Billie et Mia sont rentrées à la fin de la semaine et, en retrait, Tess a regardé les retrouvailles à Blue Hills avec un sourire et l'impression que les choses changeaient.

Lorna avait été excitée toute la journée à l'idée qu'elles revenaient à la station et Tess n'avait pas envie de faire remarquer que Morgan lui avait paru le plus heureux qu'elle l'ait vu depuis son arrivée. Il paraissait probable que Billie et Mia ne vivraient plus ici très longtemps.

Elle avait même vu Morgan taper dans la main d'Hector, une manifestation pour le moins inhabituelle de la part du sérieux médecin senior, juste avant qu'il ne parte à l'aéroport les accueillir.

Ils étaient revenus peu de temps plus tôt, puis Lorna, qui manquait à l'appel, avait réapparu en brandissant une bouteille de champagne, qu'elle avait tendue à Morgan avec une superbe désinvolture quant au fait d'avoir éventé la prétendue annonce secrète.

Tess s'est adossée au mur et les a observés. Lachlan et Lorna, pleins d'une tendre indulgence pour les frasques de la jeunesse, Charlie et Soretta encore absorbés l'un par l'autre, Mia bondissant d'excitation, et Billie et Morgan se tenant la main. Elle sentait la chaleur qui émanait d'eux tous. Elle surprenait les clins d'œil que Mia ne cessait de lui lancer en désignant Charlie et Soretta d'un signe de tête.

Enfin, Morgan a tapé une cuillère contre un verre et le *ting ting* du vrai cristal a fait taire le groupe rassemblé autour de la table de cuisine. Il s'est éclairci la gorge, manifestant une émotion qu'on lui voyait rarement. — J'aimerais dire, devant vous tous qui comptez tant pour nous, que c'est formidable de voir Billie et Mia rentrées saines et sauves. Il a adressé un regard ironique à Charlie et Soretta. — Vous deux aussi, bien sûr. Un bref frisson de rires l'a interrompu. Il s'est éclairci de nouveau la gorge. — J'aimerais aussi vous annoncer que, cet après-midi, le Dr Williamina Green a accepté de m'épouser. Il a regardé sa fiancée et un énorme sourire lui a fendu le visage, comme s'il n'arrivait pas à croire à sa chance. — Nous nous marierons au début de l'année prochaine.

Tout le monde a applaudi et acclamé et Morgan a serré fortement la main de Billie. Le champagne a coulé, autant que peut couler une seule bouteille de bulles à huit, et chacun a levé son verre.

— À Morgan et Billie, s'est écriée Lorna, puis elle a adressé un grand sourire à Lachlan. — Tu seras très élégant en costume.

Lachlan a haussé ses sourcils blancs. — Bien sûr. Un homme n'a besoin que d'un seul bon costume.

Tess a regardé, applaudi et siroté avec eux tous, et elle s'est sentie moins troublée par le bonheur du couple qu'elle ne s'y attendait.

En fait, elle retirait une grande satisfaction des fins heureuses qui se dessinaient autour d'elle.

Billie a élevé la voix. —Et grâce à Charlie, Mia a retrouvé sa grand-mère et ira à l'université à Adelaide l'année prochaine. Une nouvelle salve d'applaudissements a éclaté.

—Étant donné que Mia a été nommée major de l'établissement après moins d'un an..., Billie a jeté un coup d'œil à la plus âgée des dames présentes, —je dois dire merci à Lorna, la reine des devoirs.

Ils ont tous applaudi.

Tess a vu Mia hocher la tête en direction de Soretta. —Mais je reviendrai à Mica Ridge pour tous mes stages pratiques si je peux. Mia s'est penchée vers Soretta, pleine d'espoir. —Maman a dit que ça allait si je voulais rester ici. Si ça te va.

—Je pense que la maison est assez grande, a dit Soretta d'un air parfaitement sérieux, et Tess s'en est réjouie pour toutes les deux. La petite famille de pensionnaires de Soretta s'amenuisait sans la douleur de la perte, mais Tess soupçonnait que cela avait beaucoup à voir avec l'homme qui s'installait pour de bon.

Ce qui tombait bien, car Tess avait décidé de trouver son propre chez elle et de s'engager dans une nouvelle vie.

Elle n'avait aucun doute : l'avenir de Blue Hills serait assuré pour des générations à venir.

# CHAPITRE VINGT-QUATRE

*Tess — Deux mois plus tard*

TESS REGARDAIT LE BULLDOZER ramper pour le dernier passage sur le dernier bassin, celui du paddock de la maison, près de la route, et elle n'arrivait pas tout à fait à croire qu'elle se sentait presque aussi excitée que Soretta en avait l'air. Pas mal pour une citadine. Ils étaient tous descendus pour célébrer l'ultime bassin et en avaient fait une fête à Blue Hills. Elle essuya le filet de sueur qui lui coulait dans le cou en observant la scène.

Le grand-père de Soretta conduisait la petite machine, tassant les berges de terre à l'extérieur tandis que les nuages tournoyaient au-dessus d'eux, les narguant avec l'odeur de la pluie. Les magnifiques parois carrées de l'immense bassin, la terre rouge dressée comme des bras en attente, grand ouvertes vers le ciel. Prêt et terminé, comme désormais dans chaque paddock. Si les dix bassins se remplissaient, ce serait un miracle. S'ils ne se remplissaient qu'au quart, ce serait déjà une bénédiction pendant les périodes de sécheresse.

Elle se rappelait encore la brûlure sèche de l'air ce premier jour où elle était arrivée. Comme elle n'avait pas compris l'angoisse dans les regards inquiets que chacun semblait lancer vers ces ciels bleus qu'elle avait appris à aimer. Elle savait bien sûr que la chaleur pouvait être plus impitoyable que n'importe quelle épreuve humaine, mais pas à quel point l'eau pouvait se faire dangereusement rare ici.

Elle avait vu la tension se relâcher chez Soretta à mesure qu'elle apprenait à partager la charge avec Charlie ; son jeune visage ne portait plus ce combat silencieux contre les finances, tel le petit garçon de la légende qui bouche la digue de son doigt pour retenir la catastrophe.

Tess eut un grand sourire en balayant des yeux l'énorme cavité que Charlie avait taillée dans la terre, en véritable artisan, pour assurer l'avenir. C'était du long terme. Leur futur tenait là.

Le moteur du bulldozer s'est tu et, peu à peu, le silence est monté au-dessus des échos qui se dissipaient de la grosse machine. Charlie a sauté les deux dernières marches et a regardé vers Soretta. Il a roulé des épaules et fait craquer sa nuque comme s'il se dénouait, puis il a esquissé à sa fiancée ce long sourire qui s'attardait.

— Ça te plaît ? a-t-il lancé.

Tess l'a entendue dire : — C'est magnifique. Et Charlie a ri.

Tess ne put s'empêcher de sourire à son tour. Tout avait bien tourné. Ils avaient deux mariages à attendre là-haut sur la crête. Celui de Billie et Morgan, et celui de Soretta et Charlie. Cela faisait des années qu'elle n'était pas allée à un mariage et elle avait cru ne plus jamais en avoir envie. Mais elle sentait qu'elle changeait. Elle guérissait. Son travail et ses patientes, et Blue Hills Station et son esprit de famille, y étaient pour beaucoup.

Lorna avait vendu sa maison en ville à son fils et, toute à sa joie, s'était offert un camping-car tout-terrain incroyablement cher. Avec panache, elle avait invité Lachlan à faire le tour de l'Australie avec elle, après le mariage, par tranches d'un mois, pour laisser aux jeunes mariés le temps de s'installer. Lachlan avait accepté seulement si elle promettait de garder Blue Hills comme base.

Du coin de l'œil, elle vit Charlie soulever Soretta de terre pour l'embrasser.

Tess a senti la douleur de la perte et l'a acceptée. Un jour, elle rencontrerait de nouveau quelqu'un avec qui partager sa vie.

Soudain, elle pensa aux tout petits bébés de Daphne, ces paquets de joie qui s'agitaient, grandissant lentement mais sûrement. À la fierté dans la voix de Rex lorsqu'il était venu leur donner les dernières nouvelles et partager les clichés pris au service de néonatalogie. Elle pensa à la fierté de Billie en voyant Mia mûrir. Aux rêves de Soretta et Charlie. Elle voulait cela, elle aussi, et Vic aurait voulu qu'elle l'ait. Il n'avait jamais été un homme égoïste.

Elle avait eu une chance folle de tomber sur cet endroit. Un lieu pour guérir. La station, le grand-père de Soretta qui souriait en regardant sa petite-fille tournoyer dans les bras d'un homme qu'il admirait, Lorna assise à l'abri des arbres, qui observait avec la limonade maison dont elle tenait tant, et même Wally, l'ami de Trent, le nouvel ouvrier agricole, recommandé par Charlie après avoir perdu son emploi, qui réparait la nouvelle clôture avec Klaus.

Tess devait bien admettre, à contrecœur, que Soretta avait raflé le plus beau mec du coin. Elle se demanda si Charlie n'avait pas des potes bien fichus à lui présenter un jour, mais seulement s'ils savaient cuisiner aussi bien que lui. Elle s'étonnait de pouvoir plaisanter là-dessus.

Tess contempla les longs pâturages qui s'étiraient au-delà de l'agitation autour du nouveau bassin. Les troupeaux clairsemés de moutons qui dérivaient par-dessus la colline comme de petits nuages couleur crème, trouvant de quoi brouter parmi les rochers et les buissons rabougris.

Mais plus que tout, elle avait trouvé un foyer. Un foyer dont elle n'avait pas imaginé l'existence pour elle. Pas seulement à Blue Hills, car elle avait maintenant déménagé vers sa propre petite propriété de quelques hectares à la lisière de la ville, mais en tant que membre à part entière de la communauté. Elle avait l'impression d'être arrivée dans un chez-soi qui s'étendait sur des centaines de kilomètres et de nombreuses tables de cuisine.

De petites villes, d'immenses stations, et un immense sentiment d'appartenance sous un grand ciel. Où les voisins les plus proches pouvaient être à des kilomètres, mais où l'on connaissait leurs noms, ceux de leurs enfants, et peut-être même ceux de leurs chiens. Tout cela était si différent de là d'où elle venait, où la porte d'à côté était une maison et où elle et ses occupants ne s'étaient jamais parlé parce que la vie était trop occupée par des choses souvent futiles.

Rien à voir avec ici, où un aller en ville signifiait s'arrêter tous les deux pas pour discuter avec une femme ou un membre de sa famille élargie, tous sachant qu'elle était toujours prête à écouter. Elle n'avait pas imaginé à quel point une consultation improvisée au supermarché du coin, entre le rayon biscuits et celui des céréales, pouvait être bénéfique pour une cliente.

Tess était venue ici en dernier recours et avait trouvé un accueil qu'elle n'avait jamais connu en ville. La communauté s'était donné pour mission de l'éduquer, le plus souvent avec bonne humeur, jusqu'à ce qu'elle ait pris ses marques.

À présent qu'elle commençait à être absorbée par leur mode de vie, on l'encourageait à faire partie de leur tissu social et on lui demandait comment elle allait. Les maris de ses patientes donnaient des nouvelles de femmes qui allaient bien désormais. Ses collègues de travail et ceux qui vivaient à Blue Hills Station ressemblaient davantage à une famille et lui resteraient toujours chers.

Elle se doutait que ses courriels laissaient sa belle-sœur et ses amis restés sur la côte perplexes devant ce qu'elle jugeait désormais important, mais pour Tess, elle avait trouvé une nouvelle vie et elle allait bien. Ce qu'elle n'aurait pas cru possible en si peu de mois.

Étrangement, elle ne se sentait pas comme la pièce rapportée parce qu'elle n'avait pas de compagnon. Elle avait quelques amis hommes, et se sentait chaque jour plus assurée et plus entière. Peut-être qu'avec le temps elle trouverait un homme qui compléterait son univers autant qu'elle compléterait le sien.

Elle éprouvait un vrai soulagement à l'idée de ne pas devoir retourner sur la côte à la fin de l'année. Et une satisfaction plus grande encore : les premières évaluations du service avaient été si positives que le financement avait été alloué pour les deux prochaines années. Bientôt, elle serait suffisamment installée pour lancer le programme d'éducation dont elle avait parlé à Daphne, dans les communautés lointaines, où les discussions sur la santé des femmes étaient encore moins accessibles.

Elle adorait sa petite maison avec sa cour sèche et caillouteuse, qu'elle partageait avec l'un des chiots de Soretta, considéré comme bien trop benêt pour faire un bon chien de travail. Elle et Flamingo, son nouveau chien, avaient emménagé il y a quelques semaines.

Sa maison était juchée sur un léger promontoire, près de la lisière de la ville sans en faire partie. Les visites hebdomadaires à ses amis de Blue Hills s'imposaient. Avant d'emménager, Lorna l'avait présentée aux nouveaux voisins pendant qu'elles faisaient des courses, et le couple âgé, d'anciens propriétaires de station, l'avait déjà invitée à partager un repas. Il s'était avéré que c'étaient les parents de Barb ; Tess recevait donc les visites improvisées et joyeuses de sa jeune amie, Gwyn. Sans surprise, Tess avait banni les cacahuètes de sa maison, au cas où la fillette risquerait d'en manger une autre.

Une de ses anciennes patientes de la côte, Sissy Garling — celle qui lui avait offert ce calendrier de l'outback —, et son mari, étaient sur le chemin du retour vers Broken Hill et étaient passés la voir. Jill et Ron avaient amené la mère de Jill rendre visite à Tess avant qu'elle ne retourne à Adélaïde. Les forces de Jill étaient revenues. Même Hector avait pris le thé avec elle un soir et prouvé qu'il savait préparer un barbecue magnifique. Elle était presque devenue une vraie sociable. À présent, comme une fille du coin, quand une voiture passait, elle faisait presque toujours un signe de la main, parce qu'elle reconnaissait le véhicule.

Tess aimait sa nouvelle maison et la fenêtre de la cuisine, d'où elle voyait le soleil se lever sur les pâtures d'à côté et les moutons paître. L'après-midi, depuis la véranda de devant, elle pouvait se gorger du coucher de soleil en direction de Blue Hills Station. Entre les deux maisons, le ciel azur s'étendait, profond et immense, chargé de promesses pour l'avenir et tout droit orienté vers le bonheur.

Quelqu'un l'appela et elle revint au présent. Une chose qu'elle s'était promis de savourer davantage. Cet instant présent ! La retenue d'eau était terminée, le cadeau de Charlie à Soretta, et ils se tenaient bras dessus bras dessous tandis que Lorna lui faisait signe d'approcher. Tess se lécha les lèvres sèches. Une limonade serait la bienvenue et c'était à Charlie de cuisiner ce soir.

# Fin

*J'espère que la lecture de **Le Cœur du Ciel** vous a plu ! Ne manquez pas le tome 3 de la série **Les Médecins de l'Outback, La Sage-femme du Désert**.*

# REMERCIEMENTS

C'EST DRÔLE COMME LES choses s'enchaînent et font naître des idées d'histoires.

L'an dernier, j'ai lu dans un bulletin interne la nomination de notre nouvelle infirmière en soins du sein de la Fondation McGrath à l'hôpital de Macksville, puis un article de journal sur une autre qui installait son bureau dans le hangar des Flying Doctors à Broken Hill. J'ai découvert ces femmes stoïques de l'outback, pénalisées par l'éloignement des traitements et du soutien mais pas à l'abri de la maladie, et comment cette infirmière spécialisée pouvait prendre l'avion jusqu'à elles pour assurer la continuité des soins et devenir leur personne de référence pour résoudre les problèmes.

J'ai pensé à mes Femmes du Station et à la manière de partager cet aspect si apprécié des Flying Doctors ; j'ai donc évidemment doté ma fictive Mica Ridge d'une infirmière en soins du sein. Forte de cela, je suis retournée faire une autre charmante visite chez Kym à Mt Gipps Station pour me replonger dans la splendeur des paysages autour de Broken Hill. C'est lors de cette visite qu'est née l'une de mes scènes préférées, où Soretta emmène Charlie voir le lever du soleil. Ajoutez à tout cela un extrait d'un article du journal *The Herald* de 1935 sur un avion se posant en pleine tempête de poussière (reproduit dans ce livre), et voilà une histoire !

En plus, en tant que mère de cinq garçons, j'ai connu une époque où le samedi, c'était cricket toute la journée. Fans des joueurs australiens, le Boxing Day était réservé au Test — gare à vous si vous manquiez la première balle ! Comme beaucoup de femmes et d'hommes en Australie, j'ai été choquée et attristée par l'annonce du cancer du sein de feue Jane McGrath et par son combat courageux. J'ai adhéré à son idée de lever des fonds afin que davantage de personnes atteintes d'un cancer du sein aient accès à des infirmières spécialisées tout au long de leur parcours.

Ce qui nous ramène à l'infirmière en soins du sein de la Fondation McGrath désormais à Macksville, une petite ville sur la côte nord de la Nouvelle-Galles du Sud (ville natale du regretté joueur de cricket Phillip Hughes, mais c'est une autre histoire). Cette infirmière, c'est Jo Smith, qui travaille aussi comme infirmière en oncologie à Coffs Harbour. Un immense merci à Jo d'avoir partagé sa passion pour l'accompagnement des femmes et des hommes confrontés au cancer du sein — tant de savoir réuni en une seule personne chaleureuse, généreuse et souriante. J'aurais aimé que Jo soit là pour ma mère, qui a survécu de nombreuses années à un cancer du sein.

Jo m'a aussi fait découvrir le livre *Take My Hand* de Jo Wiles, plein d'histoires inspirantes de soins infirmiers tirées de 10 ans de la Fondation McGrath, publié en 2015 chez Penguin. Si vous en avez l'occasion, procurez-vous un exemplaire. Après la lecture de ces récits inspirants, j'ai été encore plus déterminée à faire en sorte que Tess Daley, mon infirmière en soins du sein dans *Le Cœur du Ciel*, aide les lecteurs à commencer à comprendre le parcours que certaines femmes affrontent lorsqu'elles sont confrontées à un diagnostic de cancer du sein, et les options de traitement qui s'offrent à elles.

Comme toujours, merci à mon extraordinaire éditrice, Sarah Fairhall de Penguin Random House, qui a attendu ce livre après notre incroyable aventure de non-fiction avec *Aussie Midwives*, parce que nous voulions bien faire les choses. Et merci à Alex Nahlous et Amanda Martin, mes correcteurs, qui ont contribué à polir le résultat final. Merci aussi à mon avisée agente littéraire, Clare Forster, qui fait tellement partie de mon parcours d'écriture ces dernières années et me garde les pieds sur terre. Merci aux dames de Knitted Knockers Australia qui donnent généreusement de leur temps pour aider les femmes atteintes d'un cancer du sein. Et à Trish Morey, juste parce que, d'avoir été là quand je m'arrachais les cheveux et doutais.

À mon mari, Ian, comme toujours. Qui donc épouserait une écrivaine ? Ce livre t'a privée de ta femme pendant plus de six mois, a chamboulé nos grandes vacances et m'a tirée de notre lit bien avant le lever du soleil chaque jour pour passer du temps avec mes nouveaux amis. Sans toi pour gérer notre monde pendant que je vivais dans un autre, je serais dans un tel chaos, alors un immense merci pour ça, mon amour, et d'être mon plus grand fan. Je suis comblée.

# À PROPOS DE L'AUTRICE FIONA MCARTHUR

**AUTEURE N°1 DES VENTES** — **Fiction médicale et littérature australienne sur Amazon**
Lauréate des prix RUBY (Romance Writers of Australia) et KORU (Romance Writers of New Zealand)

Avec plus de soixante romans à son actif, l'ancienne sage-in femme rurale Fiona McArthur met à profit son expérience médicale pour écrire des histoires émouvantes, célébrant les femmes, les familles et les communautés rurales australiennes. Ses récits mettent en scène des héroïnes fortes et des héros au grand cœur, trouvant l'amour au cœur de défis bien réels dans des lieux isolés.

« Je vis pour ces moments magiques : le premier cri d'un nouveau-né, la force partagée par les femmes, et la beauté de notre vaste paysage australien. »

Fiona promet à ses lectrices des histoires qui révèlent l'extraordinaire dans l'ordinaire, et qui célèbrent la résilience, la bienveillance et l'amour. Chaque roman est une invitation à explorer de magnifiques contrées, tout en découvrant que le monde regorge de personnes formidables et de possibles infinis.

Pour en savoir plus, rendez-vous sur FionaMcArthurAuthor.com

## Également par Fiona McArthur

**Série Cœurs de l'Outback**
1. Un Nouveau Jour pour Aimer

2. Prescriptions du Cœur

3. Murmures du Désert

4. L'Appel du Cœur

Série Les Médecins de l'Outback
1. Les Femmes du Station

2. Le Cœur du Ciel

3. La Sage-femme du Désert

4. La Fille du Mineur d'Opale

5. Les Dames de Lightning Ridge